Eine Art zu lesen
Eine Art zu fliegen

GOYA

DAS BUCH

Trudy lebt mit ihrer Mutter und ihrer vierjährigen Nichte in einer kanadischen Kleinstadt. Das Trio versucht, sich so gut es geht über Wasser zu halten. Trudy glaubt nicht an die große Liebe – bis sie den Draufgänger Jules trifft. Die beginnende Romanze wird schnell von Jules' großem Traum überschattet: Er will mit seinem neugetunten Raketenauto über den zwei Kilometer breiten Fluss springen, der die Stadt teilt. Ein Fernsehteam bietet ihm viel Geld dafür. Doch kann der lebensgefährliche Stunt gut gehen?

Frei inspiriert vom Stuntman Ken Carter, »The Mad Canadian«, der in den Siebzigern den großen Sprung über den Sankt-Lorenz-Strom wagen wollte, ist Missy Marston ein witziger und kluger Roman über Unzulänglichkeiten und die Tücken des Lebens gelungen, der lange in Erinnerung bleibt.

DIE AUTORIN

Missy Marston ist eine kanadische Schriftstellerin. Sie wuchs in der Nähe von Iroquois, Ontario, auf, in derselben Straße, in der der Stuntman Ken Carter in den 1970er Jahren eine riesige Rampe baute, um über den Sankt-Lorenz-Strom zu springen. Sie gewann den Ottawa Book Award, war Finalistin des CBC Bookie Awards und des Scotiabank Giller Prize Readers' Choice. Inzwischen lebt Missy Marston in Ottawa.

DIE ÜBERSETZERIN

Alexandra Rak, geboren 1968, studierte in Frankfurt am Main Germanistik mit dem Schwerpunkt Kinder- und Jugendliteratur. Nach zehn Jahren als Lektorin bei einem großen Hamburger Verlagshaus arbeitet sie heute als freie Lektorin, Übersetzerin und Referentin und begleitet Autoren bei der Verwirklichung ihrer Projekte. Sie übersetzte u. a. Claire Legrand, Stephenie Meyer und Sylvia V. Linsteadt.

Missy Marston

FLIEGEN
ODER
FALLEN

Aus dem Englischen von Alexandra Rak

Roman

GOYA

Die Originalausgabe erschien 2019 unter dem Titel
Bad Ideas
bei ECW Press, Toronto.

Das Hörbuch erscheint bei GOYALiT.
Dieses Buch ist auch als E-Book erhältlich.

Besuchen Sie uns im Internet: www.goyaverlag.de

Aus Verantwortung für die Umwelt hat sich der GOYA Verlag dazu
entschieden, keine Plastikfolie zum Einschweißen der Bücher zu verwenden.

Der GOYA Verlag dankt dem Canada Council for the Arts für die
Förderung der Übersetzung. *We acknowledge the support
of the Canada Council for the Arts for this translation.*

1. Auflage 2022
Deutsche Erstausgabe
GOYA Verlag © 2022 JUMBO Neue Medien & Verlag GmbH, Hamburg
© der Originalausgabe Victoria (Missy) Marston, 2019
Alle Rechte vorbehalten
Umschlaggestaltung: Marcelo Marques
Umschlagabbildung: Tierra Connor
Satz: Pinkuin Satz und Datentechnik, Berlin
Gesetzt aus der Adobe Caslon
Printed in Germany
ISBN 978-3-8337-4427-3

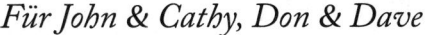

Für John & Cathy, Don & Dave

WARUM TUN DIE DAS?

Warum tun die das? Was bringt sie dazu, ihre Fäuste durch Wände, Fenster oder einander ins Gesicht zu rammen? Was bringt sie dazu, sich glimmende Zigaretten auf den Handrücken zu drücken, während sie einander anstarren? Warum steigen sie auf wilde Pferde, buckelnde Bullen, Motorräder oder irgendwelche sonstigen verrückten, gefährlichen und idiotischen Dinge, auf die sie raufkommen? Und wenn sie abgeworfen und niedergetrampelt werden und sich alle Knochen brechen, warum in Gottes Namen klettern sie dann wieder rauf?

Was bringt einen Mann zu der Vorstellung, er könnte mit dem Auto eine Rampe hochfahren und über Heuballen, Busse, Bäche und Schluchten fliegen, und dabei zu vergessen, dass er sich beim Landen die Knöchel oder Rippen bricht, seine Lunge durchbohrt oder sein Gehirn gegen die Schädeldecke prallt? Falls er Glück hat. Falls sein armseliges Leben noch einmal verschont wird.

Und warum waren es ausgerechnet die? Die Lauten, die zu viel Platz in Anspruch nahmen. Die Vernarbten, die eigentlich tot sein müssten. Die ohne gesunden Menschverstand. Warum waren das die Einzigen, in die sie sich je verliebte?

Und da kommt schon der Nächste – mit tragischer Vergangenheit und allem Drum und Dran. Seine Jeans sitzt ziemlich tief, sein T-Shirt ist ziemlich dünn, seine Augen ziemlich dunkel. Herr im Himmel. Sie ist verloren.

Wieder einmal.

TEIL 1

TRUDY

WEIL ES SCHON JAHRE HER WAR

Als diese Fremden ins Jubilee spazierten, war Trudy Johnson zweiundzwanzig Jahre alt, und sie hatte seit fünf Jahren keinen Sex mehr gehabt. Ihre Lust beherrschte jeden ihrer Gedanken. Das machte sie nervös und gereizt. Aber sie hatte es sich geschworen. Sie hatte beschlossen, eine Zeit lang auf alles Körperliche zu verzichten. Sie war auf Entzug.

Trudy hatte die Art von Körper, die reichlich Ärger verursachte. Ihre Mutter ebenfalls. Ihre Schwester Tammy auch. Und ihre kleine Nichte, Mercy, würde ihn, Gott steh ihr bei, eines Tages höchstwahrscheinlich auch bekommen. Die Art von Körper, die zu früh zu schnell erwachsen wurde und die in den erst später heranreifenden Klassenkameradinnen Eifersucht weckte. Einen Körper, der die Aufmerksamkeit der falschen Männer auf sich zog. Vielleicht brachte er Männer ja auch dazu, sich falsch zu verhalten. Er brachte sie zumindest dazu, eine Frau anzubeten und sie trotzdem wie das Letzte zu behandeln. Sie zu befruchten und zu verduften. Momentan lebten im Haus der Familie Johnson drei Generationen Frauen und null Generationen Männer.

Sie hatte die Art von Körper, die einen im Laufe der Jahre in Bezug auf die Liebe verunsicherte. Er verleitete zu der Annahme, dass der Mann, der sich wirklich für einen interessierte, keinen Sex mit einem haben wollte. Weil er erkennen würde, dass sich bei ihr nicht alles nur um Sex drehte. Dass sie noch andere Sachen zu bieten hatte. Bisher war ihr so ein Mann noch nicht begegnet.

Außer einmal, wenn man so wollte.

Einmal war ihr ein Mann begegnet, der nicht im Geringsten an Sex mit ihr interessiert war. Vielleicht weil er jeden Tag nackte Menschen sah und dadurch alle Körper ihren Zauber verloren hatten – selbst ihrer. Dr. Noel Cameron hatte ihr einmal das Leben gerettet. Ganz unbestreitbar. Jedes Mal, wenn sie ihm in der Stadt begegnete, nickte er ihr zu und schaute dann weg. Die Sonne schien immer hinter ihm zu stehen und umgab seinen Kopf wie eine strahlende Gloriole.

Genau das war er: die strahlende Ausnahme von der Regel. Ein anständiger Mann. Alle anderen waren, das stand für Trudy so gut wie fest, komplette Mistkerle.

WEIL DIE LUFT ZU WASSER WURDE

Dieser erste Frühlingsabend schien inzwischen schon lange her zu sein. In sieben Monaten kann eine Menge passieren. Und eine Menge den Bach runtergehen. Trudy würde sagen, dass es wie in einem Kinofilm war, bloß dass sie bisher noch keinen Film gesehen hatte, der auch nur im Entferntesten an einem Ort spielte, der Preston Mills in Ontario ähnelte. Eine armseligen Drecksstadt, die am Ufer des kalten, grauen Sankt-Lorenz-Stroms klebte.

Achthundert Einwohner, ein Lebensmittelgeschäft, eine Tankstelle, ein Eckladen namens Smittys, in dem man kleine Papiertüten mit hart gewordenen Penny-Bonbons füllen konnte. Karamellbrocken, Himbeerbonbons, Salmiakkugeln, Lakritzschnecken.

Ein Billardsalon, in den keine Frau jemals einen Fuß setzen würde und aus dem allabendlich im Stundentakt lärmende, streitende Männer herausstolperten.

Sechs Kirchen, eine davon katholisch, eine evangelikal – samt Schlangenbeschwörer und Zungenredner – und vier, die zu kaum unterscheidbaren Richtungen des Protestantismus gehörten: die Presbyterianer, Unierten, Lutheraner, Anglikaner.

Eineinhalb Kilometer östlich der Stadt eine gewaltige Schleusenanlage, in die riesige Tankschiffe einfuhren und dann langsam abgelassen wurden, um danach auf dem Fluss ihren Weg zum Meer fortzusetzen.

Außerdem gab es eine Fabrik, die WestMark Linen Mill, in der Trudy und ihre Mutter, Claire, wie auch die meisten anderen berufstätigen Erwachsenen der Stadt beschäftigt waren.

Irgendwann einmal musste es noch andere Mühlen gegeben haben, mindestens eine weitere, die den Städtenamen rechtfertigte. Wahrscheinlich vor langer Zeit, als es noch Preston Mills das Erste gab. Denn das hier war Preston Mills das Zweite. Preston Mills das Hässliche.

In den 1950ern war die Stadt auseinandergenommen und zwischen Fluss und Eisenbahnstrecke wieder aufgebaut worden, weil der Binnenschifffahrtsweg durch sie hindurchführte. H_2O Highway wurde er genannt. Der Weg in die Zukunft. Das kunterbunte kleine Preston Mills – mit seinen Höfen und kurvenreichen Straßen, seinen Scheunen und Hühnerställen und verwinkelten Gassen, seinen Anlegestellen und Bootshäusern und Kieselstränden – war auseinandergenommen und in geraden Reihen wieder zusammengesetzt worden. Häuser waren aufgebockt, mit einem Ruck aus ihrem Fundament gerissen, auf Lkw-Auflieger gehievt, vom Wasser weggezogen und auf unbefestigte Grundstücke entlang eines neuen Straßennetzes abgeladen worden. Schulen und Kirchen wurden Stein für Stein abgetragen und wieder neu aufgebaut. Unten auf dem Grund des Flusses existierten noch die Narben der alten Stadt: die Straßen, die Gehwege, die rechteckigen Betonfundamente, die Zaunpfosten. Die landkartenähnlichen Umrisse der gesamten Stadt als Spuren im Flussbett. Und jeden Tag zogen riesige Schiffe darüber hinweg und warfen ihre dunklen, wolkenähnlichen Schatten auf die versunkene Stadt.

Friedhöfe waren auch verlegt worden. Ausgegrabene Särge und Grabsteine wurden auf plane, baumlose Felder gebracht. Die Leute befürchteten, dass die Arbeiter den Überblick verloren hatten und die Toten nicht mehr zu den Namen auf den Steinen passten. Aber hätten sie jemals Gewissheit? Hatten sie nicht. Die leeren Gräber wurden zusammen mit allem anderen überflutet. Allmählich von Schlick und Steinen und Muscheln und Feldern aus wogendem Seegras ausgelöscht.

(Allerdings lagen dort unten noch immer Leichen. Das wusste

jeder. Denn bei einigen Toten konnten keine lebenden Verwandten ausfindig gemacht werden, und in Ermangelung eines Entscheidungsträgers wurden die Leichen dort gelassen, wo sie waren. Andere waren zu zart besaitet oder zu abergläubisch, um die Totenruhe ihrer Angehörigen zu stören. Über diese Gräber wurden Steinplatten gelegt, um sicherzustellen, dass nach der Flutung keine Särge nach oben trieben. Eine traurige Flotte kleiner gespenstischer Boote, die hier und da auf dem Wasser herumdümpelte. Das wollte niemand.)

Nach Norden wurde Preston Mills von einem neuen, kerzengeraden Highway begrenzt. Der alte Highway stand rund dreißig Meter vom Ufer entfernt unter Wasser. An ein paar Stellen erhob er sich wie die Höcker des Monsters von Loch Ness aus dem Fluss und verschwand wieder darin. Durch die Asphaltdecke hatte sich inzwischen so viel Gras gebohrt und war unkrauthoch gewachsen, dass die Hügel kleinen Inseln glichen. Aber wenn man zu einer hinausschwamm, sah man, dass es eine Straße war. In der Mitte verlief eine blassgelbe Linie, und man konnte dort entlangspazieren, bis die Straße wieder im Wasser versank. An einige Stellen konnte man sogar fast einen Kilometer weit gehen, bevor man den Boden unter den Füßen verlor und über der Straße schwamm.

Genau so hatte Trudy sich gefühlt, als sie ihn zum ersten Mal sah: als würde ihr plötzlich der Boden unter den Füßen weggezogen, als wäre die Luft zu Wasser geworden und sie triebe nach oben zum strahlend blauen Himmel.

WEIL SIE KEIN RECHT DAZU HATTEN

Es war April 1978. Mercy war vier Jahre alt, und es schien, als bestünde die komplette Stadt plötzlich nur noch aus Grautönen. Der
graue Fluss schwappte gegen das graue Ufer. Graue Bäume zeich-
neten sich vor dem grauen Himmel ab, harrten der Dinge und wei-
gerten sich, zu blühen. Trudy und Mercy saßen in einer Nische im
hinteren Teil des Jubilees. Mercy pulte den Käse von ihrem Pizza-
stück und stopfte ihn sich in den Mund. Ihre kleinen Hände waren
voller Sauce. Trudy rauchte und starrte an Mercy vorbei aus dem
vorderen Fenster des Restaurants, als die Tür geöffnet wurde und
die Glocken bimmelten. Zwei Männer traten ein, und während sie
an der Theke vorbeiliefen, lachten sie so sehr, dass sie torkelten und
gegeneinanderstießen.

Beide groß. Beide schlank.

Beide so angezogen, als kämen sie von woandersher. Tiefer geschnittene, eng anliegende Jeans. Auf den Shirts dämliche Sprüche.

Ich gehöre zu dem Dummen. Weiter so.

Einer der Männer war blass und hatte Sommersprossen, dunkle Locken und riesige Koteletten. Der andere Mann hatte breite
Schultern und ein breites Lächeln. Seine Haut war tiefbraun. Das
war echt der Hingucker. Jeder einzelne der achthundert Einwohner
aus Preston Mills war so weiß wie ein Bettlaken – mit englischen,
irischen, niederländischen oder deutschen Wurzeln –, und keiner
von ihnen hatte, außer im Fernsehen, jemals einen Schwarzen gesehen.

»Was ist denn?«, fragte Mercy, als sie mitbekam, wie überrascht Trudy war. »Wo schaust du hin?«

Trudy warf ihr einen finsteren Blick zu, schüttelte den Kopf, streckte den Arm aus und legte einen Finger auf die Lippen des kleinen Mädchens. *Leise.*

Mercy schlang die Hand um den Finger ihrer Tante und zog ihn zur Seite. »Was ist denn, Trudy?«, flüsterte sie, wartete die Antwort aber nicht ab, sondern kniete sich hin, um über die Trennwand ihrer Tischnische zu schauen.

»Setz dich, Mercy.« Trudy drückte ihre Zigarette im Aschenbecher aus und warf einen verstohlenen Blick auf die übrigen Gäste. Neun oder zehn weitere, hauptsächlich Männer. Wie erstarrt. Glotzend. Dieser Riesentrottel, Jimmy Munro, schob seinen Stuhl vom Tisch zurück, stand auf und reckte den Fremden sein Kinn entgegen. Er war immer auf einen Streit aus. Trudy konnte sehen, wie er die Neuankömmlinge taxierte und sich seine Chancen ausrechnete. Mercy wischte sich eine Fliege von der Stirn und schaute von Jimmy zu den Fremden und wieder zurück. »Können wir euch irgendwie weiterhelfen?«, fragte Jimmy.

Der mit den Sommersprossen schob seine Hände tief in die Hosentaschen, verlagerte sein Gewicht auf die Absätze seiner Stiefel und lächelte. Zwischen seinem Gürtel und dem Saum seines T-Shirts konnte Trudy gut acht Zentimeter gebräunter Haut sehen. Außerdem in der Mitte eine Spur dunkler Haare. Wie eine Oase in der Wüste. Unfähig – oder vielleicht auch unwillig –, ihre Augen von diesem willkommenen Anblick abzuwenden, fasste sie, ohne hinzusehen, über den Tisch und zog hinten an Mercys Shirt, sodass das kleine Mädchen auf ihren Platz zurückplumpste.

»Weißt du was?«, sagte der Fremde. »Das ist nett von dir, aber wir wollen hier bloß unsere Freunde treffen.« Er fing Trudys Blick auf und nickte. Dann liefen er und sein Begleiter direkt zu ihrem Tisch und setzten sich.

Als würde das stimmen. Als gäbe ihnen irgendetwas das Recht dazu.

»Danke, dass wir euch Gesellschaft leisten dürfen, meine Damen. Was für eine freundliche kleine Stadt.«

Trudy wusste, dass sie beobachtet wurde. Sie war wütend auf diese Fremden, fühlte sich aber gleichermaßen angezogen. Und sie war fürchterlich müde. Ihre Augen brannten vom Zigarettenrauch. Vor ihr lag eine komplette Nachtschicht in der Fabrik, und sie war schon den ganzen Tag über Mercy hinterhergerannt. Und jetzt befand sie sich auf einmal inmitten dieser absurden, verfahrenen Situation.

»Hört mal«, sagte sie.

»Jules«, unterbrach er.

»Was?«

»Jules Tremblay. So heiße ich. Und das ist James.« James nickte. Es fehlte nicht viel, und Trudy würde aus der Haut fahren.

»Hör mal, *Dchuuls*. Und James. In diesem Restaurant glaubt euch keiner, dass ihr meine Freunde seid.«

»Warum nicht?«

Trudy seufzte. »Weil die mich alle kennen und wissen, dass ich keine Freunde habe.«

»Ich bin deine Freundin«, sagte Mercy.

»In Ordnung«, sagte Trudy. »Ich habe eine Freundin.« Sie schaute zu Jimmy und seinem Tisch voller Trottel. Zeigte ihnen den Mittelfinger. Sie schauten weg. »Wir müssen los, Mercy. Verabschiede dich.«

»Tschüss, Freunde«, sagte Mercy leise.

»Ihr solltet wahrscheinlich auch besser gehen. Hier erwartet euch nichts Gutes.«

Trudy schnappte ihre Jacke. Die Männer standen auf, um sie rauszulassen. Mercy schaute zurück und winkte, während Trudy sie zum Eingang des Restaurants zerrte, um zu bezahlen.

Und da wusste sie es bereits. Obwohl es unverzeihlich war, obwohl er nichts getan hatte, wodurch er sich von den anderen unterschied, obwohl sie nichts über ihn wusste, war Trudy sich sicher, dass sie an ihn denken würde.

Sie würde an ihn denken, bis sie ihn wiedersah, und sonst an fast nichts anderes mehr.

WEIL ALLES PLÖTZLICH KEINEN SINN MEHR ERGAB

Bevor er auftauchte und die festen grünen Knospen des Frühlings mit sich brachte, waren für Trudy die Dinge in Ordnung gewesen. Langweilig vielleicht. Aber in Ordnung. Mit Mercy hatte sie alle Hände voll zu tun, besonders, als das Kind noch kleiner war. Ständig zog sie an Trudys Hosenbein. Oder nahm wie ein kleines Tier das Haus auseinander. Überall hinterließ sie eine Spur aus angeknabbertem Essen und Schnodder. Nichtsdestotrotz – sie waren nur zu dritt, und alles war recht übersichtlich. Trudys Mutter, Claire, arbeitete in der Frühschicht der Stofffabrik. Trudy arbeitete in der Nachtschicht. Um Mercy kümmerten sie sich abwechselnd: Trudy tagsüber, Claire nachts. Zumindest machten sie das so, seit Trudys Schwester, Tammy, sich verpisst, in Luft aufgelöst und ihren Nachwuchs zurückgelassen hatte.

Trudy verbrachte ineinander verschwimmende Tage vor dem laufenden Fernseher auf der Couch, wo sie immer wieder einschlief, mit einem Ohr aber ständig nach Mercy lauschte. Manchmal hüpfte das kleine Mädchen aus heiterem Himmel auf sie, sodass sie kaum noch Luft bekam, und schmiegte ihren warmen, kleinen Körper hinter Trudys Knie oder an ihren Bauch.

Die Nächte vergingen wie in einem nebligen, immergleichen Traum. Sie saß hinter ihrer Nähmaschine und nähte Kopfkissenbezug um Kopfkissenbezug, während über ihr die Neonlichter summten. Eine gerade Naht auf der linken Seite, am Handrad kurbeln, die Nadel in den Stoff versenken, den Nähfuß anheben, um neunzig Grad drehen. Den Nähfuß auf den Stoff absenken –

rosa oder blau oder grün oder irgendein pastellfarbenes Paisley-
muster – und oben einen geraden Saum nähen. Nadel in den Stoff
versenken, neunzig Grad drehen, gerade Naht auf der rechten Seite.
Den Nähfuß anheben. Faden abschneiden. Den Kopfkissenbezug
über den Tisch in den Kasten schieben.

Nächster.

Schön einen Schritt nach dem anderen, Tag für Tag, Nacht für
Nacht. Eine Stange Zigaretten, die sie am Zahltag kaufte. Ein Sta-
pel Schachteln, jede einzelne von der Zellophanfolie befreien und
diese entsorgen. Das Silberpapier erst auf der einen Seite abziehen,
dann auf der anderen. Aschenbecher füllen und ausleeren und alles
wieder von vorn. Bis er auftauchte.

Danach wurde alles kompliziert.

WEIL »NIEMALS« EINE LANGE ZEIT IST

In einer Stadt wie Preston Mills sagten die Leute immer, dass eine junge Frau einen »gewissen Ruf« hatte. Dabei gab es nur eine Art von Ruf. Trudy wusste schon, so lange sie sich zurückerinnern konnte, was das bedeutete. Ihre Mutter hatte einen gewissen Ruf. Und Trudy wollte keinen. Sie hatte eine Verteidigungsstrategie entwickelt. Wenn Erwachsene sie fragten, ob sie einen festen Freund habe, antwortete sie, dass sie Jungs nicht möge. Sie seien widerlich. Was sie beinahe glaubte. Als sie dreizehn war, hörten die Erwachsenen auf, sie nach Jungs zu fragen, und die Kinder nannten sie schwul oder *warme Tante* – Preston-Mills-Sprech für Lesbe. Sollten sie das ruhig glauben. Die Jungen, die sie anfassen durften, kamen normalerweise von außerhalb (Sportturniere und Besuche von Cousins versorgten sie mit zeitweiligen Knutschpartnern), wurden zur Geheimhaltung verpflichtet und mit dem Tod bedroht.

Und sie ließ es niemals, wirklich niemals bis zum Äußersten kommen.

Diese Verteidigungsstrategie hatte fast ihre gesamten Teenagerjahre über funktioniert. Bis Jimmy Munro sie schließlich mürbe gemacht hatte.

Jimmy Munros Gesicht sah aus, als hätte jemand mit einem Schaufelblatt draufgeschlagen: eingedrückte Stirn, gebrochene Nase, demolierte Zähne. Seine dunklen Augen glitzerten verschlagen, und seine Haare frisierte er Elvis-Presley-mäßig: pomadig glatt und hinter die Ohren gekämmt. Trudy kannte Jimmy schon seit dem Kindergarten. (Sie kannte jeden seit dem Kindergarten.) In ihrem ersten gemeinsamen Highschooljahr begann er, sie zu verfolgen. Er setzte sich in jeder Unterrichtsstunde neben sie und piesackte sie ständig.

»Hey, Trudy. Biste schwul?«

»Halt's Maul, Jimmy.«

»Was für eine Verschwendung. Mit dem Hintern? O mein Gott.«

Trudy schaute dann immer stur geradeaus und versuchte, sich auf den Lehrer zu konzentrieren.

»Du weiß gar nicht, was dir entgeht, Trudy. Ich könnte dir was zeigen. Willste was sehen?«

»Ekelhaft. Kein Interesse.«

Er ließ nicht locker.

In jeder Stunde, an jedem Tag ein endloser Strom von zunehmend obszöneren Sticheleien. Bis seine Worte bedeutungslos wurden. Bis sie Trudy nicht mehr wütend machten. Bis seine unermüdliche Verfolgung fast etwas Tröstliches an sich hatte. Und bewirkte, dass sie ihn ein klein wenig mochte. Außerdem brachte er sie zum Lachen. Und wenn sie mit Jimmy herumhing – er war riesengroß –, wehrte das die Annäherungsversuche der anderen Jungen ab.

Selbst mit vierzehn oder fünfzehn hatte Jimmy bereits die Statur eines Bullen. Breite, kräftige Schultern und einen kleinen Hintern. Er war oben so viel schwerer als unten, dass es so wirkte, als könnte man ihn mit einem kleinen Schubs umwerfen. Aber das konnte man nicht. Das wusste Trudy. Wenn sie herumalberten, warf sich Trudy manchmal ungestüm gegen ihn, allerdings ohne Erfolg. Sie prallte dann einfach von ihm ab. Er war so unverrückbar wie ein Berg.

Eines Tages aber, als sie von der Schule nach Hause lief, überrumpelte sie ihn. Sie entdeckte ihn ungefähr fünfzehn Meter weiter vorn auf dem Weg hinter der katholischen Kirche. Dort sprang sie ein wenig schräg mit Anlauf auf ihn drauf und stieß ihn zu Boden. *Rumms!* Lachend kullerte sie über ihn. »Ich habe gewonnen!«

»Himmel, Trudy! Du hast mich zu Tode erschreckt.«

Sie sprang auf und reckte die Faust zum Himmel. »Die Siegerin! Danke. Danke.« Dann machte sie einen Kratzfuß und verbeugte sich tief.

Er stand auf, stürzte sich auf sie und packte sie von hinten. Dabei presste er sein Schaufelgesicht in ihren Nacken und flüsterte in ihr Ohr. »Trudy Johnson, wirst du mich niemals ficken? Ernsthaft? Wie kann das sein?«

»Niemals.« Berühmte letzte Worte. »Und jetzt lass mich los.«

WEIL MAN DIE DINGE MANCHMAL
SCHON VON WEITEM KOMMEN SIEHT

Trudy hatte die Schule mit sechzehn verlassen, um in der Fabrik zu arbeiten. Als Tammy mit Mercy schwanger war, arbeitete Trudy bereits ein Jahr dort. Ein Jahr, das sich wie vierzig anfühlte. In diesem Sommer war sie jeden Abend früh zur Arbeit aufgebrochen, damit sie vorher noch schwimmen gehen konnte. Sie hatte sich die Tasche über die Schulter geschlungen und war zu Fuß losgelaufen.

Um zehn Uhr abends war alles wie ausgestorben. Der Nachthimmel war immer dunkel, die silbernen Sterne glänzten, die Straßen lagen verlassen da. In kaum einem Haus brannte noch Licht. Der leichte Sommerwind roch nach dem Fluss.

Sie lief dann langsam mitten auf der Straße entlang. Sollte doch ruhig ein Auto kommen, sollte das Universum doch ruhig versuchen, ihren perfekten Rekord zu brechen: Während der gesamten Zeit, die sie jetzt schon in der Fabrik arbeitete, hatte sie zu dieser späten Stunde noch kein einziges Mal ein Auto oder einen Menschen gesehen. Geradeaus den Hügel hinauf, hinter dem Park, konnte sie die Lichter der Fabrik erkennen. Aber anstatt geradeaus zu laufen, bog sie nach links ab, überquerte den Schulparkplatz und das Baseballfeld und ging den Schotterweg zum Strand hinunter. In diesem Sommer lief sie an jedem Abend bis zum äußersten Ende des Strandes, wo die Anlegestelle und die Bootshäuser waren, legte ihr zusammengefaltetes Handtuch oben auf die Tasche, zog sich komplett aus und lief ins Wasser, bis es ihr an den Hals reichte.

26

Dort stand sie dann, im schwarzen Wasser, zitterte leicht und betrachtete die Spiegelung des Mondes auf der Oberfläche, bis ihr Herzschlag ruhiger wurde.

Ein Moment kühler Ruhe zwischen der Hitze und dem Lärm zu Hause und dem Summen und den feindseligen Blicken auf der Arbeit.

Auf der gegenüberliegenden Seite des Flusses, der die natürliche Landesgrenze zwischen Kanada und den USA bildet, konnte sie am amerikanischen Ufer die Lichter der Fabriken sehen, und im Westen den hoch aufragenden, dunklen Staudamm.

Eines Nachts stand sie dort, etwa sechs Meter vom Ufer entfernt, und drückte ihre Zehen in das weiche, lehmige Flussbett, als sie das Dröhnen eines Schiffsmotors durch den Boden hindurch spürte. Vor ihr blinkte ein grünes Licht an der Spitze einer Boje. Sie hörte das Schiffshorn und blickte nach Osten, wo das Schiff sich in der Ferne schwach abzeichnete. Während es Gestalt annahm und auch die Vibrationen immer stärker wurden und sie durchrüttelten, blieb sie unbeirrt dort stehen. Sie dachte gerade darüber nach, wie lang man Dinge manchmal kommen sah – manchmal ein ganzes Leben lang –, als sie sich umdrehte und ihn am Ufer entdeckte.

Jimmy schaute sich um und vergewisserte sich, dass niemand in der Nähe war. Dann zog er sein Shirt aus und anschließend seine Hose. Vor dem Lichtschein der Stadt war er nur ein flüchtiger Schatten. Trotzdem wusste Trudy genau, wer das war. Sie kannte seine Silhouette. Als sie ihn dort am Ufer betrachtete, spürte sie, wie unter Wasser etwas an ihrem Knöchel entlangstrich. Sie trat danach und stolperte ein paar Schritte Richtung Land. Da war es wieder, glatt und kraftvoll. Diesmal weiter oben an ihrem Bein. War das ein Aal? Sie taumelte weiter, ihre nackten Brüste guckten inzwischen ein gutes Stück aus dem Wasser heraus. Das Schiff zog jetzt genau hinter ihr vorbei und erstreckte sich bis zum Horizont. Der Boden bebte. Jimmy rannte spritzend ins Wasser und stolperte vorwärts, bis er ihr vor die Füße fiel.

Und das war's dann. Das Ende der Vernunft. Drei Jahre ent-
schlossener Widerstand, schließlich überwunden von seiner Hand
auf ihrem Knie unter Wasser. Und von seinem Atem. Und den
Luftblasen, die ihr nacktes Bein hinaufstiegen.

Einmal, sagte sie zu ihm, und danach nie wieder. Und in dem Moment meinte sie es wirklich ernst.

WEIL JEDER FEHLER MACHT

Das Haus der Johnsons, das Trudys Großeltern ihnen vermieteten, war so klein, dass es schon fast zum Lachen war. Ein winziger, mit nachgemachten Ziegelklinkern verkleideter Würfel, der von einem Satteldach gekrönt wurde. Im Erdgeschoss befanden sich die Küche und das Wohnzimmer, das gleichzeitig als Claires Schlafzimmer diente. (Jeden Morgen zog sie die Bettlaken ab, legte sie auf den Beistelltisch und klappte das Schlafsofa wieder zusammen.) Auf das Erdgeschoss war das Schlafzimmer gestapelt, das Trudy und Tammy – und später noch Mercy – sich teilten, und dazu ein Badezimmer von der Größe eines Kleiderschranks. In jedem Zimmer gab es Flickenteppiche. Und Tapeten. Tapeten mit Holzmaserung, Tapeten mit Blumenmuster und sogar (im Bad) Tapeten mit Elfen. An der Rückwand des Wohnzimmers eine Fototapete, darauf ein Birkenwald mit Wasserfall.

Klein, mit Teppichen ausgelegt, zu Tode tapeziert und erdrückend heiß.

Am Ende des Sommers, als die sechzehnjährige Tammy im achten Monat schwanger war, fand Trudy, dass sich das Haus sogar noch kleiner anfühlte als sonst. Außerdem hatte sie den Eindruck, dass ihre Schwester ihren Zustand als Ausrede nutzte, um sich Freiheiten herauszunehmen. Daher beschloss sie, ihre Schwester in die Schranken zu weisen.

»Warum bist du so zickig, Trudy? Hol mir einfach mein Gingerale. Ich habe Durst.«

»Und ich hab gesagt, hol es dir selbst. Du bist schwanger, nicht verkrüppelt.« Der Gestank der Kohlrouladen verpestete das Haus. Claire weinte und kochte nun schon seit Monaten wie wild. Seit Tammys Schwangerschaft nicht mehr zu leugnen war. Claire war mit siebzehn Mutter geworden, und jetzt wurde sie mit vierunddreißig Großmutter. Sie war vor Scham und Sorge ganz außer sich. Überreizt. Der Gefrierschrank war mit Aufläufen so vollgepackt wie Tammy mit ihrem Kind. Trudy hatte das Gefühl, sie müsse sich übergeben. Warum war es in diesem Haus immer so abartig heiß?

»Du hast mich schon immer gehasst. Hast dich immer für was Besseres gehalten. Eine schöne große Schwester bist du.«

Trudy stand auf, hatte ihren Körper plötzlich nicht mehr unter Kontrolle, er war eine Maschine, die einfach unaufhaltsam ihre Aufgabe verrichtete. Sie ging rüber, stieß mit dem Handballen gegen Tammys Brust und drückte sie gegen die Couch. Sie konnte Tammys Herzschlag spüren, die feuchte Haut unter ihrer Hand. »Was hast du gerade zu mir gesagt?«

»Geh runter von mir! *Mom!*«

»Mädels?«, drang Claires Stimme nervös aus der Küche.

Trudy setzte sich rittlings auf ihre Schwester; ein Knie links und eins rechts neben deren Oberschenkel auf der Couch drückte sie ihre Hand fester auf Tammys Brust und spürte, wie das Brustbein leicht nachgab. Warum machte sie das? Ihr Atem zitterte. »Halt den Mund, Tammy. Weshalb denkst du eigentlich immer nur an dich? Gott, du hast recht. Manchmal hasse ich dich echt.«

Trudy drückte sich von der Couch hoch und drehte sich weg. Der heftige Gestank nach gekochtem Kohl schnürte ihr die Kehle zu. Sie stürmte die Treppe hinauf.

Während sie in die Kloschüssel würgte, machte sich hartnäckig ein Gedanke in ihr breit.

Der größte Fehler ihres Lebens.

Verfickter Jimmy Munro. Was sonst.

WEIL ES IHRE MUTTER UMBRINGEN WÜRDE

»Trudy, alles in Ordnung? Lass mich rein.«

»Lass mich in Ruhe, Tammy.«

Tammy saß mit dem Rücken an der Badezimmertür im Flur. Ihr riesiger Bauch presste ihr die Luft aus der Lunge und zwang sie, sich möglichst aufrecht zu halten, damit sie überhaupt atmen konnte. »O mein Gott. Bist du schwanger, Trudy?«

Plötzlich öffnete sich die Tür, und Tammy kam aus dem Gleichgewicht. Sie kippte fast um. »Rein mit dir. Sag so was nicht. Willst du Mom umbringen?«

»Also, bist du's?« Tammy setzte sich auf den Badewannenrand. »Das wäre nicht das Ende der Welt, weißt du. Wir könnten unsere Kinder gemeinsam großziehen! *Glückliche Familien.*« Den letzten Teil trällerte sie in einer durchgeknallten Singsangstimme.

Psycho, dachte Trudy. Sie stellte ihre Zahnbürste in den schmutzigen Becher neben dem Waschbecken und drehte sich zu ihrer Schwester um. »Man muss Sex haben, um schwanger zu werden, Tammy. Du weißt, dass ich so was nicht mache.«

»Ja, klar.«

»Mir ist bloß schlecht. Ich muss zum Arzt.«

WEIL KLEINE STÄDTE UNERTRÄGLICH SIND

Trudys Hand zitterte dermaßen stark, dass der Telefonhörer an ihrem rechten Ohr schlackerte. Sie hatte das Telefon so weit ins Schlafzimmer gezogen, wie es das Kabel zuließ. Mit der Hand über dem Mundstück saß sie auf dem Teppich zwischen den beiden Betten und sprach leise in den Hörer.

»Worum geht es denn, Trudy?« Dr. Camerons Sprechstundenhilfe wartete auf eine Antwort. Sie hörte auf den Namen Janet McElroy. Als Trudy und Tammy klein waren, hatte sie oft auf die Mädchen aufgepasst. Sie wohnte noch immer direkt gegenüber. Kleine Städte. Unerträglich.

»Das ist privat.«

»Du weißt, dass wir die Dinge hier vertraulich behandeln, Trudy. Ich muss ihm etwas sagen können. So funktioniert das nun mal.« Trudy glaubte das nicht eine Sekunde lang. Sie kannte genug Geschichten, um zu wissen, wie *das funktionierte*. So-und-so hatte Krebs. Und Mrs So-und-so hatte Warzen am Hintern. Jemand hatte Baby So-und-so auf den Kopf fallen lassen. Sie wusste, mit wem sie sprach: Freies Radio Preston Mills.

»Es geht um meine Periode. Sie hört nicht auf.« Das ging in die richtige Richtung. Auch wenn das Gegenteil der Fall war. Mit einem blauen Kugelschreiber schrieb sie ihren Termin auf die Innenseite ihres Handgelenks. Nur Nummern und Symbole. Wie ein Geheimcode: 3:00280873.

Drei Tage, zwei Stunden und zehn Minuten in der Zukunft.

WEIL ES JETZT REICHTE

Trudy verkündete Jimmy, dass es jetzt reichte. Sie hätten das gar nicht erst tun dürfen, und jetzt musste es aufhören. Auch wenn sie ihm natürlich nicht den Grund mitteilte.

»Kein Problem«, sagte Jimmy. Ein bisschen zu schnell, fand Trudy.

»Schon klar.«

»Nein, echt, das ist okay. Ich habe jetzt ohnehin eine Freundin.«

Trudy horchte in sich hinein, ob ihr das etwas ausmachte. Eigentlich nicht. Zumindest nicht allzu sehr. »Gut.«

»Bist du sauer auf mich?«

»Nee.« Und das stimmte. Sie war sauer auf sich selbst, auf das Universum, ihre Mutter, ihre dumme Schwester. Aber nicht auf Jimmy. Sie verstand einfach nicht, wie sie so viel für so wenig aufs Spiel setzen konnte. Warum ihr Körper ihren Verstand ausgeschaltet hatte. Nun, das war jetzt vorbei. Verstand, bitte wieder das Steuer übernehmen.

»Hey, Jimmy.«

»Ja?«

»Fick dich.«

»Ja, ja. Du bist 'ne ganz Taffe, Trudy.«

»Vergiss das besser nicht.«

Taff. (Bis auf eine Lücke im Sicherheitssystem, ein Überdruckventil in Form einer kleinen, kahlen runden Stelle oben auf ihrem Kopf. Trudy hatte sich die Haare ausgerissen. Dabei starrte sie dann immer ins Leere, wickelte sich ein paar Strähnen um den

Zeigefinger, ließ die Haare durch die Finger gleiten und seitlich runterfallen, bis nur noch eine Strähne zwischen Daumen und Zeigefinger klemmte. Und dann, zack, riss sie die Haare mit einem schnellen Ruck heraus und wischte sie von der Hand auf den Boden. Bis sie Dr. Cameron aufsuchte, war daraus ein vierteldollargroßes Stück geworden, an dem man ihre weiche Kopfhaut sehen konnte. Manchmal trug sie ein Kopftuch, um es zu verstecken. Ab und zu kämmte sie sorgfältig ihre Haare, sprühte Haarspray darauf und drückte sie vorsichtig über die Stelle. Das würde nie jemand erfahren.)

Taff. (Bis auf ihre fürchterlichen Albträume. Erdbeben, die das Haus um sie herum zum Einsturz brachten. Oder Überschwemmungen. Wasser, das durch das Haus rauschte und auf einer Riesenwelle Haarbürsten, Hausschuhe und Zigarettenpäckchen mit sich riss. Oder Schlangen. Schlangen, die aus dem Boden im Garten hervorquollen, durch offene Fenster und unter Türen hindurch glitten, sich über Teppiche schlängelten und sich um ihre Fußknöchel wanden. Dann wachte sie auf, weil sie die Bettdecke wegstrampelte und um sich trat, während Tammy von der anderen Seite des Zimmers durch die Dunkelheit zu ihr starrte.)

WEIL MANCHE LÖSUNGEN ALLE
MÖGLICHEN PROBLEME BEHEBEN

Dr. Cameron bat sie, sich wieder anzuziehen, er sei gleich zurück. Unglücklich schwang Trudy ihre Beine über die Seite des Untersuchungstisches und hüpfte herunter. Ihr nackter Hintern hing aus dem Kittel, ihre Schenkel waren vom Gleitgel glitschig. Oh, was fühlte sie sich mies. Sie schnappte sich ein paar Taschentücher, die in einer Schachtel auf dem Schreibtisch standen, und machte sich sauber, dann nahm sie noch ein paar und putzte sich die Nase. Weil sie nicht wusste, was sie sonst tun sollte, legte sie die gebrauchten Taschentücher auf das zerknitterte Papier, mit dem der Tisch abgedeckt war, breitete ihren Kittel darüber und zog sich an. Dann saß sie zitternd in ihrer Jeans und ihrem T-Shirt auf dem schwarzen Vinylstuhl in der Ecke und fürchtete sich vor dem, was als Nächstes käme.

Sie dachte an Tammy und daran, wie falsch es ihr vorkam, dass die mit jeder Schwangerschaftswoche hübscher und glücklicher wurde. Ihr Gesicht war voll und rosig, ihr Haar dick und glänzend. Ihre Brüste und ihr Bauch fest und rund und perfekt. Sie war immerzu gut gelaunt und lachte. Als würde nichts auf der Welt ihr Sorgen bereiten. Als hätte sie keine Ahnung, was womöglich falsch daran sein könnte, als alleinstehende, arbeitslose Sechzehnjährige schwanger zu werden. Trudy hingegen fühlte sich müde und hässlich und ausgezehrt. Angewidert und besiegt.

Dr. Cameron klopfte einmal, als er die Tür öffnete. Bis Trudy das Geräusch wahrnahm, stand er schon im Zimmer.

»Wir werden Folgendes machen, Trudy. Es gibt eine sehr einfache Möglichkeit, dieses Problem zu beheben. Ich gehe jedenfalls davon aus, dass es ein Problem ist, Trudy?«

Sie starrte den Doktor einen Moment lang an und war sich nicht sicher, ob sie ihn richtig verstand.

»Es gibt eine Operation, die wir manchmal durchführen, Trudy, wenn eine junge Frau eine zu starke Periode hat. Ich denke, die wäre bei dir angebracht. Im Wesentlichen legen wir dich dafür in Narkose und schaben dir die Schleimhaut aus der Gebärmutter. Das ermöglicht dir einen Neuanfang.«

»Aber ich hatte meine Periode schon seit Monaten nicht mehr.«

Dr. Cameron seufzte und betrachtete seine Hände. »Dieser Eingriff funktioniert bei allen möglichen Problemen, Trudy, und ich glaube, er könnte das Beste für das sein, was dich bedrückt. Aber die Entscheidung liegt bei dir. Was möchtest du tun?«

Ihr wurde vor Dankbarkeit ganz flau, und sie sackte in sich zusammen. »Ich möchte diese Operation. Danke, Dr. Cameron.«

Am Tag des Eingriffs fuhr Tammy Trudy ins eine halbe Stunde entfernt gelegene Krankenhaus nach Harristown. Die Schwestern hielten einander während der gesamten Fahrt über die Sitze hinweg an den Händen und schwiegen. Trudy sah aus dem Fenster, damit sie nicht auf Tammys Bauch sehen musste, der mittlerweile fast das Lenkrad berührte.

Zwei Wochen nach dem Eingriff hatte Trudy eine Nachsorgekontrolle bei Dr. Cameron, und ließ seinen freundlichen – und peinlichen – Vortrag über die Verhütung ungewollter Schwangerschaften über sich ergehen. Als wüsste sie nicht Bescheid. Als hätte sie ihre Lektion nicht gelernt. Sie verließ die Klinik mit einem Jahresvorrat an Antibabypillen in ihrer Tasche. Gratis. Für alle Fälle, hatte er gesagt. Dann hast du sie, wenn du sie brauchst. Neunundneunzigprozentiger Schutz, erklärte er ihr.

Aber sie kannte eine Methode, die hundertprozentig wirksam

war. Die hatte für sie in der Vergangenheit funktioniert und würde das auch wieder tun.

Zugang strengstens verboten. Dauerhaft geschlossen. Sie versteckte die Pillen unter ihren Unterhosen und Nachthemden in der obersten Schublade der Kommode.

Bis fünf Jahre später Jules Tremblay ins Jubilee spazierte.

WEIL MAN EINFACH HINSEHEN MUSS

Trudy fragte sich, wie es an jenem Abend im Jubilee wohl noch gelaufen war. Falls es zu einer Schlägerei gekommen wäre, hätten die
Leute bestimmt darüber gesprochen, aber sie hatte nichts gehört.
Daher ging sie davon aus, dass Jules und James ihren Rat befolgt
hatten und ohne Aufheben verschwunden waren. Wahrscheinlich
waren sie einfach dorthin zurückgegangen, wo sie hergekommen
waren.

Ein paar Wochen später allerdings gab es ein erneutes Zusam-
mentreffen.

Und zwar, als sie gerade eine Tüte auf der Hüfte balancierend
mit Mercy an der Hand vom Lebensmittelladen zum Auto lief.

»Trudy.« Mercy blieb wie angewurzelt stehen und zeigte auf die
andere Seite des Parkplatzes. »Trudy, deine Freunde sind da!« Mercy bohrte ihre kleinen, knochigen Finger in Trudys Handgelenk,
um sich aus dem Griff ihrer Tante zu befreien.

»Hör auf, Mercy! Du tust mir weh. Du bleibst schön hier. Hier
fahren Autos.« Und tatsächlich, als sie aufschaute, kam James mit
einem weiteren Fremden auf sie zu. Kaum war der Anfang gemacht,
schienen immer mehr Fremde in Preston Mills aufzutauchen. Der
neue Fremde hatte schlaff herabhängende, blonde Haare und hellblaue Augen. Er sah vollkommen anders aus als Jules Tremblay.
Bis auf die Koteletten. Trudy hatte den Eindruck, dass man jeden
Mann, der nicht aus Prestons Mills kam, an seinen Koteletten erkannte. James zwinkerte Mercy lächelnd zu.

»Mercy, meine Freundin! Wie geht es dir?«

»Prima!«

»Du bist wirklich prima«, sagte er und brachte Mercy zum Lachen. »Und wie geht es dieser prima Lady?«

»Trudy? Der geht es auch prima!«, jauchzte Mercy. Trudy sagte nichts und schob die Tüte mit den Einkäufen auf die andere Hüfte.

»Das ist mein Freund, Mark. Er ist aus dem Wilden Westen hier zu Besuch.«

»Ist er ein Cowboy?«

»Allerdings! Siehst du seine Gürtelschnalle?« Trudy konnte nicht anders. Sie senkte ihren Blick auf die silberne Gürtelschnalle, die im Sonnenlicht glänzte. »Die ist von einem echten Rodeo.«

»Mach schon, Mercy. Wir müssen los.« Trudy zog an Mercys Hand, bis die Kleine fast gegen sie stolperte.

»Tschüss!«, sagte Mercy.

»Trudy! Jules würde dich total gerne treffen«, rief James ihnen nach, als sie fortgingen.

Trudy lief weiter und zog Mercy mit sich.

»Ich sag ihm, dass du ihn grüßen lässt!«

Während Trudy an ihren Schlüsseln herumfummelte, um das Auto aufzuschließen, und versuchte, dabei keine Einkäufe fallen zu lassen, lief sie rot an, und ihr wurde heiß. Mercy hüpfte wie ein Flummi auf und ab. »Du hast aber viele Freunde, Trudy!«

WEIL DAS DUNKLE WASSER EINEN
KOMPLETT VERSCHLINGEN WOLLTE

Ihr Auto. Was liebte Trudy ihr Auto! Ein neun Jahre alter Dodge
Dart, den sie von einem Highschoolfreund gekauft hatte, der
draußen im Norden der Stadt eine Karosseriewerkstatt am Highway besaß. Zweitürig, dunkelgrün, mit schwarzen Vinylsitzen und
einer Hupe, die nur die Hälfte der Zeit funktionierte. Sie hatte fünf
Jahre lang darauf gespart. Es war nicht so, dass sie den Wagen an
sich übermäßig liebte. Aber sie mochte das Gefühl, das er ihr gab.
Natürlich was das Quatsch, aber das Auto gab ihr das Gefühl, als
wäre sie die Herrin über ihr eigenes Schicksal.

Häufig fuhr sie nach dem Abendessen noch eine Runde, stellte
das Radio an und kurbelte, wenn es warm genug war, das Fenster ganz nach unten. Außerdem öffnete sie immer den riesigen
Aschenbecher, der so groß wie eine Kommodenschublade war, und
drückte den Zigarettenanzünder hinein. Zu Trudys Überraschung
war das Auto auf dem Armaturenbrett mit einem Zigarettenspen-
der ausgestattet gewesen. Eine kleine schwarze Lederschachtel mit
silbernem Rand und einem Knopf auf der linken Vorderseite. Sie
brauchte nur draufzudrücken, und schon tauchte eine Zigarette mit
dem Filter nach oben auf wie ein kleiner Zinnsoldat. Erstaunlich.

Nach dem Einkaufen und ihrer Begegnung mit James und dem
Cowboy setzte Trudy Mercy zu Hause ab. Sie fuhr in die Einfahrt,
stellte das Auto auf Parken, fasste bei laufendem Motor über Mercy hinweg und öffnete die Beifahrertür. »Raus mit dir. Oma macht
dir Abendessen.«

»Kommst du nicht mit, Trudy?«

»Nee. Geh rein, Süße. Ich fahre noch eine Runde.«

»Was ist mit den Einkäufen?«

»Die bringe ich später. Geh jetzt. Raus mit dir! Husch! Bis nachher.«

Trudy beobachtete, wie Mercy Richtung Haus zur Hintertür lief und mit beiden Fäusten dagegen hämmerte. Die Tür öffnete sich, Claire lehnte sich heraus, winkte, und Mercy verschwand nach drinnen.

Trudy setzte rückwärts aus der Einfahrt. Sie konnte es kaum erwarten, wegzukommen. Sie fuhr Richtung Osten, aus der Stadt raus, bog auf die River Road und folgte den Überresten des alten Highways den Fluss entlang. Die Straße war hügelig und kurvig. An manchen Stellen kam sie dem Wasser gefährlich nah, und das Auto lag gefährlich schräg. Als wollte die Straße einen in den Fluss werfen. Als wollte der Fluss einen komplett verschlingen. Keine Leitplanken. Nur das Wasser, das sich rechter Hand fast auf derselben Höhe mit der Straße dunkel kräuselte.

Und linker Hand Bauernhöfe, Apfelplantagen, Häuser, Scheunen.

Als Trudy nach dem Riverside Campingplatz – der eher ein Wohnwagenpark als ein Campingplatz war – um die Kurve bog, bremste sie und stieß fast mit einem riesigen Bulldozer zusammen, der langsam über die Straße kroch. Sie stellte ihr Auto auf Parken und wartete, dass das Fahrzeug vorbeifuhr. Sie sah zu dem Feld auf der linken Seite. Der Anblick war schockierend. Das ehemals saftige Weideland bestand nur noch aus Erde. Haufenweise, tonnenweise braune Erde. Bergeweise. Trudy versuchte zu erraten, was dort los war. Es könnte, vermutete sie, etwas mit der Schifffahrt zu tun haben. Ein neuer Pier? Was immer dort entstand, momentan war es hässlich. Sie drückte aufs Gaspedal und fuhr hinter dem Bulldozer vorbei. Wolken hatten sich vor die Sonne geschoben, und der Himmel war wieder einmal metallisch grau.

Trudy fuhr davon, am Friedhof vorbei und dann den Hügel hinauf zum Parkplatz am Point. Sie parkte mit Blick auf die Schleuse neben dem Maschendrahtzaun, stellte den Motor aus und zündete sich eine Zigarette an. Schaltete das Radio ein. Es lief »Big Yellow Taxi«. Gott, sie hasste Joni Mitchell. Sie kam ihr so unecht vor, so übertrieben mädchenhaft. Zu viel *Gefühl*. Das ging ihr auf die Nerven. Sie stellte das Radio aus und kurbelte das Fenster runter. Die Luft war warm und feucht. Der Wind wogte sanft durch das Gras auf dem Hang, der zu dem engen Schleusenkanal hin abfiel. Aus dem Westen dröhnte tief ein Schiffshorn. Sie konnte das Schiff in der Ferne bereits sehen, rostrot und schwarz war es. Sie stieg aus dem Auto, lehnte sich gegen den Zaun und verschränkte die Arme darauf. Als sich der riesige Bug des Schiffes in den Kanal schob, brach die Sonne hinter den Wolken hervor. Von ihrem Standpunkt aus schien es, als wären zwischen der Längsseite des Schiffes und der Betonmauer der Schleuse nur wenige Zentimeter Platz.

Der Pott war so lang wie ein Sportplatz. Und hoch. Die Männer an Deck sahen aus wie Ameisen. Aus Gewohnheit winkte sie. Sie winkten zurück. Das machte Trudy schon ihr ganzes Leben lang. Als kleine Mädchen hatten sie und Tammy mit ihren Eistüten in der Hand genau an ebendiesem Zaun gestanden, weit ausholend gewinkt, während ihnen das klebrige Eis auf ihre Fäuste tropfte, und gehofft, dass die Matrosen zurückwinken würden. Was sie immer taten.

Das Schiff bewegte sich langsam an Trudy vorbei durch den Betonkanal. Auf dem verrosteten Rumpf stand in schwarzer Schrift *Unverdrossen*. Jeder Buchstabe so groß wie ein Mann. Sie schaute zu, wie sich das Heck langsam entfernte und das Wasser dahinter weiß schäumte.

WEIL BEI SONNENUNTERGANG ALLES GOLDEN WIRKT

Als Trudy zurück auf die River Road fuhr, ging die Sonne rot und orangefarben unter und schien ihr direkt in die Augen. Sie klappte die Sichtblende herunter, lehnte sich an die Tür und versuchte eine Position zu finden, in der sie nicht geblendet wurde. Sie wollte noch einmal an der Baustelle bei der Robson-Farm vorbeifahren, um sich das genauer anzusehen. Als sie das Auto am Rand des Feldes abstellte, wurde der Himmel hinter ihr dunkel. Auf der gegenüberliegenden Straßenseite leuchtete der Fluss durch die Spiegelung der Sonne rosafarben. Durch den Sonnenuntergang wirkten die Erdhügel jetzt anders: metallisch und golden. Die gelben Zugmaschinen und Bulldozer standen still über der Weide verstreut, als hätten sich die Fahrzeugführer beim Arbeiten plötzlich in Luft aufgelöst.

Scheinwerferlicht schien von hinten ins Wageninnere und wurde immer heller. Aber anstatt vorbeizufahren, wich das Auto auf den Seitenstreifen aus und hielt direkt auf sie zu. Trudy machte sich schon auf den Aufprall gefasst, als das Fahrzeug nur wenige Zentimeter vor ihrer Heckstoßstange stehen blieb. Schotter spritzte auf. Während das Scheinwerferlicht erlosch und der Motor stotternd zum Stillstand kam, saß sie wie erstarrt da. Sie hörte den dumpfen Schlag der Fahrertür und schwere, knirschende Schritte, die näherkamen, aber sie hatte zu große Angst, um sich umzudrehen. Plötzlich wurde das goldene Licht grau. Die Sonne war untergegangen. Und Jules Tremblay beugte sich zum Beifahrerfenster hinab und lächelte dieses Lächeln.

»Wie findest du das?«

»Ich finde, dass du ein Arschloch bist. Du hast mich zu Tode erschreckt.«

»Ich meine, wie findest du mein kleines Projekt?«

Jules öffnete die Tür und schob sich auf den Beifahrersitz.

»Siehst du die Insel dort drüben?« Er rutschte neben sie und zeigte an ihrem Gesicht vorbei aus dem Fahrerfenster zum Fluss.

Ungefähr in der Mitte des Flusses erkannte Trudy eine lange, schmale Insel, die mit braunem Gras bewachsen war. Sie spürte die Wärme, die von ihm ausging, seine Brust berührte fast ihren Rücken. »Ja, sehe ich.«

»Wir bauen auf dem Acker eine Rampe, und ich werde mit einem Raketenauto drüberfahren und auf dieser Insel landen.«

»Mit einem Raketenauto.«

»Genau.« Jules zog seine Geldbörse aus der Gesäßtasche und holte einen zusammengefalteten Zeitungsausschnitt heraus. Er war vom vielen Herausholen und wieder Zusammenfalten schon ganz blass und zerfleddert. Darauf zu sehen war ein Foto von einem Cadillac mit einer am Kofferraum befestigten Turbine und seltsam kurzen Flügeln an den Türen. Die Überschrift lautete: »Verrückter Frankokanadier will in Raketenauto den Sankt-Lorenz-Strom überspringen«. Das Auto auf dem Foto war eine Attrappe, erklärte er. Für Werbezwecke zusammengeschustert. Alufolie und Kleber und Feuerwerkskörper. Das echte Raketenauto wurde gerade in Chicago gebaut. Es würde einhunderttausend Dollar kosten.

Einhunderttausend Dollar.

»Das ist nicht dein Ernst.«

»Oh, das ist mein voller Ernst. Ich habe Investoren. Sogar einen Vertrag mit einem Fernsehsender.«

»Du bist verrückt.«

Jules zuckte mit den Schultern und blickte aus dem Fenster. »Ja, vielleicht.«

So saßen sie eine Weile da – Jules sah auf die Erdhügel, Trudy auf die Insel –, und keiner von beiden wusste, was er als Nächstes sagen sollte. Jules öffnete die Beifahrertür und stieg aus. Er drehte sich um und streckte noch einmal den Kopf durchs Fenster.

»War das dein Kind?«

»Was?«

»Letztens im Restaurant. Das kleine Mädchen. Ist das deine Tochter?«

»Nein. Die von meiner Schwester. Warum?«

»Nur so.«

»Na, jetzt weißt du Bescheid.«

»Du solltest uns irgendwann mal besuchen. Mich und James. Wir wohnen draußen an der Old Murphy Road, kurz vor den Gleisen. Wenn du willst, bring das Kind mit.« Und dann machte er kehrt. Sie beobachtete im Rückspiegel, wie er zu seinem Auto zurückging. Als er die Tür öffnete und einstieg, nickte er ihr zu. Der Motor dröhnte laut und tief. Er fuhr mit Höchstgeschwindigkeit rückwärts, rauschte dann an ihr vorbei, riss das Steuer herum, sodass das Auto eine ganze Drehung machte, und hinterließ einen schwarzen Gummiabrieb-Donut auf der Straße. Das Heck des Autos ragte über den Straßenrand hinaus und neigte sich kurz Richtung Flussufer, dann erreichten die Reifen wieder die Grasnarbe, und der Wagen raste davon.

Idiot, dachte sie. *Dämlicher, verrückter Idiot.*

Mit dunkelbraunen Augen. Und Wimpern wie ein Mädchen.

Herrgott noch mal!

WEIL MAN MANCHMAL DIE WELT
AUS DEN ANGELN HEBEN MUSS

Bei einer weiteren Schicht in der Fabrik ertappte Trudy sich bei dem Gedanken an ihren Vater und daran, wie wenig sie doch über ihn wusste. Sie wusste, dass er mit Vornamen Darren hieß, aber ihre Mutter weigerte sich, seinen Nachnamen zu verraten. Sie hatte nie verstanden, warum Claire ihn in Schutz nahm, warum sie nicht wütend war, dass er sie mit zwei Kindern sitzen gelassen hatte. Trudy begriff einfach nicht, warum Claire sogar noch zwanzig Jahre später für ihn schwärmte. »Ich würde ihn zurücknehmen«, sagte Claire dann immer mit diesem sanften Blick. Mit diesem sanften, verletzten Gesichtsausdruck, der ständig da war. Das machte sie so wütend.

Trudy schob wie in Trance die Kopfkissenbezüge unter der Nähmaschine durch und ließ sie in die Kiste fallen. Sie fragte sich, was Darren jetzt machte, ob er mit seiner aktuellen Frau Kinder hatte. Ob sie in völliger Unkenntnis über seine anderen Nachkommen jeden Morgen aufstanden, zur Schule und zur Arbeit gingen, nach Hause kamen und gemeinsam zu Abend aßen. Sie fragte sich, ob diese Kinder, wenn es sie denn gab, besser als Tammy und sie waren. Ob sie die Highschool abschließen würden, Sport trieben und sich für die Ehe oder was auch immer aufsparten. Vermutlich. Sie fragte sich, ob es wirklich stimmte, dass Darren Claire geliebt hatte. Dass er, wie Claire behauptete, Trudy und Tammy geliebt hatte, er aber das Richtige tun musste und nach Hause gegangen war. Feigling. Er war ein Feigling, und ihre Mutter auch. Trudy wäre ihm an ihrer Stelle mit den kleinen Kindern im Schlepptau bis nach Hause gefolgt.

Zumindest glaubte sie das.

Sie sah sich gerne als taffe Person, als Vorreiterin, aber vielleicht war sie genauso schwach wie Claire. Man brauchte sich ja nur anzusehen, wie sie zu Hause festhing, auf Tammys Kind aufpasste und in derselben beschissenen Fabrik wie ihre Mutter und jeder andere Versager dieser Stadt ihre Nachtschichten abriss. Es war ja nicht so, als würde sie die Welt aus den Angeln heben.

Trudy wurde von einer leeren Overlockspule am Hinterkopf getroffen und zuckte zusammen, wodurch sie den Kopfkissenbezug, an dem sie gerade saß, zur Seite zog und die Naht über den Rand des Stoffes hinauslief. »Mach schneller, Johnson!« Als Trudy sich umdrehte, sah sie Jeannie Burns, die sich auf ihrem Stuhl zurücklehnte und gemeinsam mit den anderen Hyänen im Neonlicht der Näherei lachte. »Du hältst dich für besonders toll, nicht wahr, Trudy?«

Jetzt geht das wieder los, dachte Trudy. Wie war es möglich, dass jemand, mit dem sie absolut nichts zu tun hatte, so ausgeprägte Gefühle ihr gegenüber hegte? Das war schon immer so gewesen. Seitdem sie kleine Kinder waren. Jeannie hasste Trudy. War sie eifersüchtig, oder hatte sie sich einfach nur auf sie eingeschossen? Wer wusste das schon. Aber es wurde Zeit, dem Ganzen ein Ende zu bereiten. »Halt den Rand, Jeannie.«

Die anderen Frauen wandten sich wieder ihren Nähmaschinen zu. Taten so, als konzentrierten sie sich auf die Arbeit.

»Keine Ahnung, warum du glaubst, dass du so großartig bist, Trudy. Eine Schlampe als Mutter, eine Schlampe als Schwester.«

Trudy hob den Nähmaschinenfuß an, zog den Kopfkissenbezug heraus und schnitt die Fäden ab, nahm den Nahttrenner und begann, die Naht aufzureißen.

»Du tust so, als wärst du unbefleckt, Trudy, und zu gut für die Jungs hier aus der Gegend. Aber mir ist was anderes zu Ohren gekommen. Ich hab gehört, dass Jimmy Munro dich mit vierzehn unter der Zuschauertribüne flachgelegt hat. Hat gesagt, er konnte sich kaum vor dir retten.«

»In seinen Träumen vielleicht.«

»Wenn du mich fragst, eher in seinen Albträumen. Er hat gesagt, dass du wie ein Krake warst, deine Hände waren überall. Total gierig.«

Trudy warf den verkorksten Kopfkissenbezug auf den Boden. Sie stand von ihrem Stuhl auf und lief zu Jeannies Platz, auch wenn sie noch nicht wusste, was sie dann tun sollte. Obwohl Jeannie überrascht wirkte, stand sie ebenfalls auf und machte sich bereit. Sie stellte sich aufrecht hin und presste ihre Fäuste gegen die Oberschenkel. Aber Trudy sah, dass sie zitterten. Im Radio, das wie immer einen amerikanischen Sender spielte, lief gerade »Da Doo Ron Ron« von The Crystals. Trudy schnappte sich Jeannies Handgelenk und drehte ihr den Arm auf den Rücken. Ihre andere Hand legte sie um Jeannies Kehle und drückte mit Daumen und Zeigefinger beide Seiten zusammen.

»Du hast recht, ich *bin* ein verdammter Krake, Jeannie. Siehst du? Und was bist du?« Trudy stieß ihr Knie in Jeannies Kniekehlen, sodass diese nach vorne auf den Boden fiel. »Was bist du, Jeannie? Sag schon.« Trudy hockte sich hinter sie auf den harten Betonboden und drehte ihren Arm noch ein bisschen weiter nach oben, bevor sie Jeannie losließ. Und sie nach vorne auf den Boden schubste. »Nichts. Das bist du.« Trudy wischte sich die Hände ab und lief zurück zu ihrer Nähmaschine. »Und sag dem verdammten Vollidioten Jimmy, dass er's Maul halten soll.«

Als Trudy einen neuen Kopfkissenbezug unter den Nähfuß schob und die Nadel in den Stoff versenkte, zitterten ihre Hände. Die Luft um sie herum knisterte.

Da-doo-ron-ron-ron, da-doo-ron-ron.

WEIL NICHT ALLES GANZ GENAU STIMMEN MUSS

»Willst du eine Runde Auto fahren, Mercy?«

»Klar!«

»Sehr schön. Hol deine Kängurujacke. Aber erzähl Oma nichts davon. Okay?«

»Okay!« Mercy stürmte die Treppe hinauf, um ihre Jacke zu holen, und kämpfte beim Zurückkommen damit, sie schon im Gehen anzuziehen. »Warum darf ich Oma nichts sagen?«

»Weil ich dich dann nicht mehr mitnehme.« Trudy drehte Mercy mit dem Rücken zu sich, holte die Ärmel aus der Jacke raus und schob Mercys Hände hindurch, drehte sie dann wieder zu sich herum und machte den Reißverschluss zu.

»Warum heißt die Jacke Kängurujacke, Trudy?«

»Rate mal.«

»Weil man Lust bekommt, herumzuhüpfen!« Mercy hüpfte mit aufgesetzter Kapuze und in den Taschen vergrabenen Händen durchs Wohnzimmer.

»Rate noch mal.«

Nach ein paar Sekunden: »Weil sie vorne Taschen hat, so wie ein Kängurubeutel!«

»Bingo.«

»Aber Kängurus haben nur einen Beutel, Trudy. Meine Jacke hat zwei Taschen.«

»Richtig. Aber es muss nicht immer alles ganz genau stimmen, verstehst du. Kängurus haben Beutel, Jacken haben Taschen. Das passt schon. Und jetzt komm, fahren wir.«

»Okay.« Mercy ging tief in die Knie und hüpfte durch die Küche zur Hintertür. Trudy schnappte sich die Schlüssel vom Regal und folgte ihr zur Einfahrt. Man musste nicht sonderlich viel Zeit mit Kindern verbringen, um festzustellen, dass sie sich gar nicht so sehr von Hunden unterschieden: Manchmal war es das Beste – oder das einzig Sinnvolle –, sie einfach nach draußen zu bringen, wo sie herumrennen durften, bis sie sich ausgetobt hatten.

WEIL NICHT ALLE EINHÖRNER HÖRNER HABEN

»Kannst du mein Fenster runterkurbeln, Trudy?«

»Sicher, Schatz. Aber nur kurz. Es ist kalt draußen.«

»Wohin gehen wir?«

»Wir könnten ja vielleicht zum Park am Point fahren. Dann kannst du schaukeln.«

»Au ja!« Mercy kniete sich auf den Beifahrersitz und streckte Kopf und Schultern nach draußen in den Wind. »Hurra!«

Trudy griff nach ihr und zog sie an der Jacke ins Auto zurück. »Aber zuerst will ich die Old Murphy Road entlangfahren.«

»Nein! Das ist langweilig, Trudy. Ich will in den Park!«

Trudy gab keine Antwort, stellte das Radio an, blinkte nach links und bog vom Highway auf die Farley Road und anschließend auf die Old Murphy. Mercy sackte mürrisch in sich zusammen und beobachtete die vorbeigleitenden Bäume. Als die Bäume einer Koppel wichen und der Asphalt zu Schotter wurde, bremste Trudy ab. »Schau mal, Schatz! Pferde!«

»Nein. Keine Lust.«

»Das sind die hübschesten Pferde, die ich je gesehen habe, Mercy.« Sie hielt am Straßenrand. »Komm schon.«

Trudy stelle den Motor ab und öffnete die Tür. Mercy stieg ebenfalls aus, und obwohl sie beim Laufen auf ihre Füße starrte, fand sie eindeutig Gefallen an dem Abenteuer. Trudy half ihr über den Graben mit dem Wasser, das am Grund entlangrauschte, und dann machten sie sich auf den Weg zur Weide. Gegen den Holzzaun gelehnt, konnten sie in der Ferne die Pferde beobachten. Es waren zwei schneeweiße Schimmel, und im Sonnenlicht hoben sie sich wie leuchtende Laternen vor dem blauen Himmel und der grünen Wiese ab. Mercy seufzte, ihre Wangen waren von der kühlen Frühlingsluft gerötet. »Ich glaube, das sind Einhörner, Trudy!«

Trudy lachte. »Ich weiß nicht, Süße. Sie haben keine Hörner.«

»Aber nur, weil sie noch zu jung sind. Das sind Einhörner. Hey, Einhörner! Kommt mal her!«

Eins der Pferde hob den Kopf und glotzte zu ihnen herüber. Mercy drückte Trudys Hand und stand regungslos da. »Ich glaube, sie kommen zu uns«, flüsterte sie. »Nicht bewegen.«

Jetzt glotzten beide Pferde. Eines warf den Kopf zurück und wieherte. Das andere nickte, und dann trotteten beide Richtung Zaun. Mercy zuckte und zappelte, weil sie den Drang unterdrücken wollte, auf und ab zu springen. »Okay, Einhörner«, flüstere sie. »Nur noch ein kleines bisschen näher.«

Die Pferde liefen weiter auf sie zu, und Trudy wurde allmählich nervös. Sie war einem Pferd noch nie so nahe gekommen und konnte gar nicht glauben, wie groß die Tiere waren. Sie trat drei Schritte zurück und zog Mercy mit sich. Die Pferde drückten ihre Brustkörbe gegen den Zaun und beugten die Köpfe zu ihnen hinunter. Trudy spürte ihren warmen Atem. Ihre Nüstern weiteten sich. Mercy machte einen kleinen, vorsichtigen Schritt zum Zaun. Ein Pferd ging einen Schritt zurück, aber das andere beugte sich noch weiter nach vorn. Sie streckte ihre kleine Hand aus und strich damit über seinen Nasenrücken.

Trudy hielt den Atem an.

Das Pferd beugte sich hinunter und schnupperte an Mercys Kängurutaschen, dann stupste es gegen ihren Bauch, sodass sie einen Schritt nach hinten taumelte. Mercy hielt ihre Hände über den Kopf, als wäre das Pferd ein Bandit und das hier gerade ein Überfall. Das Pferd schnaubte, wich zurück, drehte sich um und ging davon. Das andere trottete ihm nach. Trudy atmete laut aus. »Himmel!«

Zurück im Auto sagte Mercy: »Das war ein Einhorn, Trudy. Ich weiß das. Seine Nase war ganz weich.«

Kurz vor den Eisenbahnschienen zweigte an der Old Murphy Road ein langer Feldweg ab, an dessen Ende neben einer seichten Bucht mit binsenbewachsenem Ufer ein altes Bauernhaus aus rotem Backstein stand, das beinahe in der feuchten Erde versank. Vorne im Hof parkte ein Auto, die Reifenspuren bildeten matschige Furchen im Gras. Eine wild wuchernde Weide neigte sich zum Wasser. Trudy nahm den Fuß vom Gas und rollte am Feldweg vorbei. An einem Pfosten hing ein Sperrholzschild. *JULES TREMBLAYS HAUPTQUARTIER* war dort mit roter Farbe in Schablonenschrift hingesprüht worden. Trudy fuhr an den Straßenrand und stellte den Motor ab, während sie im Rückspiegel das Haus betrachtete. Mercy wollte aus der Heckscheibe schauen, kletterte über den Beifahrersitz und purzelte nach hinten. »Wer wohnt da, Trudy?«

»Niemand.« Eine Weile saßen sie schweigend da.

»Was ist, wenn meine Mom dort wohnt?«

»Das wäre eine Überraschung.«

»Manchmal vermisse ich meine Mom.«

»Ich weiß, Spatz.«

Trudy sah, wie Jules' alter Pontiac GTO hinter ihnen auftauchte und in den Feldweg einbog. Er war tiefergelegt, und es wirkte, als hätte jemand mit einem Farbroller Außenfarbe darauf gestrichen. Wahrscheinlich rostete er darunter zu Staub. Gut möglich, dass nur noch die Farbe ihn zusammenhielt. Fahrig ließ Trudy den Motor an und fuhr wieder auf die Straße Richtung Highway. »Auf zum Park, meine Freundin.«

»Ich will nicht mehr zum Park. Ich will nach Hause.«

Trudy schaute in den Rückspiegel zu ihrer Nichte. Sie hatte sich mit verschränkten Armen und hochgezogenen Knien zusammengerollt und drückte ihr Kinn gegen die Brust. Um sie erstreckte sich kilometerweit die Rückbank. Was war sie doch für ein winzig kleines Ding. Nur ein Tupfer.

»Oder wir könnten ein paar Freunde besuchen. Würde dir das gefallen?« Trudy bremste ab und suchte nach einer Stelle zum Wenden.

»Was für Freunde?« Misstrauisch, aber hoffnungsvoll setzte Mercy sich wieder aufrecht hin.

»Unsere neuen Freunde, weißt du noch?« Trudy bog in einen Feldweg zwischen zwei Maisfeldern ein, bremste scharf, setzte nach hinten und fuhr den Weg zurück, den sie gerade gekommen waren.

»Cowboys!«, jauchzte Mercy.

»Genau. Cowboys«, sagte Trudy.

Und fuhr zurück zum Hauptquartier.

CLAIRE

WEIL MAN SICH NICHT EINFACH HINLEGEN UND STERBEN KANN

Trudy hatte recht. Es stimmte, dass Claire nicht auf Darren sauer war und dass sie jeden Tag von seiner Rückkehr träumte. Wie er durch die Tür kam und ihr erklärte, dass es ein Fehler gewesen sei, sie zu verlassen, dass er ohne sie keine Sekunde lang glücklich gewesen sei und dass ihn keine zehn Pferde noch einmal von ihr wegbringen können. Und sie würde ihm erklären, dass sie mit den Mädchen ihr Bestes gegeben habe und sie eine Enkelin haben. Sie würde ihm erklären, dass sie gewartet habe und ihm treu geblieben sei. Dass kein Mann sie seit dem Tag, als er sie verlassen habe, berühren durfte. Kein einziger. Nicht ein einziges Mal.

(Was ihr allerdings niemand glaubte. In Preston Mills konnte man seinen Ruf nicht wiederherstellen. Die Beweise lagen auf der Hand: Als Achtzehnjährige bereits zwei Kinder mit einem verheirateten Mann, ihre eigene Tochter mit sechzehn schwanger. Sie war ein schlimmes Mädchen gewesen, und jetzt war sie eine schlimme Mutter. Selbst ihre eigenen Eltern sprachen kaum mit ihr. Es sei denn, die Miete war fällig. Sie führte das traurige Leben, das sie verdiente. Ende der Geschichte.)

Oh, und was wären sie alle überrascht! Ihre Eltern, ihre Töchter, jeder in der Fabrik. Die Wichtigtuer im Café. Was wären sie überrascht, diesen großen, starken Mann an ihrer Seite zu sehen! Sie würden sehen, dass die Mädchen seine Augen hatten und nicht ihre. Diese hellblauen Augen. Claire glaubte keine Sekunde lang daran, dass Darren seine jetzige Frau liebte und mit ihr Kinder hatte. Das war unmöglich. Das passte nicht zu dem Traum, den sie träumte. Und was blieb ihr noch ohne diesen Traum? Was würde sie sehen, wenn sie es wagte, ohne rosarote Brille einen Blick auf die Welt zu werfen?

Ein winziges Haus.

Ein aufreibender Job.

Eine verschwundene Tochter.

Ein leeres Bankkonto.

Ein altes Flanellbetttuch und eine fadenscheinige, mottenzerfressene Decke, die sie jeden Abend unter dem Beistelltisch hervorholte. Eine neununddreißigjährige Frau mit blonden Haaren und dunklem Ansatz, die allein auf einem durchgelegenen Klappsofa schlief. Ungeliebt, verachtet, einsam. In einer Stadt, die auf Schlamm und Schotter und Binsen gebaut war. In der Fieslinge und Klatschmäuler wohnten. Unmenschen und Hyänen.

Das würde sie sehen.

Deshalb behielt sie ihr Ziel fest im Blick. In Claires Kopf gab es eine Fortsetzung ihrer Geschichte. Die Geschichte einer verlassenen und vergessenen Prinzessin, die für ein Dienstmädchen gehalten wurde, auf den rechten Augenblick wartete und der Rückkehr ihres Prinzen harrte. Ihre Geduld würde eines Tages belohnt werden. Den Zweiflern, die alles für bare Münze nahmen und nicht glaubten, dass in Claire mehr steckte, als es den Anschein hatte, sollte vergeben werden.

Denn sie wusste es besser. Sie war der Star in diesem Film. Und er würde ein Happy End haben.

Ansonsten könnte sie auch gleich aufgeben. Ansonsten könnte sie sich auch gleich auf den schmutzigen Küchenboden legen und sterben.

WEIL ES NICHT OHNE GRUND
»DIE NUMMER ZWEI« HEISST

Claire hatte schon immer eine blühende Fantasie. Das war nicht unbemerkt geblieben. Es begann mit einem Paar Schuhe. 1955 waren Damenschuhe in Preston Mills in Schwarz und Braun und – während des Sommers – in Weiß erhältlich. Die einzige Möglichkeit, Schuhe in einer anderen Farbe zu bekommen, bestand darin, zur Mackenzie-Reinigung zu gehen und sich ein Paar Hochzeitsschuhe aus Stoff zu bestellen. Pumps aus weißem Satin, die in jeder beliebigen Farbe passend zu jedem beliebigen Kleid eingefärbt werden konnten. Als sie sechzehn war, das Jahr, in dem sie Darren kennenlernen würde, hatte Claire genug Geld gespart. Sie schnitt ein kleines Stück Baumwollstoff aus dem Saum ihres Lieblingskleides, um die Farbe genau abzustimmen, und bestellte ihre Schuhe. Größe 37,5, schmal. Zuckerwatterosa. Dann wartete sie sechs Wochen auf die Lieferung.

Außerdem ging sie in die Jameson-Drogerie, erstand ein halbes Dutzend Päckchen Textilfarbe in *Intense Rose* und verbrachte während dieses Frühlings ihre Abende damit, sämtliche weißen Blusen und Pullover, weißen Socken, weißen BHs und Unterhosen in ein lebhaft leuchtendes Rosarot zu färben. Ihre braunen Haare färbte sie mit Miss Clairol in der Abtönung 129, Butter Cream Blond. Und als sie die Straße hinunterging, war es, als hinterließe sie eine Spur Sternenstaub. Oder Zucker. Die Männer konnten den Blick nicht von ihr abwenden. Von ihrer Figur, die wie eine Acht aussah, ihren blonden Haaren, ihren geröteten Wangen und schwarzen

Wimpern, ihrem rosafarbenen Pullover, rosa Kleid, rosa Schuhen. Ihrem rosafarbenen Schal, den sie um den Hals geknotet hatte. Sie war wie ein wandelnder, sexy Bonbon.

Als sexy Bonbon machte Claire sich die meisten Mädchen aus Preston Mills zu Feindinnen. Wenn sie an ihnen vorbeilief, schüttelten sie die Köpfe, taten so, als müssten sie husten, und sagten hinter vorgehaltener Hand: »Hure!« Sie verbreiteten haarsträubende Gerüchte über sie. Dass sie es auf einer Tankstellentoilette getrieben hätte oder hinter der Bar im Bürgerhaus. Dass sie eine dritte Brustwarze hätte, eine zweite Vagina. Oder überhaupt keine Vagina. Herpes. Krätze. Warzen. Sie würden alles behaupten, um ihren Freunden die Fantasien zu verderben, die die Jungs zweifellos von ihr hatten.

Nicht, dass diese Mädchen sie jemals gemocht oder ihr vertraut hätten. Claire kam es so vor, als ob nicht einmal ihre Eltern sie wirklich mochten. *Tatsächlich? Schön, die können uns mal!* Das zumindest sagte Claires einzige Freundin Nancy Meyers. *Wenn die keinen Spaß verstehen, können die uns mal.* Mit achtzehn wirkte Nancy viel älter als Claire, viel stärker und mit der Welt im Reinen. Sie hatten sich eines Tages bei der Zigarettenpause vor der Fabrik angefreundet. Nancy war von Brockville nach Preston Mills gezogen, um Arbeit zu finden und um Jason MacNeill näher zu sein, diesem Versager. Diesem Arschloch. Eine kurzlebige Romanze, nannte Nancy das immer. Die Blüte dieser Rose war rasch verblüht. Aber wen kümmerte es? Nancy Meyers sagte, dass in Cornwall die Männer an Bäumen wuchsen. Nur eine halbe Autostunde entfernt gab es Zehntausende neuer Männer, Arbeiter aus ganz Kanada. Sogar aus den Staaten.

Diese Männer würden Kanäle graben, neue Straßen bauen, den Fluss stauen und fast jede beschissene, kleine Stadt einschließlich Preston Mills entlang des Highway 2 überfluten.

Und Tschüs!

Der Highway hieß nicht umsonst »Die Nummer Zwei«. Dieser

mit Kuhfladen verdreckte, von Schlaglöchern übersäte und von Disteln gesäumte Highway. Legt los, kicherten Nancy und Claire. Mach's gut, Preston Mills!

WEIL ES LIEBE AUF DEN ERSTEN BLICK TATSÄCHLICH GIBT

An diesem ersten Abend sah Claire ihn allein am Ende der Bar im Pionierhotel in Cornwall stehen. Groß, stark, rotblond und mit traurigem Blick. Mit Bartstoppeln am Kinn und einer Zigarette hinterm Ohr. Die Packung steckte im aufgekrempelten Ärmel seines weißen Hemdes. Er hatte die schmutzigsten Fingernägel, die sie je zu Gesicht bekommen hatte. Ein goldener Ring glänzte auf der braunen Haut am Ringfinger seiner linken Hand. Er schaute auf und lächelte kurz, schüchtern. Sie sah genau, welche Vorstellung er sich von ihr machte. Das blonde Mädchen mit den rosa Schuhen und ihre große Freundin mit dem aggressiven Blick, die sich zusammen an die Bar pflanzten, als dürften sie schon Alkohol trinken. Er leerte sein Glas und ging weg. Aus der Tür raus, zum Parkplatz, in seinen Pick-up, und das noch bevor sie ein weiteres Mal seine Aufmerksamkeit erregen konnte.

Noch bevor sie ein weiteres Mal dieses Lächeln lächeln konnte.

Und mir nichts, dir nichts war es genau wie in allen schmalzigen Filmen, die sie gesehen hatte: Sein Anblick beflügelte ihre Fantasie von einem neuen Leben. Als sie diesen Mann an der Bar stehen sah, dachte sie, sie hätte ihre Zukunft gesehen. Wenn sie sich Jahre später in dieser Schuhschachtel von einem Haus in Preston Mills daran erinnerte, traten ihr Tränen in die Augen. Wie stark und unschuldig ihre Hoffnung gewesen war. Sie hatte schlicht und einfach erwartet, dass ein erwachsener Mann in ihr Leben treten und sie von diesem Ort wegbringen würde. Sie hatte erwartet, zu etwas Besserem zu werden.

Aber Darren Robertson war kein Prinz.

Er war fast noch kein Mann. Er war einfach ein junger Kerl, der von einer anderen tristen Kleinstadt, die sich von ihrer nicht allzu sehr unterschied, hierher verpflanzt worden war.

Claire folgte ihm nach draußen auf den Parkplatz, als wäre das alles nur ein Traum, als würden die normalen Regeln des Lebens ausgesetzt. Als gäbe es Liebe auf den ersten Blick tatsächlich. Er schaute durch die Windschutzscheibe zu ihr und schüttelte den Kopf. *Auf keinen Fall.* Er verscheuchte sie mit der Hand, wie man das bei einem Hund tun würde. Sie machte kehrt und lief langsam über den Parkplatz zurück zur Bar, ihre rosafarbenen Absätze versanken im weichen Matsch, die Straßenlaternen strahlten wie Scheinwerferlichter auf sie herab. Er würde am nächsten Abend wiederkommen. Und sie würde mit ihren perfekt frisierten und fixierten Butter-Cream-Haaren und einem rosafarbenen Pullover, der über ihrer Brust spannte, auf ihn warten.

Und ihr Herz würde vor glühender Teenagerliebe beinahe platzen.

WEIL ES NICHT MEHR AUFZUHALTEN WAR

Claire hatte Darren Robertson im April kennengelernt. Im Juni war sie bereits schwanger.

Aber es auf diese Weise zu erzählen, nur diese wenigen, nackten Tatsachen auszubreiten – dass er verheiratet und weit weg von zu Hause war, sie ein Kleinstadtmädchen mit schlechtem Ruf, sich die beiden in einer Bar kennengelernt hatten und sie schwanger wurde –, es so zu erzählen, war falsch. Diese Eckpunkte verleiteten zu vorschnellen Schlussfolgerungen: dass sie ein leichtes Mädchen war, dass er herzlos und unverantwortlich war, dass ihre Schwangerschaft eine Tragödie war. Nichts davon stimmte. Wenn man der Wahrheit auf den Grund gehen wollte, der Wahrheit, die ihre Töchter niemals glauben würden, musste man die Geschichte richtig erzählen. Man musste versuchen, die Gefühle zu erklären, die einen zu den falschen Dingen verleiteten.

Erstens beispielsweise wären die Leute womöglich überrascht, wenn sie erführen, dass Claire trotz ihrer Frisur, ihrer Garderobe und ihres umwerfenden Körpers noch Jungfrau war, als sie Darren kennenlernte. In Preston Mills hatten die Jungen Abstand gehalten. Sie hassten und fürchteten sie. Die Propagandakampagne der einheimischen Mädchen hatte genau wie geplant funktioniert. Die einzige Person, die Claire jemals geküsst hatte, war ihre Freundin Nancy, »zum Üben«.

Zweitens liebte Darren sie. Das war eine Tatsache. Und er liebte sie mehr, als er seine Frau liebte. Woher sie das wusste? Jedes Wort, jedes Lachen, jeder Kuss, jedes schöne Erlebnis, das sie teilten, machte ihn trauriger. Und jede noch so dumme, nebensächliche Eigenschaft von ihr trug dazu bei, dass er sie mehr liebte. Als sie ihn endlich mürbe gemacht hatte und sie sich endlich auf dem Vordersitz seines Pick-ups küssten, legte er die Hände auf ihre Schultern, hielt sie auf Armeslänge Abstand und ließ wie ein trauriger alter Hund den Kopf hängen. Schließlich schaute er wie ein leidender Heiliger zum Himmel. Dann seufzte er und beugte sich wieder zu ihr.

Als er sie zu guter Letzt mit in seinen Wohnwagen nahm, ihr die Bluse aufknöpfte und den Rock hochschob, lachte er beim Anblick ihres selbst gefärbten rosa BHs und der Unterhose, und später, als er schemenhaft ihre blassrosa Konturen auf seinen weißen Laken betrachtete, diesen Fleck in Dylon Rose, lachte er noch einmal. Aber nachdem sie es endlich getan hatten, nachdem sie endlich all ihre Kleider ausgezogen und ihre nackten Körper aneinandergepresst hatten, nachdem er sich langsam, behutsam in sie hineingeschoben hatte und sie beide dachten, dass sie vor panischer Angst und Erleichterung sterben würden, nachdem alles vorbei war und sie schwer atmend beieinanderlagen, weinte er wie ein kleines Baby an ihrem Hals. Er weinte, weil er sich wie sie verloren, hoffnungslos und mies fühlte. Verliebt.

Und weil es nicht mehr aufzuhalten war.

WEIL MAN DENSELBEN FEHLER
DURCHAUS ZWEIMAL MACHEN KANN

Man könnte vermuten, dass Darren und Claire auf das Beste hofften, als sie auf der Höhe ihrer jungen, übersprießenden Fruchtbarkeit immer wieder miteinander schliefen, oder dass sie den möglichen Konsequenzen ihrer ständigen Vereinigung gegenüber blind waren. Aber da läge man falsch. Ihnen war klar, dass Claire mit großer Wahrscheinlichkeit schwanger werden würde, und sie hatten es sich wider alle Vernunft gewünscht. Sie wünschten sich ein Baby. Weil dieser Wunsch im Dunstkreis einer Romanze in den 1950ern irgendwie untrennbar zu ihrer Liebe dazuzugehören schien. Weil er eine unwiderstehliche Kraft besaß.

Und sie wussten, dass es nicht richtig war, was sie taten. Aber es war ihnen nicht wichtig, das Richtige zu tun. Wichtig hingegen war ihr aufregender, zum Scheitern verurteilter, liebestrunkener Traum, den sie wahr werden ließen. Wichtig war, wie sie einander in die Arme fielen und dadurch all die Schmerzen und Sorgen und täglichen Schikanen ihres Lebens ausblendeten.

Außerdem, so könnte man vermuten, würde Claire diesen Fehler nur einmal machen. Nur einmal diesen schreckliche Riesenfehler begehen, der sie wieder zurück in ihr aufgebrachtes Elternhaus trieb, wo sie darum bettelte, ihr Baby behalten zu dürfen, und versprach, eine gute Mutter zu sein, wenn sie ihr nur helfen würden. Aber da läge man schon wieder falsch. Denn sie würde ihn ein zweites Mal machen. Tammy und Trudy waren zu einhundert Prozent Schwestern und die Frucht der einen großen Liebe in Claires Leben.

Die Liebe meines Lebens, dachte Claire und starrte aus dem Küchenfenster. Worte. Worte, die immer kitschig klangen, außer sie betrafen einen selbst. Außer du warst es selbst, der diese Dinge dem Menschen erzählte, den du liebst. Dem Menschen, der dir das Herz gebrochen hatte. Peinliche Dinge, die Darren und Claire von ganzem Herzen glaubten. Dinge, die sie immer wieder sagen würden. Als stünden sie unter einem Bann. Doch sie stimmten alle.

Ich liebe dich.

Ich habe noch nie jemanden so sehr geliebt wie dich.

Ich werde nie wieder jemanden so lieben.

Alles andere ist egal.

Verlass mich nie.

Denk immer an mich.

Du bedeutest mir alles.

Ohne dich bin ich bedeutungslos.

Bedeutungslos.

Natürlich hatte sie das Ganze nicht gründlich durchdacht. Sie war alldem hilflos ausgeliefert gewesen. Und nachdem Darren gegangen war, wurde ihr auf einmal bewusst, dass sie in Preston Mills festsaß, dass sie in der sozialen Nahrungskette sogar noch tiefer stand als vorher; dass sie überall, wo sie hinkam, verurteilt wurde, und damit kämpfte, etwas zu sein, von dem sie keine Ahnung hatte, wie man es war: eine Mutter.

Darren war selbstverständlich regelmäßig zu seiner Frau in New Brunswick zurückgekehrt und irgendwann für immer dort geblieben.

Er sah keine andere Möglichkeit.

Seine Töchter sah er das letzte Mal an Tammys zweitem Geburtstag. Trudy war zu dem Zeitpunkt drei Jahre alt. Auf Claires Anweisung hin nannte sie ihn Onkel Dee.

Gib deinem Onkel Dee einen Abschiedskuss, Trudy. Er muss gehen.

Tammy erklärte Claire, dass sie sich nicht an Darren erinnerte. Sie erinnerte sich nicht daran, dass sie zwischen ihrer Mutter und Schwester gestanden und deren Hände festgehalten hatte, während sie dabei zusah, wie sein Pick-up losfuhr und Staub aufwirbelte, die Straße hinunterraste, immer kleiner wurde und schließlich ganz hinterm Horizont verschwand. Sie erinnerte sie nicht daran, wie lange die kleinen Mädchen am Ende der Auffahrt standen und verängstigt und verwirrt darauf warteten, dass ihre Mutter aufhörte zu weinen.

Aber Trudy erinnerte sich. Behauptete sie zumindest. Damals, als sie noch mehr geredet hatte. Als sie noch nicht so wütend auf alles gewesen war.

Trudy sagte, dass sie sich an seine rauen Bartstoppeln auf ihrer Wange erinnerte. Sie hatte noch nie einen Mann weinen sehen, aber als er ihr kleines Gesicht mit beiden Händen festhielt, liefen ihm Tränen aus den Augenwinkeln. Sie erinnerte sich daran, dass er nach frisch von draußen hereingeholter Wäsche roch. Er roch wie der blaue Himmel.

Wie die Luft, in die er sich aufgelöst hat, dachte Claire.

WEIL ERINNERUNGEN WICHTIGER SIND,
ALS SICH ZU ERINNERN

Claire wusste, dass es nicht genau so passiert war. Aber so erinnerte sie sich nun einmal daran. Die Arbeiter und alle anderen nannten ihn den »Inundationstag«. Das war der Tag, an dem die Dämme gesprengt und die alten Städte geflutet wurden. Das Wort hatte sie zuvor noch nie gehört. Inundation. Es erinnerte sie an einen Zauberspruch. Eine Beschwörungsformel. Ein Wort, das eine Sache in eine andere verwandelte. Was tatsächlich der Wahrheit entsprach.

Inundationstag. Und gleichzeitig Dominion Day, der kanadische Nationalfeiertag: der 1. Juli. Dreißig Tonnen Dynamit, die die steinernen Kofferdämme in Schutt und Asche legten. Schutt und Asche. Noch so ein Ausdruck, der bestaunt und wie ein harter Bonbon im Mund hin und her gewendet werden konnte. Leider gab es diesen Schutt und diese Asche nur mithilfe von Explosionen.

Aber, Wahnsinn, als es passierte, war es wie Zauberei.

Ein Steinregen, Staubwolken, die sich wie Geister erhoben, und dann ein reißender Strom. Eine turmhohe Wasserwand, die alles wegschwemmte. Sich über Felder, Wege und alte Steinkanäle wälzte. Die verlassenen, viereckigen Grundstücke, die die gewundenen Straßen ihrer Kindheit säumten: ausgelöscht.

(So war es nicht wirklich gewesen, das wusste Claire. Es gab die Detonation und die Wasserwand, das stimmte, aber die Stadt wurde sukzessive überflutet. Eher ein langsames Einsickern, es brauchte Tage, bis der neue Kanal gefüllt war. Doch Claire stellte sich das gerne so vor, als wären die Niagarafälle die Hauptstraße entlanggedonnert.)

Das kleine Haus ihrer Eltern war abgetragen, quer durch die Stadt transportiert und auf einem schlammigen Grundstück in einer neuen Straße und viel zu nah an den Nachbarhäusern wieder aufgebaut worden. Kein Gras. Keine Bäume. Dafür eine Kiesauffahrt und ein brandneuer Briefkasten. Und aus dem Fenster eine Aussicht auf Schlamm, Schutt und Himmel. Am Highway lagen ein hässliches Einkaufszentrum und eine Tankstelle. Und sie wohnten so nah an der Fabrik, dass sie zu Fuß zur Arbeit laufen konnten.

Das einzige grüne Gras wuchs auf dem Friedhof. Alle Grabsteine waren chronologisch sortiert in sauberen Reihen aufgestellt worden, darunter die falschen Toten oder überhaupt keine Toten. Einfach nur Steine auf einem Teppich aus frischem Gras auf Erde. Einfach nur Steine auf einem Feld aus saftig grünem Gras.

Sie wusste, dass es nicht stimmte, aber in ihrem Kopf passierte alles am selben Tag.

Der Tag, an dem der Seeweg geflutet wurde und alle Männer mit der Arbeit fertig waren. Der Tag, an dem das Haus ihrer Eltern auf ein neues Grundstück verlegt wurde. Der Tag, an dem die Königin von England in ihrem eigenen riesigen Schiff kam. Und der Tag, an dem Tammy geboren wurde. An all diesen Tagen gab es ein Feuerwerk, beteuerte sie. Es gab Feuerwerksraketen und Tränen. Freud und Leid. Einen Anfang und ein Ende. Alles gleichzeitig. Inundation.

Sie erinnerte sich an Folgendes:

Die ohrenbetäubende Explosion.

Darrens Hand in ihrer. Rau und trocken und warm.

Die Steinsplitter, die wie ein Feuerwerk in den strahlend blauen Himmel flogen.

Die rauschende Wasserwand, die nach vorn stürzte. Die Erde, die unter ihren Füßen dröhnte. Die Felder, Straßen, Gehwege, die unter den Wellen verschwanden.

Die heiße Julisonne. Der kalte Nebel, der vom Wasser aufstieg.

Das warme Wasser, das aus ihr hervorsprudelte und ihre Schuhe durchtränkte. Ihre rosafarbenen Schuhe. Die nasse Haut ihrer Beine, die im Sommerwind auskühlten.

Der Schmerz in ihrem Unterleib, wie ein Feuerwerk.

Das Haus in der Mitte eines Matschgrundstücks. Die Royal Yacht Britannia, die so nah am Ufer vorbeiglitt, dass es den Anschein hatte, als müsste sie nur die Hand ausstrecken, um sie zu berühren.

Die Feuerwerksraketen. Die Parade. Die Nationalhymne »O Canada«.

Das wogend grüne Gras auf einem Feld voller Steine.

Das warme, in Decken gewickelte Bündel in ihren Armen. Der Schweiß auf ihrer Stirn. Sein salzig-süßer Kuss.

Die Beschwörungsformel.

Geh nicht. Geh nicht. Geh nicht.

WEIL HASS LIEBE SEIN KANN

Aber in gewisser Weise wusste Claire Bescheid. Sie wusste, was sich in welchem Jahr ereignet hatte. An welchem strahlend heißen 1. Juli der Damm gesprengt wurde (1958), an welchem die Königin in ihrem Schiff vorbeireiste (1959) und an welchem das kleine Bündel voller Schwierigkeiten auftauchte, dass sie Tammy genannt hatte (1957). Aber das alles verschmolz in dem gleißenden Sonnenlicht, das auf dem Wasser glänzte. In der Hitzewelle der Liebe.

O Liebe, Liebe. Wohin bist du verschwunden? Wo steckst du bloß immer? Oben im weiten blauen Himmel über den Wolken. Oder irgendwo tief unter den Wellen. Zerstört und überflutet. Ertrunken und ausgelöscht.

Mit Ausnahme dieser wenigen kurzen Jahre voll strahlendem Sonnenschein mit Darren.

Liebe! Genug Liebe gab es nie. Nicht für Claire. Sie war von Anfang an so hungrig nach Liebe, dass ihre Mutter sie immer mit dem Besen wegschob.

Claire erinnerte sich noch, wie sie in dem Sommer, als Tammy geboren wurde, tagelang im Haus ihrer Eltern eingesperrt gewesen war. Ihr Bauch war so schwer und stand so weit vor, dass sie jedes Mal, wenn sie aufstand, beinahe vornüberkippte. Ihre Füße waren dermaßen geschwollen, dass keine ihrer Schuhe passten. Nur die Pantoffeln. Die Hitze machte sie gereizt. Die einjährige Trudy war ebenfalls gereizt.

Claire wusste noch, dass Trudy einmal einen ganzen Tag lang Theater gemacht hatte. Quengelte und weinte. Ihr Essen verweigerte. Aber dann war sie endlich eingeschlafen und schmiegte ihren heißen Kopf an Claires Hals. Die Schulterpartie ihrer Bluse war durchgesabbert und durchgeschwitzt. Trudys kleiner Körper klebte an ihr. Claire hatte gerade ihren Kopf auf die Sofalehne gelegt und die Augen geschlossen und hoffte, wenigstens kurz schlafen zu können, als ihre Mutter ins Wohnzimmer kam. Sie hatte schweißnasse Haare, ein hochrotes Gesicht und den Besen in der Hand. Voller Verachtung betrachtete sie ihre Tochter und ihre Enkelin.

»Wie ich sehe, bist du sehr beschäftigt, Claire, aber der Windeleimer oben stinkt ekelhaft. Könntest du also bitte etwas dagegen unternehmen?«

»Ja«, flüsterte Claire. Trudy wimmerte unruhig in ihren Armen.

»Heute noch?«

»Ich mach das schon noch, Mom. Bitte sprich leiser. Sie ist gerade erst eingeschlafen.« Sachte – und mit viel Mühe – erhob sie sich vom Sofa, um Trudy zum Kinderbett in der Ecke des Zimmers zu bringen. Als Claire sie hinlegte und sich leise zurückzog, flatterten Trudys Augenlider, und sie verzog das Gesicht. Von einer plötzlichen Wut erfasst, drehte Claire sich zu ihrer Mutter. »Du könntest ruhig ein wenig freundlicher zu mir sein.« Und dann: »Manchmal glaube ich, dass du mich überhaupt nicht lieb hast.«

Als Claire auf dem Weg nach oben an ihr vorbeifegte, um sich dem ekelerregenden Windeleimer zu stellen, schnellte die Hand ihrer Mutter vor und packte sie. Ihre kräftigen Finger bohrten sich in Claires mollig weichen Oberarm. Sie sprang ihr fast ins Gesicht. Ihre Stimme zitterte.

»Hör mir mal zu, du kleine Idiotin.«

Claire hörte zu.

»Ich habe für dich gekocht, für dich sauber gemacht und dich in meinem Haus wohnen lassen, obwohl die ganze Stadt die Nase über mich rümpft. Obwohl die ganze Welt weiß, dass ich eine Tochter habe, die für jeden die Beine breit macht. Die unvernünftig ist. Die sich weigert, aus ihren Fehlern zu lernen, und wieder schwanger in dieses Haus zurückkommt! Zum zweiten Mal! Unverheiratet, wieder schwanger und gerade mal achtzehn! Klasse.« Hier machte sie eine Pause. Schüttelte angewidert den Kopf und lockerte den Griff. »Sag mir verdammt noch mal nie wieder, dass ich dich nicht liebe. Du dummes, dummes Mädchen.«

Claire blieb mit dem Pantoffel am Rand des Teppichs hängen und stolperte mit tränenüberströmtem Gesicht ein Stück Richtung Treppe. Dort, wo ihre Mutter sie gepackt hatte, brannte ihr Arm. Diese Worte waren so voller Hass. Und wie Gift auf sie gespuckt.

Sag mir verdammt noch mal bloß nie wieder, dass ich dich nicht liebe. Du dummes, dummes Mädchen.

Näher war ihre Mutter niemals gekommen, das auszusprechen.

WEIL DIE TRAURIGKEIT EINFACH
AUS EINEM HERAUSSICKERN KANN

Claire sah die Dinge gerne positiv. So war sie nun einmal veranlagt. Und trotz der finsteren Blicke ihrer Mutter und ihrer ernsten Ermahnungen fand Claire, dass ihr Leben ganz gut verlaufen war. Sie hatte Trudy, unerschütterlich und treu. Nicht besonders geduldig, das konnte wirklich niemand von ihr behaupten, aber so unerschütterlich wie ein Fels in der Brandung. Tammy wiederum war schlimm. Das ließ sich nicht leugnen. Widerspenstig, launisch, faul. Doch als Mercy zur Welt kam, dachte Claire, dass es das alles vielleicht wert war. Dieses wunderschöne Baby.

Doch sie wusste es. Eigentlich wussten sie es alle sofort. Tammy würde diesem Kind keine Mutter sein. Das mitanzusehen war so traurig, dass Claire fast erleichtert war, als Tammy ging. Sie schämte sich für diese Gedanken, doch sie waren begründet. Danach herrschte in ihrem Haushalt ein neues Einverständnis. Die Ordnung war wiederhergestellt. Claire und Trudy fanden einen Rhythmus, Mercy kam zur Ruhe, und es hatte den Anschein, als könnte das alles klappen.

Doch eines Tages, ungefähr ein Jahr nach Tammys Abgang, passierte etwas. Claire verlor das Positive aus dem Blick. Alles stürzte auf sie ein. Sie vermisste Tammy. Sie machte sich Sorgen um Mercy. Und Trudy. Sie hatte das Gefühl, als liefen ihre Leben allesamt in die falsche Richtung und als wäre sie womöglich schuld daran. Ihre Mutter hatte recht gehabt. Sie war nutzlos. Und sie war unendlich einsam.

Daher war diese tiefe Traurigkeit in ihr gewachsen. Ein Geist, den sie nie wieder richtig zurück in seine Flasche bekam. Die Traurigkeit lauerte mehr schlecht als recht unterdrückt immer und überall in ihrem Herzen, bis zu den Augenblicken, in denen Claire zu erschöpft war, um sie zurückzuhalten. So wie gerade jetzt. Claire weinte bereits seit Tagen. Seit Wochen. Und sie war nicht in der Lage, die Flut aufzuhalten. Wenn sie sich in der Fabrik über ihre Maschine beugte, tropften Tränen von ihrem Kinn auf den Stoff. Ihre Nase lief unablässig, und sie musste schniefen.

»Eine Allergie!«, sagte sie dann immer munter, wenn jemand in ihre Richtung schaute. »Das ist bloß eine Allergie!« Doch selbstverständlich war es nichts dergleichen.

Wenn sie nachts im Bett lag, spürte sie ein Stechen in ihrem Herzen. Ein scharfes, echtes, schmerzhaftes Stechen. »Oh!«, rief sie dann. »Autsch!«

Diese Ungerechtigkeit – weil sie zusätzlich zu ihrer Traurigkeit nun auch noch echte Schmerzen aufgebürdet bekam – brachte sie wiederum zum Weinen. Und dann tat ihr vom Weinen die Lunge weh. Es war, als würde sie dafür bestraft werden, traurig zu sein.

Eines Nachts stand Mercy am Fußende von Claires Bett. Das Klippklapp ihre Hausschuhe hatte ihre Ankunft angekündigt, und sie schaute mit zusammengekniffenen Augen durch die Dunkelheit zu ihrer Großmutter. »Alles in Ordnung, Oma?«

»Sicher, Süße. Mir geht es gut. Nur ein Krampf in Omas großem, hässlichen Fuß.«

Mercy kicherte, starrte aber trotzdem weiter. »Weinst du?«

»Nein, meine Kleine. Meine Augen sind nur undicht. Ich bin müde. Geh wieder ins Bett, Schatz.«

Mercy winkte verschlafen, machte kehrt und lief die Treppe hinauf, wobei ihr die Hausschuhe gegen die Fersen klatschten. Seitdem bemühte sich Claire, lautlos zu weinen, und der Schmerz verlagerte sich von ihrer Brust in den Bauch und stach sie dort.

Und ihre Tränen tropften die ganze Nacht und den ganzen Tag und dann wieder die ganze Nacht aus ihren Augen.

Über Tage und Tage und Tage hinweg.

Und dann begegnete sie dem Hund Sprenkel.

WEIL MAMA LIEBE BRAUCHT

Claires alte Freundin, Nancy Meyers, war schon seit Wochen hinter ihr her, damit sie sich die Welpen anschaute, aber sie hatte Nein gesagt. Sie konnten unmöglich einen Hund halten. Hatten sie und Trudy nicht schon genug zu tun, genug, worum sie sich kümmern mussten? Aber nachdem sie dreiundzwanzig Tage lang geweint hatte, was sich anfühlte, als schwappte in ihrem schmerzenden Bauch lauter Salzwasser, und sie das keine Minute länger mehr aushielt, dachte sie auf einmal wehmütig an Welpen. Stellte sich vor, wie einer auf ihrem Schoß säße und sie seinen Kopf streichelte oder seinen Rücken kraulte, während sie Fernsehen schaute. Wie ein Welpe am Fußende des Bettes schlief, wie er morgens, wenn sie aufwachte, ihr altes, verheultes Gesicht ableckte. Wie er sie aus dem Haus lockte, sie in der Nachbarschaft herumspazierte und mit den Leuten sprach. Und was für ein schöner Freund so ein Welpe für Mercy wäre.

Und so weiter.

Daher sagte sie zu ihrer Freundin Nancy, in Ordnung, sie würde rüberkommen und sich die Tiere einmal unverbindlich anschauen, aber sie versprach nichts. Sie würde keinen mit nach Hause nehmen.

Als Nancy ihr in einer fleckigen Kittelschürze und mit unordentlichen Haaren müde lächelnd die Tür öffnete, ging ein penetranter Hundegeruch von ihr aus. Claire musste sich notgedrungen durch die Tür quetschen, die gerade mal so weit geöffnet wurde, dass sie hindurchpasste, die Hunde aber nicht abhauten. Gegen ihre Knöchel drückten feuchte Schnauzen, und sie lachte, noch bevor sie vollständig im Haus war.

Als Claire sich einen Weg durch die Hunde gebahnt und sich aufs Sofa gesetzt hatte, drängelten sie sich an sie. Oder versuchten zumindest, sich an sie zu drängeln. Sie zählte sechs Welpen, die auf ulkigste Weise damit beschäftigt waren, ihre schweren Körper aufs Sofa zu hieven, und immer wieder zurück auf den Teppich plumpsten. Sie waren riesig! Doppelt so lang wie groß. Ihr Fell war glatt und samtweich. Sie schnüffelten und schnauften und winselten.

»Was für Hunde sind das überhaupt?« Sie erhob die Stimme, um sich über den Lärm hinweg Gehör zu verschaffen. »Das sind wirklich große Welpen!« Sie konnte gar nicht aufhören zu lachen. So glücklich fühlte sie sich.

Ein wenig kraftlos, ein wenig benommen, aber glücklich.

Einige der Welpen wedelten so heftig mit dem Schwanz, dass sie das Gleichgewicht verloren und auf die Seite purzelten. Claire fasste nach unten und rieb einem den weichen Bauch.

»Bassets!«, rief Nancy aus der Küche. »Zumindest zum Teil Basset. Vielleicht auch Deutscher Schäferhund.«

Dann kämpfte sich schließlich einer der riesigen Welpen erfolgreich neben Claire aufs Sofa. Er legte seinen Kopf auf ihren Schoß. Das Gewicht war unglaublich. Claire kraulte den Hund hinter den großen Schlappohren und rieb ihm über den Rücken. Er seufzte. Ein echter Seufzer, wie bei einem Menschen. Seine Geschwister winselten zu Claires Füßen. Als sie sich kraulend weiter seinen Rücken entlangarbeitete, brummte er zufrieden: »Grrrm-rrrm-rrrm-rrrm.«

»Was willst du mir sagen?«, fragte Claire, lehnte sich nach vorn und schaute dem Hund in die Augen.

Und sie schwört, dass es wirklich so war.

Als sie die weichen Hautfalten des Hundes kraulte, sagte er mit tiefem, brummigem Winseln: »Ich liebe dich, Ma-ma.« Claire lachte schallend, und der Hund fiel jaulend mit ein. Das Stechen in ihrem Bauch verschwand. Sie hatten sich gefunden.

Sprenkel kam mit Mama nach Hause.

WEIL MAN NIE EINEN AUGENBLICK FÜR SICH ALLEIN HAT

Claire stand vor dem Badezimmerspiegel. Mit beiden Händen bauschte sie ihre weißblonden Haare auf und drehte sich so, dass sie sich von der Seite betrachten konnte. Sie war immer noch hübsch, immer noch passabel. Aber ihr schwarzer Pullover bildete Knötchen. Und war voller Hundehaare. Herrgott noch mal, ihre Schulter war sogar mit Hundesabber oder Hundeschnodder verschmiert. Himmel. Was war nur mit ihr passiert? Sie drückte Zahncreme auf ihre Zahnbürste und starrte sich beim Zähneputzen in die Augen. Sie spuckte ins Waschbecken, spülte aus. Claire sah noch einmal hin. Sie lächelte und zog ihre Augenbrauen nach oben.

Gott. Dieser Pulli.

Ungeduldig zog sie den Pulli über den Kopf und ließ ihn auf den Boden fallen. Sie wuschelte sich wieder durch die Haare und sah noch einmal hin. Ihr beigefarbener BH wurde grau. Wann hatte sie damit begonnen, beigefarbene BHs zu tragen? Diesen BH könnte auch eine Nonne tragen. Sie beschloss, auch den BH auszuziehen, und trat einen Schritt vom Spiegel zurück.

Ah. Das war schon besser.

Jetzt lächelte sie sich an, drehte sich zur Seite und zwinkerte ihrem Spiegelbild zu. Sie hatte noch immer eine gute Figur. Dafür war Claire dankbar. Nach den beiden Kindern war sie ein paar Monate lang pummelig weich gewesen, doch dann war alles wie bei einem Gummiband irgendwie wieder an seinen Platz zurückgeschnellt. Die Magie der Jugend, nahm sie an.

Ein Wunder der Natur, pflegte Darren zu sagen.

Sie schob ihre Brüste zusammen und beugte sich nach vorn. Warf den Kopf zurück und tat so, als würde sie lachen.

Hey, Lady, Sie sehen gut aus!, schien der Spiegel zu sagen. Oh, danke!, dachte Claire. *Vielen Dank.* Sie fühlte sich gleich viel besser. Richtig umwerfend.

»Mom?« An der Tür klopft es. »Brauchst du noch lang?«

Claire machte einen kleinen Satz von der Tür zurück und schrie auf.

»Eine Minute noch, Schatz. Fast fertig.« Sie beugte sich nach vorn und klaubte ihren BH vom schmutzigen Fußboden. Sie atmete schwer.

»Ich muss bald zur Arbeit, weißt du.«

»Ich weiß, ich weiß. Moment noch.« Claire schwitzte, daher blieb der Gummizug des BHs schmerzhaft an ihrer Haut hängen, als sie versuchte, den Verschluss nach hinten zu drehen und die Arme durch die Träger zu schieben. Trudy klopfte wieder. »Ich weiß, ich weiß!« Claire zog ihren eklig verschmierten Pullover über den Kopf. Ihre Haare waren eine Katastrophe. Sie sahen wie eine schief sitzende Perücke aus. Gerade eben noch war sie Marilyn Monroe gewesen. Jetzt glich sie der Komikerin Phyllis Diller.

Nur würde Phyllis Diller sich nie im Leben in diesem schrecklichen Pullover blicken lassen.

Sie öffnete die Tür und lief an ihrer verärgerten Tochter vorbei nach unten, wo sie sich die Couch zum Schlafen herrichtete. Sprenkel, die im Gang gedöst hatte, stand auf und stapfte ihr die Treppe hinterher.

DARREN

WEIL DIE SCHWIERIGKEITEN EINEN IMMER FINDEN

Mit dem Bier in der Hand saß Darren auf den Stufen des Wohn-
wagens, den er mit drei anderen Seeweg-Arbeitern teilte, und
starrte zum Mond. Der Mond starrte zurück. Ein helles Auge, das
überm Wasser schwebte und ihn fragte, wann er nach Hause gehen
würde und was er glaubte, was er da eigentlich tat? Und wer um
Himmels willen dieses Mädchen war? Was hatte er getan?

Am 1. April 1956, dem Tag, an dem Trudy zur Welt kam, hatte
ihr Vater, Darren Robertson, gedacht: Gott steh ihr bei. Sie ist
wunderschön.

So klein, so perfekt. Sein erstes Baby. Und nicht von seiner Frau.

Besagte Frau, Michelle, war nicht nur kinderlos, sondern auch –
zumindest für den Augenblick – ohne Ehemann. Zu Hause in
Brownsville, New Brunswick, wo sie bei ihren Eltern wohnte. Und
auf seine Heimkehr mit ausreichend Geld wartete, um sich eine
eigene Wohnung zu leisten, in der sie vielleicht ein paar Kinder
aufziehen und ein neues Leben beginnen könnten. Er hatte erzählt,
dass er dorthin müsse, wo es Arbeit gebe. Zwanzigtausend Männer
wurden gebraucht, und sie würden jeden nehmen, der mit einem
Hammer umgehen oder einen Pick-up fahren könne. Das Projekt
war absurd. Ganze Gemeinden würden geflutet, wodurch unzählige Menschen vertrieben wurden. Es mussten Dämme gebaut
und kilometerlange Kanäle gegraben werden. Der riesige Sankt-
Lorenz-Strom würde aufgestaut, umgeleitet und dann wieder frei-
gesetzt. Dabei schwemmte er die alten Städte weg. Danach sollten
neue Straßen, neue Städte gebaut werden.

Dieses Projekt konnte jahrelang dauern. Es könnte ewig dauern, dachte Darren.

Natürlich gab es auch in Brownsville Arbeitsplätze, oder zumindest so nahe bei Brownsville, dass es ihm möglich gewesen wäre, dort zu bleiben, wo er hingehörte. In Wahrheit war er zu Tode verängstigt weggelaufen, weil er das Gefühl hatte, dass sich besser niemand auf ihn verlassen sollte. Er war weit weggelaufen, aber irgendwie war es ihm gelungen, genau das heraufzubeschwören, wovor er weggerannt war. Als wäre es ihm bis hierher gefolgt: das Erwachsensein.

Die kleine Michelle. Nur einen Meter zweiundfünfzig groß und neunzehn Jahre alt. Aber verdammt launisch. Herrisch. Manchmal gemein. An dem Morgen, als er gegangen war, hatte sie ihn so fest umarmt, dass er kaum atmen konnte. Sie erdrückte ihn. Schniefte tränenreich an seiner Brust. Dann war er in der eiskalten Morgenluft zu seinem Pick-up gelaufen und hatte den Impuls unterdrückt, loszurennen, zu hüpfen und zu springen und mit durchgedrücktem Gaspedal davonzurasen. Wirklich wahr. Obwohl er sie liebte – auf eine beschützende, raue und ungestüme, zänkische Art und Weise. Und das machte ihm Angst. Er war erst einundzwanzig und noch nie weiter als achtzig Kilometer von zu Hause weg gewesen. Er hatte geglaubt, dass er fortging, um sich selbst zu finden, um unter Männern zu sein, um so weit zur Ruhe zu kommen, dass er in Ruhe ankommen konnte.

Er hatte nicht nach Schwierigkeiten gesucht.

Aber die Schwierigkeiten hatten ihn problemlos gefunden.

Umwerfende Schwierigkeiten, die halb betrunken auf billigen rosa Stöckelschuhen wankten.

WEIL SICH ALLES IN DIR VERSCHOBEN HAT

Darren wusste ein paar Sachen über Liebe. Er wusste, dass sie verschwinden konnte, wenn man sie zu lange vernachlässigte. Und dass eine Liebe durch eine andere ersetzt werden konnte. Vollständig ersetzt und verdrängt. Seine Frau wusste das auch.

Als er an jenem lange zurückliegenden Morgen von Claire und Trudy und Tammy wegfuhr, hatte er das Radio laut gedreht und den Rückspiegel zur Seite geklappt, damit er darin nichts weiter sah, damit sich darin nichts weiter spiegelte als der graublaue Fluss und der helle Himmel. Auf keinen Fall wollte er das traurige Trio am Ende der Auffahrt sehen, das hinter ihm in der Ferne verschwand. Und als er dann in die andere Auffahrt in Brownsville fuhr, als er seinen Pick-up auf Parken stellte und den Motor ausschaltete, konnte er nicht aussteigen.

Er saß einfach da, starrte auf die Fassade des Hauses seiner Schwiegereltern, auf die vergilbten, cremefarbenen Polyestervorhänge, die am Wohnzimmerfenster vorgezogen waren, und fragte sich, wie er seine Mimik unter Kontrolle bringen konnte, damit niemandem etwas auffiel. Wie er irgendjemanden davon überzeugen sollte, dass er sich freute, wieder zu Hause zu sein.

Wo sich sein Kopf und seine Brust doch ganz leer anfühlten. Wo sich alles in ihm verschoben hatte.

Minuten verstrichen. Er sah, wie die Vorhänge zur Seite geschoben wurden und wieder zurückfielen. Er konnte sich noch immer nicht rühren. Er saß einfach nur da, bis die Haustür aufging, Michelle auf die Treppe trat und mit in die Hüften gestemmten

Händen dort stand. Darren holte tief Luft, öffnete die Tür und sprang auf den Schotter. Seine Knie gaben nach. Er hielt sich an der Seite des Pick-ups fest, hob winkend eine Hand und verzog sein Gesicht zu einem Lächeln. Dann schnappte er den Seesack, der hinterm Sitz lag, schlug die Tür zu und lief vorne um den Pick-up herum. Als seine Hand auf dem warmen Metall der Motorhaube lag, krümmte er sich und begann zu würgen.

Während sein warmer Mageninhalt auf den Schotter und seine Arbeitsschuhe spritzte, drehte Michelle ihm den Rücken zu und ging zurück ins Haus. Und als sie die Haustür zuknallte, wurden ihre warmen braunen Augen ganz hart.

WEIL MAN SICH SEINE TRÄUME NICHT AUSSUCHEN KANN

Aber schließlich ging er doch ins Haus. Und er blieb. Darren blieb bei Michelle und machte, wie man zu sagen pflegt, das Beste daraus.

In den zwanzig Jahren, in denen er nicht in Cornwall, Preston Mills und beim Seeweg war, träumte Darren kein einziges Mal von Claire. Die einzigen Träume, die er je über diese Zeit hatte, handelten von Tunneln und Fischen.

In Long Sault waren Tunnel unter den Cornwall-Kanal gegraben worden, damit die Arbeiter die Baustelle erreichen konnten: den Damm, der bei seiner Fertigstellung Tausende Meter lang sein würde. Die Amerikaner hatten für ihre Arbeiter eine Pontonbrücke gebaut, aber die Kanadier marschierten wie Maulwürfe im Dunkeln durch diese Tunnel unter dem Kanal und kamen schmutzig und klamm bei der Baustelle raus, wo sie ins helle Tageslicht blinzelten.

Der alte Kanal wurde noch immer von Schiffen benutzt, und an manchen Morgen, wenn sich Darren und die anderen Männer ihren Weg durch die dunklen, feuchten Tunnel bahnten, bebte plötzlich die Erde unter ihren Füßen, und Kiesel fielen von den Wänden. Dann blieben sie stehen und stellten sich vor, wie das lange Schiff über ihren Köpfen hinwegfuhr, und sie beteten, dass die Wände nicht einstürzten und sie zerquetschen. Manchmal wachte er in seinem Bett auf und spürte das Gewicht der Erde auf seiner Brust und den Schmutz in den Augen.

Und da waren die Fische. Er träumte von Fischen. Zwei Dämme waren ein paar Kilometer voneinander entfernt gebaut worden, und das Wasser dazwischen wurde über mehrere Wochen hinweg abgepumpt. Als das Flussbett schließlich zum Vorschein trat, zappelten dort unzählige Fische und Aale im Schlamm. Darren und die anderen Arbeiter wateten mit ihren Gummistiefeln durch sie hindurch, trugen gemeinsam Wannen voller Wasser und legten die Wildfische hinein, die zum Fluss zurückgebracht werden sollten. Die anderen Fische, die »gewöhnlichen« Fische, würden verschickt werden, verarbeitet und verkauft. Vielleicht machten sie ja Katzenfutter oder so etwas daraus; Darren hatte keine Ahnung. Zur Unterscheidung hatten sie Schaubilder bekommen. Gute Fische und schlechte Fische. Hecht, Forelle, Barsch, Stör: Das waren die guten. Er hatte versucht, sie sich einzuprägen, die Bilder von den grünen und silberfarbenen und getupften Fischen, die Anordnung ihrer Flossen, die Form der Köpfe. Er dachte, er wäre bereit. Aber die Größe und Stärke mancher Fische hatten Darren verblüfft. Karpfen und Muskellungen waren länger als sein Arm und wogen zwanzig Kilo oder noch mehr. Tagelang war er durch den Schlick gewatet, wo die panischen Fische zu seinen Füßen wie wild umherklatschten, in seinen Armen zappelten, seine Kleider durchweichten und mit ihren kraftvollen Schwänzen so kräftig durch die Gegend peitschten, dass er blaue Flecken bekam.

In seinen Träumen bleibt er mit den Stiefeln im Schlamm hängen, wird nach vorne geschleudert und fällt schwer in das schlammige, wimmelnde Flussbett. Sein Körper versinkt, und die Fische springen auf ihn und bedecken ihn. Ein Aal gleitet aus dem Schlamm um seinen Hals, ein Karpfen stößt ihn mit seinem riesigen Kopf mitten in den Rücken, sodass ihm die Luft wegbleibt.

Und während er an den Bettlaken zerrte und um Atem rang, starrte Michelle ihn durch die Dunkelheit mit ihren harten Augen an.

JULES

WEIL MAN DEN UNTERSCHIED ZWISCHEN FLIEGEN UND FALLEN NUR SCHWER ERKENNEN KANN

Jules würde gleich fliegen. Er befand sich im Herzen einer Frei-luftarena im Hinterland von New York und drehte in einer schrott-reifen Karre Kreise, wobei die Reifen graubraune Staubwolken auf-wirbelten. Ein paar junge Frauen in Cowboystiefeln und Bikinis spazierten herum und hielten karierte Flaggen hoch, als wäre das ein Autorennen. Als gäbe es noch weitere Schwachsinnige in weiteren Autos. Er würde heute keine Rekorde brechen, nicht in dieser Kiste, einem alten Hardtop-Cabrio mit festgeschraubtem Dach. Er und seine Jungs hatten die Windschutzscheibe entfernt (vorsichtig – der Schrottplatz wollte sie behalten), und dann noch die Außenspiegel und die Sonnenblenden abmontiert. Sie hatten alles losgemacht, was sich womöglich lösen würde. Er wünschte, er hätte ein besseres Auto, eines, das weniger klapperte und federte, aber verdammt. Das war normal.

Er war zehn Jahre lang mit den International Hell Drivers herumgereist. International, weil er aus Kanada kam, der Rest der Stuntfahrer war aus den Staaten. Pro Woche hatte er etwa drei Sprünge gemacht. Das hing vom Wetter ab, seinen Verletzungen, der Gelegenheit, an beschissene Autos zu kommen und Termine in beschissenen Städten zu buchen. Aber jetzt drehte sich alles um den *Herausforderer*. Das falsche Raketenauto vor dem echten Ra-ketenauto. Jetzt drehte sich alles um die Werbekampagne.

Und dann ein letzter großer Sprung über den Sankt-Lorenz-Strom.

Jules fuhr eine letzte Runde durch die Arena, wendete scharf und rutschte mit dem Heck auf die Startposition. Auf seinen Zähnen und seiner Zunge lag Staub, selbst in seinen Wimpern klebte er. Jules ließ den Motor aufheulen und winkte den Zuschauern. Etwa zweihundert Leute saßen hier und da auf den Tribünen. Bevor er das Visier herunterklappte, atmete er ein paarmal tief die warme Juniluft ein. Schweiß lief seinen Rücken hinab. Auf seinen Armen standen die Haare in die Höhe. *Schaut her, ihr Ärsche.*

Durch den Staubfilm auf seinem Visier erschien die Welt verträumter, weicher. Die rot-weiß-blaue Farbe der Rampe genau vor ihm war verblasst, dahinter warteten die Schrottplatzautos, auf deren Motorhauben von eins bis sechzehn die aufgesprühten Nummern prangten. Am anderen Ende gab es keine Rampe. Er würde landen, wo er landete – höchstwahrscheinlich auf Nummer zwölf, dreizehn und vierzehn.

Die Zuschauer skandierten. »Spring! Spring! Spring!« Er zog sein rechtes Knie bis zum Kinn, drückte es dann wieder aufs Gaspedal und legte seinen Kopf an die Kopfstütze. Das Auto vibrierte und ratterte über die harte Erde. Als die Reifen auf der Holzrampe landeten, gab es einen dumpfen Knall. Das Lenkrad wackelte so sehr, dass er es fast nicht mehr halten konnte. Sein Magen sackte nach unten, dann spürte er eine vertraute Leichtigkeit in der Brust, und er schwebte in der Luft. Als er in einem weiten Bogen in die Höhe stieg, schaute er über die Tribünen zu den wattigen Wolken, die sich am blauen Himmel türmten; die Zeit dehnte sich und hielt dann ganz an, sodass er einen Moment lang in der Luft hing und den Augenblick genoss.

Es war wie am höchsten Punkt eines Riesenrades, wenn man über den Jahrmarkt schaute.

Er streckte seine Hand aus dem Fenster und winkte kurz, und die Zuschauer spielten verrückt. Dann spürte er eine leichte Neigung, eine Veränderung des Winkels, und er packte wieder das Lenkrad, als würde das irgendetwas ändern. Als könnte er mit

Reifen, die unnütz in der Luft hingen, tatsächlich steuern. Blau, grün, braun, weiß, grau zogen die Autos unter ihm vorbei und verschwammen ineinander. Es bestand die Chance, dass er sauber auf der anderen Seite landete. Aber würde er das wirklich schaffen? Er beugte seinen Oberkörper zum Armaturenbrett und versuchte, das Auto mit seinem Gewicht vorwärts zu drängen. Die Zuschauer schwiegen jetzt gespannt und hielten kollektiv den Atem an.

Während das Auto an Höhe verlor, tauchte drohend die Erde unter ihm auf. Er schlug hart auf den letzten beiden Autos der Reihe auf, und sein Körper wurde nach vorne geschleudert. Jules spürte einen Ruck in seinem rechten Bein. Sein Auto neigte sich zur Seite und hing über den Rand des Haufens aus zerquetschtem Metall. Sein Team rannte über den Platz. Sein Fuß stand noch immer auf dem Gaspedal. Warum? Er zog das Bein zurück, aber es fühlte sich so an, als bestünde es aus Matsch.

Der Motor stotterte und erstarb.

Er schaute runter. Sein rechter Fuß zeigte leicht nach oben, die Zehen in seine Richtung, und er konnte ihn nicht gerade stellen. Er spürte, dass sein Stiefel gefährlich eng wurde.

Irgendetwas war gebrochen. Schon wieder.

Verdammte Scheiße noch mal!

Herrgott.

Besiegt und geschlagen lehnte er sich zurück und wartete darauf, dass sein Team ihm aus dem Auto half. Es begann zu regnen. Er konnte es hören. Regentropfen auf dem Dach, die helle Flecken im Schmutz hinterließen. Die Zuschauer auf der Tribüne standen auf und wandten sich ab, sie schoben sich die Sitzreihen entlang zu den Treppen. Jules fasste nach unten, öffnete den Reißverschluss an seinem rechten Stiefel und zog an der Ferse. Sein Fuß in dem dreckigen Socken wirkte aufgebläht und knochenlos, der Schmerz, der dort hineinschoss, wurde mit jedem Herzschlag stärker. Klopf, klopf, klopf. Er schwitzte aus allen Poren.

»Das Mikro! Bringt mir das Mikrofon! Sagt ihnen, dass sie

bleiben sollen!«, sagte er wild gestikulierend, als sie ihn aus dem Auto zogen. Er winkte beschwörend mit der Hand, als könnte er dadurch das Mikrofon durch die Luft zu sich heranziehen. Der Showmaster sprintete in die Mitte der Arena, schnappte sich das Mikro und redete schnell auf die Zuschauer ein, er versuchte, sie davon zu überzeugen, sich wieder hinzusetzen. *Wartet, Leute. Der verrückte Kanadier will euch noch was sagen.* Die Zuschauer warteten. Die meisten blieben halb abgewandt stehen. Der Regen wurde stärker. Das sollte sich besser lohnen.

Sie schleppten Jules auf einer Trage durch den Dreck und drückten seinen Kopf, auf dem noch immer der Helm saß, eigenartig nach vorne, sodass sein Kinn fast seine Brust berührte. Auf Jules' Drängen hin rannte einer der Hell Drivers zum *Herausforderer*, der am Rand der Arena abgestellt war, und ließ den Motor aufheulen. Aus der Turbine schossen Funken und orangefarbene Flammen. Die Leute setzten sich. Hielten sich Zeitungen und Jacken über die Köpfe.

»Das ist mein Baby!«, sagte Jules ins Mikro. »Viele von euch haben vielleicht schon mitbekommen, dass wir in Preston Mills, auf der kanadischen Seite, eine Rampe bauen und ich versuchen werde, zwei Kilometer in einem Raketenauto über den Sankt-Lorenz-Strom zu springen. Diesen Sommer noch. Bleibt dran. Danke, dass ihr gekommen seid, Leute! Und jetzt muss ich ins Krankenhaus.« Ha, ha, dachte Jules. *Sehr witzig.* Diese Pointe nutzte sich allmählich ab.

Die Zuschauer, oder zumindest diejenigen, die noch übrig waren, klatschten höflich, und ein oder zwei johlten sogar.

Das »Raketenauto« erstarb tuckernd mit einem Knall.

WEIL ALLES WIE ZURÜCKGELASSEN AUSSIEHT

Jules fuhr nur mit dem linken Fuß nach Preston Mills zurück, sein rechter war eingegipst. Die Krücken lehnten am Beifahrersitz. In Cornwall überquerte er die Grenze, dort, wo sich die Brücke hoch über den gewaltigen Sankt-Lorenz-Strom spannte, der dunkel und grau und bedrohlich wogte. An manchen Tagen sah es für Jules so aus, als wimmelte es dort nur so vor Ungeheuern, die ihre zahlreichen Tentakeln ausbreiteten und knapp unter der Oberfläche hin und her glitten. Auf der kanadischen Seite hielt er vor dem Zollfenster und reichte dem Beamten seine Geburtsurkunde.

»Wie lang waren Sie in den Staaten, Sir?«

»Zwölf Stunden.«

»Und was war der Grund Ihres Aufenthalts?«

Jules gab eine gemurmelte Zusammenfassung der Ereignisse. »Ich bin ein professioneller Draufgänger«, verkündete er mit einem Grinsen. Verlegen.

»Aha.« Der Grenzbeamte schaute ins Auto hinein auf die Krücken und den Gips. »Ich schätze, Ihre Stunts sind noch verbesserungsfähig.«

»Vollkommen richtig.« Jules nickte. »Ja, Sir.«

»Dann machen Sie sich mal wieder auf den Weg. Willkommen zu Hause, Mr Tremblay. Fahren Sie vorsichtig.« Als Jules anfuhr, brach ein breites Lächeln durch die aufgesetzte harte Fassade des Sicherheitsbeamten.

Lächerlich. Er kam sich lächerlich vor. Vielleicht hätte er den Fernsehdeal erwähnen sollen, seinen anstehenden Sprung über den

Fluss, seine großen Pläne. Aber wer würde ihm in dieser Verfassung schon glauben? Mit Tränensäcken unter den Augen, unrasiert und in einem schmutzigen Sweatshirt zusammengesackt hinter dem Lenkrad. Seine nackten Zehen ragten blau angelaufen, wie erdrosselt, aus dem Gips. Erbärmlich. Er bog auf den alten Highway ab, um neben dem Wasser herzufahren, wo die Straße sich an sumpfigen Buchten und den alten Steinkanälen entlangwand. Weit hinten auf den Feldern standen Bauernhäuser, die über lange unebene Wege mit windgebeugten Pappeln zu erreichen waren. In den grasbewachsenen Gräben floss schlammiges Wasser. Hier und da war ein Hund an einen Pflock gekettet. Kühe drängten sich auf den Weiden aneinander.

Was war das nur für ein trauriger, magischer Ort.

Ausnahmslos alles wirkte ungeliebt, vergessen, zurückgelassen.

WEIL DIE VÖGEL AUF DEM LAND
EINEN UNBESCHREIBLICHEN LÄRM MACHEN

Als unter ihm der Asphalt auf der Old Murphy Road in Schotter überging, sah Jules ihr Auto, den grünen Dodge, etwa hundert Meter hinter dem Feldweg am Straßenrand. Im Rückfenster tauchte ein weißer Kreis auf, das Gesicht des Mädchens. Jules meinte, ihre kleine Hand gesehen zu haben, die ihm zuwinkte, als Trudy auf die Straße zurücksetzte und fortfuhr. Auch gut, dachte er. Herrgott. Er bog an der Stelle ein, die man gerade noch so als Einfahrt bezeichnen konnte – in Wirklichkeit waren dort bloß ein paar matschige, kieselige und von hohem Gras überwucherte Spuren –, und spürte, wie seine Reifen leicht in den schwammigen Boden einsanken.

Er stellte den Motor aus und schaute zur Bucht; die Rohrkolben winkten raschelnd im Wind.

Ein Rotschulterstärling saß auf einem gebogenen Schilfrohr und trällerte routiniert.

Ein Eisvogel stand auf dem durchhängenden Stromkabel, das zwischen dem Haus und dem Strommast an der Straße gespannt war, seinen Kopf hatte er aufmerksam zur Seite gedreht.

Meisen flatterten um die Büsche herum, und Jules saß im Auto, lauschte den Vögeln und dem Wind und versuchte, genügend Energie aufzubringen, um humpelnd zum Haus zu hüpfen und seine idiotische Geschichte zu erzählen.

Die Fliegengittertür ging auf, und James trat lächelnd auf die Veranda und winkte ihm zu. Also gut, dachte Jules. Gib mir zwanzig Minuten, ich komm gleich.

Als James und Mark Zeugen seines langwierigen Kampfs mit der Autotür und den Krücken wurden, eilten sie ihm zu Hilfe und trugen ihn über den matschigen Rasen ins Haus.

Nachdem er endlich an dem weißen, runden Resopaltisch mitten in der alten, heruntergekommenen Küche saß, erzählte er seine Geschichte so, dass er seine Freunde unterhielt. Von dem schiefergrauen Himmel, der Arena, den in Bikinis gekleideten jungen Frauen, den Zuschauern (die er in seiner Erzählung verdoppelte, mindestens vier-, wenn nicht gar fünfhundert), von seinem Anfahren, seinem Winken mitten im Flug. Von der Höhe seines Sprungs, wie er fast über sein Ziel hinausschoss (eine weitere Lüge) und dem Moment, als er verwirrt feststellte, dass sein Fuß noch immer auf dem Gaspedal stand.

Von den Zuschauern, die auf die Füße sprangen. (Was stimmte, obwohl er in dieser Version der Geschichte nicht näher auf den Grund einging.) Von seinen Bemühungen, den Stiefel auszuziehen, bevor er zu eng wurde und im Krankenhaus aufgeschnitten werden musste, den Schmerzen. Und gerade als er beschreiben wollte, wie sie ihn zum Mikrofon trugen, damit er sich an die Zuschauer wenden konnte, fiel ihm auf, dass er die Aufmerksamkeit seiner Zuhörer verloren hatte. Ihre Blicke wanderten zu einem Punkt leicht oberhalb seines Kopfes.

Als er sich in seinem Stuhl umdrehte und zwei Gestalten hinter der Fliegengittertür sah, verstummte er. Trudy und Mercy. Sie waren hier. Der Stärling trällerte, und die Binsen wiegten sich am Ufer der Bucht. Die warme Spätnachmittagssonne schien hell hinter ihnen, sodass sie sich nur als Schatten davor abzeichneten. Dunkle Silhouetten, die von einem funkelnden Lichtschein umgeben waren.

WEIL MAN MANCHE DINGE NUR
EINE BESTIMMTE ZEIT LANG TUN KANN

Er zögerte einen Augenblick zu lang, um etwas zu sagen oder sie hereinzubitten.

»Du hast gesagt, dass wir kommen könnten, also sind wir gekommen.« Sie war angriffslustig, hinreißend. Und er war völlig erschöpft.

Ehrlich gesagt hatte Jules die Nase voll. Er litt. Herr im Himmel, wie er litt. Er hatte sich schon so oft so viele Knochen gebrochen, dass er morgens kaum aus dem Bett kam. Manchmal hörte er sogar seine Gelenke knirschen.

Schmerzen, Demütigungen, Begegnungen mit dem Tod. Kein Ruhm und wenig Ehre.

Einmal hatte er bei einem Stadtfest einen Sprung gemacht, und ihm war auf der Startrampe das Benzin ausgegangen. Dermaßen pleite war er damals gewesen. Das Auto kippte über die Rampe und fiel mit einem unrühmlichen, metallischen Knirschen schwer auf die Autos darunter.

Einmal schoss er von der Rampe, und sein Auto überschlug sich aus irgendeinem Grund in der Luft und landete auf dem Dach. Das Auto hatte sich wie Alufolie zusammengefaltet und um ihn gelegt. Er war gefangen. Saß hilflos dort, verlor allmählich das Bewusstsein und roch Benzin.

Dann hörte er, wie jemand vorschlug, ihn mit einem Schweißbrenner aus dem Wrack zu schneiden.

Das war's dann, dachte er, *getötet von idiotischen Einfällen, die anderen dämlichen Einfällen die Krone aufsetzen.* Er war sehr überrascht, als er lebend erwachte und nur leichte Verletzungen davongetragen hatte. Es war ihnen gelungen, ihn herauszuziehen, ohne ihn in die Luft zu jagen. Manchmal träumte er noch davon: vom Benzingeruch, den Stimmen, dem Klicken eines Feuerzeugs.

Nur noch ein paar Autorallyes und Volksfeste, und dann der eine große Sprung. Wenn ihm das gelänge, hätte er ausgesorgt: Talkshows, Werbeartikel, vielleicht sogar Filme. Wenn ihm das nicht gelänge, nun ja, dann hätte er trotzdem keine Sorgen mehr.

Denn wenn er das nicht schaffte, würde er es wirklich nicht schaffen. So viel schien klar.

Mark bat Mercy und Trudy, sich zu setzen, und ging zum Kühlschrank. Ein Gingerale und ein Bier. Jules bemerkte, dass Trudy seinen Gips betrachtete. »Ich bin fast dreißig«, platzte es einfach so aus ihm heraus. »Viel länger kann ich das nicht mehr machen.«

»Du bist was?«, fragte Trudy. Er sah den Ausdruck in ihren Augen: *Dreißig. Herrgott.* Dann sprach sie es aus. »Ich hätte nicht gedacht, dass du so alt bist.«

»Ich fühle mich wie hundert.« Jules lächelte ein ganz klein wenig. Sein Kopf pochte. Das stimmte. Er fühlte sich mindestens wie hundert.

»Wir haben Einhörner gesehen. Ganz hier in der Nähe. Aber jetzt sind sie nicht mehr da.« Mercy zog den Reißverschluss ihrer Jacke auf, um das rosafarbene T-Shirt mit dem glitzernden Regenbogenbügelbild auf der Brust zu zeigen. »Das T-Shirt hat Trudy mir gemacht.«

»Hübsch«, sagte James. »Denkst du, sie kann mir auch eins machen?«

»Nein! Die sind für kleine Mädchen!«, rief Mercy entrüstet.

»Aber ich mag Regenbögen. Warum kann ich keins haben?«

»Du bist dumm, James!« Mercy krümmte sich vor Lachen. Als könnte sie sich das genau vorstellen: der riesengroße James in einem winzig-engen, rosafarbenen Regenbogen-T-Shirt.

»Wie wär's, wenn du Mark und mir zeigst, wo du diese Einhörner entdeckt hast, Mercy? Vielleicht sind sie ja doch noch da.«

»Darf ich, Trudy?«

Trudy schaute zu James und Mark, die harmlos lächelten, und zu Mercy, die sich möglichst aufrecht hingesetzt hatte. Als ob das helfen würde. Als ob eine gute Körperhaltung sie überzeugen könnte. »Na schön. Aber kommt sofort wieder zurück. Wir müssen bald nach Hause.«

Mercy küsste Trudy fest und schmatzend auf die Wange und winkte Jules zu, während sie James' Hand schnappte und ihn durch die Fliegengittertür auf die Veranda zog. Als Trudy sich zu Jules umdrehte und ihn über den Tisch hinweg ansah, spürte er, wie sich ihm die Haare im Nacken aufstellten.

Endlich allein.

WEIL SICH SO VIELE
TRAURIGE GESCHICHTEN FAST GLEICHEN

Endlich allein, aber seht ihn euch an. Er war eingeschränkt. Unfähig, von seinem Stuhl aufzustehen, ohne wie ein alter Mann zu ächzen; unfähig, sich ihr zu nähern, ohne sich vorher auf seine Krücken zu hieven und mühsam zu ihr zu humpeln. Das kam nicht infrage. Warum war sie auch dort drüben auf der anderen Seite des Tisches?

»Setzt dich neben mich.«

»Mir geht's hier gut«, sagte sie. Die Sonne stand noch immer hinter ihr und schien durch die Tür. Er konnte nicht sagen, ob sie lächelte. Ob sie über ihn lachte.

»Du findest mich lächerlich.«

»Ein bisschen.«

»Aber du kennst mich nicht.«

»Nö.« Jetzt lächelte sie. Das hörte er an ihrer Stimme. Und er erkannte einen Anflug davon in ihrem Gesicht.

»Ich bin ein sehr interessanter Mensch.«

»Zweifellos.«

Und so erzählte er ihr, wie alles begonnen hatte. Seine lange, traurige Lebensgeschichte. Die Wohnung neben den Bahngleisen in Montreal. Das Zimmer, das er sich mit seinen Brüdern teilte, das Fenster mit dem Blick auf den Parkplatz voller Müll.

Wie sein Bett nachts von den Zügen vibrierte, ähnlich wie sie von den Schiffsmotoren. Wie sie aus Spaß Ratten jagten und aus Abfällen, die sie in den Gassen fanden, Gokarts bauten. Wie er nach der sechsten Klasse die Schule verließ und als Laufbursche in einem Lebensmittelgeschäft arbeitete.

Er erzählte ihr von der Schule, wo Nonnen ihn mit dem Lineal auf den Hinterkopf schlugen und ihn als dumm, schmutzig und böse bezeichneten. Was womöglich stimmte. Was womöglich noch immer stimmte. Dass er, genau wie Trudy, seinen Vater nie kennengelernt hatte. Genau genommen hatte er nie ein Wort über ihn gehört. Kannte nicht einmal seinen Namen.

Wie seine Mutter sie immer wieder verließ und dann zurückkam, bis ihre Jungen praktisch durchdrehten und verwahrlosten.

Eines Tages aber war sie gegangen und nicht mehr zurückgekommen.

Er erzählte Trudy, dass sie ab dem Moment nicht mehr die Tür öffneten. Wie eines Tages die Polizei kam (er erfuhr nie, warum – um sie rauszuwerfen? Sie mitzunehmen? Oder um ihnen schreckliche Neuigkeiten über ihre Mutter mitzuteilen?) und sie zur Feuerleiter schlichen, die Metalltreppe hinunterhuschten, auf den Gehweg sprangen und wie Straßenkatzen davonstoben, wohlwissend, dass sie nie wieder in ihre Wohnung zurückkehren würden.

Dass sie sich nun allein in der Welt zurechtfinden mussten.

Er erzählte ihr, wie er schon bald seine Brüder aus den Augen verlor und nie wieder von ihnen hörte.

(Er verschwieg ihr, dass er überzeugt war, nie wirklich für jemanden wichtig gewesen zu sein. Und dass er inzwischen vermutlich völlig unwichtig war. Er verschwieg ihr, dass er sich manchmal sehr bemitleidete.)

Trudy stand auf, ging um den Tisch und setzte sich neben ihn auf den Stuhl. Sie legte ihre geöffnete Hand auf seinen Oberschenkel. Er legte seine hinein und drückte sie. Er atmete stockend ein. Und wagte nicht, zu sprechen. Warum hatte er bei wunderschönen Frauen immer das Bedürfnis, wie ein Baby zu weinen? Was für einen Zweck sollte das haben?

Er meinte, von draußen Stimmen zu hören, also beugte er sich vor, um sie zu küssen, bevor der Moment verstrich. Sie zog den Kopf zurück, wich ihm aus. Und dann lächelte sie. »Ich glaube, ich höre Mercy.«

»Nur einer«, sagte er. »Schnell.«

Und wie von Zauberhand schloss sie die Augen, beugte sich zu ihm und legte ihre weichen Lippen auf seine.

Regenbogen. Einhörner. Reine, leidenschaftliche Freude.

Dann öffnete sich die Fliegengittertür und ließ den Lärm herein.

TRUDY

WEIL SELBST MONSTER LIEBENSWERT SEIN KÖNNEN

»Was um Himmels willen ist das?«, fragte Trudy verblüfft.

»Das ist ein Hund, Trudy!« Mercy tanzte um den riesigen, faltigen Brocken aus braunweißem Fell, der auf dem Wohnzimmerteppich herumlümmelte. »Sie heißt Sprenkel!« Mercy kniete sich auf den Boden und legte ihren Kopf auf den Rücken des Hundes. Das Geschöpf hob seinen großen Kopf und schaute Trudy mit hängenden, blutunterlaufenen Augen an. »Sie ist ein *Welpe*, Trudy! Sie ist ein Basset! Ich liebe sie!« Der Hund brummte und seufzte, legte sein Kinn auf den Boden zurück, ließ Trudy aber nicht aus den Augen.

»Okay, okay, jetzt mal ganz ruhig, Mercy.« Trudy pochte der Kopf. Sie verstand nicht, wie das ein Welpe sein konnte. Das Tier war riesig. Mindestens einen halben Meter lang und fett, wahrscheinlich war es zehn Kilo schwerer als Mercy. Welpe! Es sah wie ein verdammtes Monster aus. Ein Wasserspeier.

Seine kurzen Beine hatte es von sich gestreckt.

Die Pfoten sahen aus, als hätten sie Schwimmhäute.

Es roch nach nassem Stinktier. Und rohem Fleisch.

»Wo ist Oma?«

»Sie ist oben. Ich passe bloß so lange auf das Baby auf.« Mercy tätschelte den Hund fest auf den Kopf, und das Tier blinzelte vergnügt.

Baby!, dachte Trudy. *Gott steh uns bei.*

WEIL MAN AUFPASSEN SOLLTE, WAS MAN SICH WÜNSCHT

Trudy, Claire und Mercy saßen zum Abendessen am Küchentisch. Es war unter der Woche, und Claire wurde zunehmend sentimental. »Ich dachte immer, ich würde noch einmal ein Baby bekommen.« »Mom. Also bitte. Was erzählst du denn da?«

»Ich dachte immer, ich würde noch ein drittes Baby bekommen. Einen Jungen. Ich hätte ihn Jerome genannt.«

»Wie die Giraffe!«, sagte Mercy.

Claire lachte. »Ja, du hast recht, Mercy! Genau wie die Giraffe aus deinem Bilderbuch!«

Trudy rollte mit den Augen. Mercy rollte ihre Fleischklößchen zwischen Messer und Gabel hin und her.

Claire warf Trudy einen Blick zu. »Das wäre durchaus möglich, weißt du. Ich bin noch nicht zu alt.«

»Baby Jerome«, trällerte Mercy. »Jemand, der jünger ist als ich!«

»Er wäre dein Onkel, Mercy. Ein Baby-Onkel. Na, was meinst du?«

»Das ist lustig, Oma Claire.«

»So kann man das auch sehen.« Trudy schob ihren Stuhl vom Tisch zurück. Sie nahm ihren Teller und ging zur Spüle. »Diese Unterhaltung ist lächerlich.«

»Warum? Weil ich möchte, dass etwas Schönes passiert?« Claire stand jetzt ebenfalls auf, ihre Arme waren starr an den Körper gepresst. Ihr traten Tränen in die Augen, und sie schluchzte auf. Alarmiert schreckte Sprenkel von ihrem Kissen in der Ecke der Küche auf und trottete neben Claire. Sie hob ihren großen, schweren Kopf und schaute von Claire zu Trudy, die immer noch mit dem Teller in der Hand neben der Spüle stand. Mercy legte Gabel und Messer hin.

»Bist du jetzt vollkommen übergeschnappt?« Trudy schüttelte den Kopf. »Das ist nicht dein Ernst.«

»Schon gut, Oma. Trudy ist nur müde. Sie meint das nicht so. Wenn du willst, darfst du ein Baby haben.«

»O mein Gott.«

»Du kannst sehr gefühllos sein, Trudy. Und du hast keine Vorstellungskraft. Vielleicht sieht unser Leben in ein paar Jahren komplett anders aus, wer weiß das schon. Du weißt es jedenfalls nicht.« Claires Kinn zitterte erneut.

Mercy stand vom Tisch auf und lief zu ihrer Großmutter. »Kommst du, Oma Claire? Sprenkel und ich wollen fernsehen.« Sie nahm Claires Hand und führte sie aus dem Zimmer. Über die Schulter schaute sie zu Trudy und funkelte sie finster an.

Trudy drehte ihnen den Rücken zu und ließ Wasser in die Spüle laufen.

Um Himmels willen, dachte sie. *Wo stecken Erwachsenen?*

WEIL MAN JEDEN TAG ETWAS NEUES LERNT

Trudy war wieder auf der Old Murphy Road und zog auf den unbefestigten Seitenstreifen. Die Sonne ging unter. Sie hatte Mercy und Claire zusammen mit ihrem stinkenden Hund und dem Fantasiebaby, Jerome, zu Hause gelassen.

Als sie zur Veranda lief, hörte sie ihre Stimmen, ihr Gelächter, und blieb einen Moment lang stehen. Warum war sie hier? Sie drehte sich um, blickte raus auf die Bucht und überlegte, ob sie wieder gehen sollte. Einfach zurück nach Hause. Doch stattdessen stieg sie leise und verstohlen die Verandatreppe hinauf. Als sie an der Fliegengittertür stand, dachte sie, dass es lustig wäre, einfach abzuwarten, bis sie jemand entdeckte. Vielleicht könnte sie ihnen einen kleinen Schrecken einjagen. Sie sah, wie Jules sich mit dem Gipsfuß auf einem Stuhl vom Tisch zurücklehnte. Er lächelte.

Und dann entdeckte sie etwas Erstaunliches, etwas, von dem sie nie gedacht hätte, dass sie es je zu Gesicht bekäme: James und Mark saßen zusammengekuschelt auf dem alten Sofa, das an der Rückwand der Küche stand.

Diese beiden erwachsenen Männer drückten sich eng aneinander. Mark hatte seinen Arm hinter James auf die Rückenlehne des Sofas gelegt und ein Bein über dessen Oberschenkel. Er saß ihm fast auf dem Schoß.

Sie machte kehrt und schlich die Stufen hinab.

Dann drehte sie sich wieder um, ging geräuschvoll die Treppe rauf und dachte: *Ich habe von nichts eine Ahnung. Von keiner einzigen Sache über irgendetwas auf der ganzen Welt.* Noch bevor sie klopfen konnte, öffnete James die Tür. »Es ist eine Frau«, sagte er. »Gott sei Dank. Komm rein. Wir haben unsere eigene Gesellschaft langsam satt.« Das bezweifelte sie, aber sie mochte das Gefühl, das sie empfand, als er das sagte. Jules schaute zu ihr und lächelte, klopfte auf seinen Schoß und nickte ihr zu. Sie lief zu ihm und ließ sich mit ihrem ganzen Gewicht auf ihm nieder. Als er ein wenig zusammenzuckte, wollte sie aufstehen, aber er packte sie an der Taille und drückte sie wieder runter. »Nein«, sagte er. »Alles gut. Das fühlt sich gut an.« James griff nach Marks Hand und zog ihn aus dem Zimmer. Trudy starrte ihnen nach.

»Beachte sie nicht«, sagte Jules. »Sie sind immer so. Kleben regelrecht aneinander.«

Trudy wusste nicht, was sie sagen sollte.

Jules schaute ihr in die Augen. »Was ist los? Alles in Ordnung?«

»Ja. Wahrscheinlich habe ich mir bisher nur nie wirklich Gedanken darüber gemacht.«

»Nie wirklich Gedanken worüber gemacht?«

»Na, schwul zu sein. Hier in der Gegend ist das bloß ein Schimpfwort, das sich die Leute an den Kopf werfen, ein Scherz. Ich habe das nie wirklich für möglich gehalten.«

Jules lachte. Er konnte nicht anders.

»Lach mich nicht aus!«

Jules zog sie zu sich und küsste sie. Sie erwiderte seinen Kuss und dachte dabei an James und Mark. Wie sie sich küssten. Ihre rauen Gesichter aneinander. Ihre starken Arme umeinander. Jules atmete warm in ihr Ohr und küsste ihren Hals, während seine Hände auf ihren Schenkeln lagen. »Bleib bei mir«, sagte er. »Komm mit mir nach oben.«

»Ich kann nicht. Ich muss zur Arbeit.« Ihr Körper fühlte sich schwer an, wie von einem Magneten angezogen. Als müsste man sie mit einem Kran von ihm weghieven. Er küsste sie wieder, seine Hände waren jetzt unter ihrer Bluse, öffneten ihren BH, seine Finger strichen ihre Seiten hinab und berührten nur sanft ihre Brüste.

Seine Stimme drang wieder an ihr Ohr. »Ich werde dafür sorgen, dass du dich gut fühlst, versprochen.«

Trudy küsste seinen Hals, seine Wange, sein Ohr und wich zurück. »Das habe ich schon einmal gehört«, sagte sie.

(Das war eine Lüge. So etwas hatte noch nie jemand zu ihr gesagt. Noch nie.)

Sie hob ihre Schultern, damit ihr BH an die richtige Stelle rutschte, zog ihre Bluse glatt und warf ihre Haare über die Schultern. Dann schnappte sie sich ihre Fransenhandtasche und ging zur Tür.

»Versprechungen, nichts als Versprechungen.«

WEIL ES NICHT VIEL BRAUCHT

Als Trudy nach Hause fuhr, dachte sie: *Es hätte nicht viel gebraucht.*

Dieses Gesicht, dieser Körper. Diese Stimme. Die Sommersprossen auf seinen Armen.

Eine traurige Geschichte, ein schelmischer Blick.

Ein intensiver Kuss. Eine leichte, flüchtige Berührung.

Ein Versprechen auf Lust, und das Schreckgespenst eines furchtbaren, gewaltsamen, öffentlichen Todes, das alles lächerlich, traurig, zwecklos machte. Unwiderstehlich.

Bloß diese Dinge und die gezielte Flugbahn von Amors Pfeil, und es war um sie geschehen.

Hoffnungslos.

Blind, trunken, krank vor Liebe.

WEIL DAS LEBEN NUN MAL SO IST

Trudy saß auf dem Wannenrand, drückte den Stöpsel rein und drehte das Wasser auf. Sie ließ es über ihre Hand laufen; zunächst noch kalt, wurde es allmählich warm. Als das Wasser ein paar Zentimeter tief war, rührte sie es mit der Hand in der Wanne um und vermischte das kühle mit dem warmen. »Mercy! Du kannst baden!«

Mercy tapste in ihrem rosafarbenen Bademantel, den sie um ihren kleinen Körper geschlungen und fest mit dem Gürtel um die Taille geknotet hatte, und den dazu passenden rosa Hausschuhen in das kleine Badezimmer. Trudy schnappte ein Ende des herabhängenden Gürtels, zog sie zu sich und drückte sie. Etwas an der Art, wie Mercy diese Dinge so akkurat ausführte – ihren Bademantel binden, ihre Haare kämmen, die sorgfältige, systematische Vorgehensweise, mit der sie vor dem Essen die Speisen auf dem Teller in Abschnitte unterteilte und immer nur einen ordentlichen Bissen nach dem anderen aß –, brachte Trudy dazu, dass sie am liebsten geweint hätte. Ihr Verhalten war sehr seltsam und sehr gegensätzlich zu allem und jedem in ihrer Umgebung.

»Trudy, du zerquetschst mich!«

Trudy ließ sie los.

»Darf ich Schaum haben, Trudy? Bitte? Bitte! Bitte, Trudy.« Mercy stand auf den Zehenspitzen, hüpfte und versuchte, an die Schachtel mit dem Schaumbad auf dem Regal hinter der Toilette zu gelangen.

»Schon gut, schon gut.« Trudy holte die Schachtel runter und ließ etwas von dem blauen Pulver ins laufende Badewasser rieseln.

»Mehr! Mehr! Ich will, dass der Schaum bis hier oben geht, Trudy!« Mercy wedelte mit der Hand hoch über ihrem Kopf. Und tanzte von einem Fuß auf den anderen.

»So, meine Dame. Das reicht. Rein mit dir.«

Mercy zog den Bademantel aus und hängte ihn über den Türknauf, schüttelte ihre Hausschuhe ab und stieg in die Wanne. Vorsichtig strich sie über die Oberfläche des Wassers und schob die weißen Blasen nach vorne zu einem hohen Schaumberg zusammen, dann setzte sie jeweils eine Ladung auf beide Schultern, auf ihren Kopf und auf beide Knie. »Wer mag Schaum? Ich mag Schaum …«, sang sie leise vor sich hin. Behutsam tupfte sie eine Hand voll Schaum auf ihr Gesicht und machte sich einen Vollbart.

Trudy klappte den Klodeckel runter, setzte sich hin, zündete sich eine Zigarette an und warf das Streichholz ins Waschbecken. Während sie Mercy, die so glatt und perfekt wie ein Seehund war, in der Wanne beobachtete, fragte sie sich – unbeabsichtigt und eigenartig losgelöst, so wie sie immer darüber nachdachte –, was wohl aus dem Baby geworden wäre, das sie hätte haben können. Wäre es noch ein Mädchen geworden oder, unvorstellbar, gar ein Junge? Hätten sie und Claire sich um beide Kinder kümmern können, um Mercy und das andere?

Vielleicht wäre Tammy geblieben, anstatt sich aus dem Staub zu machen, wenn Trudy das Baby behalten hätte. Vielleicht würde Claire dann durch den Tag kommen, ohne sich die Augen auszuweinen.

Und vielleicht käme der Weihnachtsmann auf seinem Zauberschlitten mit einem rotnasigen Rentier vorbei, um ihnen eine Million Dollar zu schenken, und sie lebten glücklich und zufrieden bis ans Ende ihrer Tage im Märchenland.

Tra-la-la.

»So, meine Liebe. Ich denke, du bist sauber genug.« Trudy hielt ihren Zigarettenstummel unter den Wasserhahn des Waschbeckens, warf ihn in den Abfalleimer und spülte die Asche in den Abfluss.

»Nein, Trudy! Noch nicht!«

»Ich muss zur Arbeit, Mercy.« Trudy fasste in die Wanne und drehte Mercys kleine Hände nach oben. »Schau, deine Hände sehen schon wie Backpflaumen aus!«

»Tun sie nicht!« Taten sie nicht. Aber so war das Leben. Trudy musste zur Arbeit.

Sie zog den Stöpsel, und Mercy schrie: »Neiiiiin!«

Trudy hielt ihr ein Handtuch hin, und Mercy machte niedergeschlagen einen Schritt in die Arme ihrer Tante und legte den Kopf auf deren Schulter. »Ich hab dich lieb, Trudy, aber du bist gemein.«

»Ich weiß, du Gauner. Ich habe dich auch lieb. Zeit zum Schlafengehen.«

WEIL ECHTE LIEBE IMMER
MIT PANISCHER ANGST EINHERGEHT

Mercy stellte unheimlich gern Fragen. Sie war eine Fragenmaschine. Spuckte Frage um Frage und dann noch eine Folgefrage aus. Was ist das? Wer ist das? Was machen die? Was macht Oma? Warum? Das hatte schon früh angefangen, sobald sie reden konnte. Und das war auch der Zeitpunkt gewesen, an dem Tammy verschwand – als die Fragen begannen.

Trudy wusste noch jedes Detail, jeden Augenblick von dem Tag, als Mercy geboren wurde. Die Erinnerungen an diesen Tag hatte eine besondere, kristallklare Deutlichkeit. Ein strahlender, frischer Septembermorgen. Draußen war es kühl geworden. Der Geruch nach nassen Blättern und gemähtem Gras. Während sie zum Krankenhaus fuhren, leuchtete der Himmel strahlend blau, und die Sonne glitzerte auf dem Fluss. Trudy fuhr, Claire saß unruhig auf dem Beifahrersitz, und Tammy füllte als sich windende Masse die Rückbank aus, richtete ihr glattes Gesicht zum Autodach und rief den Erlöser an.

»Mein Gott! Gott. O Gott, verdammt noch mal!«

»Wir sind fast da, Tammy. Halt durch«, sagte Claire. Trudy schaltete das Radio ein. Die Bee Gees, Captain & Tennille. Sie schauderte. Ein Königreich für ein wenig Rock'n'Roll. Claire kniete sich hin, drehte sich um und blickte zum Rücksitz.

»Leck mich, tut das weh!«

»Tammy, das ist schrecklich. Bitte. Denk an das Baby.«

»Argh! Mom! Wie soll ich an irgendetwas anderes denken?«

Trudy schaltete das Radio aus, kurbelte ihr Fenster runter und atmete die würzige Herbstluft ein. Das Baby, das Baby. Wie konnte irgendeine von ihnen überhaupt an irgendetwas anderes denken?

Und dann das Krankenhaus.

Dasselbe Krankenhaus in Harristown, in dem Trudy auch gewesen war. Schmutzigweiße Farbe, die von dem roten Backsteingemäuer abblätterte. Steinstufen, die in der Mitte durch Generationen von schlurfenden Patienten glatt gescheuert worden waren, eine behelfsmäßige Holzrampe an der Seite. Von Drahtgittern eingefasste, leuchtende Ausgangsschilder. Hellgelbe Wände und schwarzweißgrau gesprenkelte Terrazzoböden. An der Rezeption gab es Schwestern mit weißen Hauben, makellos weißen Gürtelkleidern, weißen Strümpfen und flachen weißen Schuhen mit Gummisohle. Diejenigen, die in langweiligem Grün gekleidet waren, arbeiteten woanders, außer Sichtweite.

Trudy erinnerte sich.

Als ihre Schwester aufgenommen wurde – und Tammy zwischen schmerzhaften Wehen gereizt die Fragen der Krankenschwester beantwortete –, konnte Trudy nur an eines denken: Sie ist aus *diesem* Grund hier und ich aus *jenem*. Was liegen doch für Welten zwischen diesem und jenem, dachte sie.

Und als dann alles vorbei war,

als Tammy schlief und ihre Wangen von der Geburt noch immer purpurrot waren,

als Trudy das Baby aus den Armen ihrer schlafenden Schwester nahm,

als sie über den weichen Kopf des kleinen Babys streichelte und die wenigen, dunklen Haare glatt strich, als Trudy das Baby an ihre Brust drückte, sich nach vorn beugte, an der Haut roch und das Pausbäckchen küsste, spürte sie etwas Neues. Das war eine neue Art von Liebe. Die Art, die mit panischer Angst einherging.

Erbarmen, dachte sie. *Hab Erbarmen mit diesem Kind, Gott. Mach sie anders als uns. Mach sie besser, stärker, schneller.*

Mach sie beharrlich und schlau und mächtig.

Und das würde sie werden. Das war sie.

Trudy wusste es sofort. Mercy war all das und noch viel, viel mehr.

WEIL SICH ALLE AN ALLES ERINNERN

An ihrem freien Wochenende fuhr Trudy mit Mercy zum Point, damit sie nach Schiffen Ausschau halten konnten. Die Sonne wurde inzwischen wärmer und machte ihr weis, dass doch noch die Chance auf einen Sommer bestand. Sie kurbelten ihre Fenster runter, lehnten sich in ihren Sitzen zurück und warteten darauf, dass ein Schiff durch die Schleuse kam. Das Licht auf den Wellen blendete. Mercy schirmte sich mit einer Hand die Augen ab, schaute erst nach Osten und dann nach Westen und leckte mit ihrer bereits schon grünen Zunge an ihrem Pistazieneis. Das bestellte sie jedes Mal; hauptsächlich wegen der Farbe.

»Ich erinnere mich an meine Mutter, Trudy.«

»Ich weiß. Ich auch.«

»Sie hatte braune Haare, so wie ich. Hellbraun.«

»Jep.«

»Sie war hübsch.«

»Das stimmt.«

»Sie hat mir eine Kette geschenkt.« Mercy berührte ihren Hals. »Wo ist meine Kette, Trudy?«

»Weiß nicht, Schatz. Irgendwo bestimmt. Wenn wir zu Hause sind, können wir danach suchen.« Trudy erinnerte sich auch an die Kette. Ein kleines, silbernes Kleeblatt mit unechtem Smaragd an einer kurzen Silberkette. Irgendwo in einer Schachtel oder Schublade oder einem Marmeladenglas im Haus. Die Nadel im Heuhaufen.

»Sie ist nicht verloren gegangen«, behauptete Mercy.

»Nein.«

»Vielleicht ist meine Mutter verloren gegangen.«

»Nein, ich bin mir ziemlich sicher, dass sie den Weg nach Hause kennt. Wahrscheinlich braucht sie nur ein bisschen. Sie wird wiederkommen«, sagte Trudy nicht ganz so überzeugend, wie sie es gern gehabt hätte; wie Mercy es gern gehabt hätte, aber sie konnte noch nie gut schauspielern. Daher unternahm sie einen Ablenkungsversuch. »Sollen wir morgen wieder diese Einhörner besuchen?«

»Klar«, sagte Mercy und starrte durch die Windschutzscheibe. »Dann kann ich allen meine Kette zeigen!«

Trudy schaute aus dem Fenster auf das funkelnde, goldene Wasser; die Sonne hatte ein wenig von dem Nebel direkt über der Oberfläche weggeschmolzen. Wie immer kam das Schiff aus der Richtung, in die man nicht schaute. Es tauchte in ihrem Rücken auf, sein gewaltiger Bug ragte aus der Ferne hervor und zwängte sich in den schmalen Kanal.

Sein rauchgeschwärztes Heck war so groß wie ein Hochhaus, das den Anker in der Straße gelichtet hatte und nun stattdessen den Fluss entlangtrieb. Fort, fort. Fortwährend fort.

WEIL ES WAHRSCHEINLICH DA IST,
WENN MAN NUR GRÜNDLICH GENUG SUCHT

Und da lag sie. Nachdem sie eine Stunde gesucht hatten, entdeckten sie die Kette in der hintersten Ecke unterm Schlafzimmerschrank. Da, im tiefen Flor des Teppichs, lag die Kette als kompliziertes Gebilde aus verschlungenen Knoten. Trudy lehnte sich auf die Unterarme und zog vorsichtig am Kleeblatt; der Teppich drückte sich in ihre blanken Knie. Dann setzte sie sich im Schneidersitz auf den Boden und widmete sich den Knoten. Mercy krabbelte zu ihr, kniete sich dicht neben sie und legte den Kopf an Trudys Schulter, wobei sie jede Bewegung verfolgte. »Du machst das wieder ganz. Oder, Trudy?«

»Nur, wenn ich meine Arme benutzen kann. Rutsch rüber.« Mercy machte ein wenig Platz, klappte nach vorn und legte die Stirn auf ihre Knie. Sie blieb ganz still. Vielleicht betete sie.

Schließlich legte Trudy ihre Hand unter Mercys Kinn und hob es an. »Bitte schön. Siehst du?« Die Kette baumelte von ihrem Zeigefinger, der grüne Stein glitzerte im Licht. Mercy hielt ihre Haare im Nacken hoch, damit ihre Tante ihr die Kette umlegen konnte.

»Die zieh ich jetzt nie mehr aus, Trudy!«

»Genau, meine Liebe.«

»Auch nicht, wenn ich bade.«

»Sicher.«

»Danke, Trudy«, sagte Mercy mit einer beunruhigenden Ernsthaftigkeit und ihrer kleinen Hand auf dem Herzen.

»Gerne.« Trudy zog Mercy dicht an sich heran und drückte sie ganz fest. Manchmal hasste sie ihre Schwester. Eigentlich fast immer.

TAMMY
(UND FENTON)

WEIL UNTER DER HAUT NOCH EINE ANDERE HAUT STECKT

Wenn man dem Flussufer Richtung Westen folgte, nur fünfzig Kilometer von Preston Mills entfernt, könnte man Tammy finden, und zwar in Brockville, Ontario. Sie arbeitete in einem Striplokal, aber nicht als Stripperin. Sie war etwas noch Bescheuerteres als das: eine Oben-ohne-Kellnerin. Sie servierte Getränke, leerte Aschenbecher, wischte Tische, ließ sich von betrunkenen Idioten beschimpfen. Und alles ohne Oberteil. In einer Bar namens Jiggles.

Der bescheuertste Job aller Zeiten.

Als sie angefangen hatte, in der Bar zu arbeiten, kam sie sich zuerst vollkommen entblößt vor, als hätte sie jemand geschält. Sie wusste nicht, wie sie stehen sollte, wie laufen, sich vorbeugen oder Dinge aufheben. Alles fühlte sich gestellt an. Außerdem konnte sie ihren Blick nicht von den Frauen auf der Bühne abwenden, die ihre Beine in die Luft streckten und sie wie Fächer öffneten und wieder schlossen. Aber es brauchte nicht lange, bis sie nicht mehr daran dachte und ihr das alles normal vorkam. Bis die Tänzerinnen mit dem Hintergrund verschmolzen. Bis ihre eigene Haut sich wie eine Dienstkleidung anfühlte, in die sie zu Beginn jeder Schicht hineinschlüpfte.

Bis zu dem Tag, als sie Fenton traf. Den verdammten Fenton.

Ein Mäuschen von einem Mann, der in einem lauten Pulk städtischer Arbeiter in der hintersten Ecke der Bar saß. Eines Abends hatte er sich von der Gruppe gelöst und war ihr gefolgt. Räumte Tische für sie ab, half ihr am Ende des Abends, die Bar wiederaufzufüllen, und fragte sie nach ihrem Leben. Ihrer Familie. Und plötzlich fühlte sie sich wieder ganz nackt. Und wütend. Und verliebt.

Verliebt in Fenton Osborne. Wie war das möglich? So klein und mager und vollkommen verrückt, wie er war. Aber er war der stete Tropfen, der den Stein höhlte, bis alles ganz glatt und leicht war und sie sich ein Leben ohne ihn nicht mehr vorstellen konnte.

WEIL MAN NICHT WEISS, WESHALB DAS PASSIERT

Fenton hatte Probleme. Das ließ sich nicht leugnen. Ihm fehlte jeglicher Ehrgeiz, und er rauchte eine Menge Gras. Wenn Fenton allein war und Gras rauchte, war er ruhig. Entfernte man eine dieser Variablen, wurde er ziemlich unruhig. So war es schon immer gewesen. Als Kind konnte er nur reden, wenn er auf und ab ging. Er schaute dann zu Boden, überlegte, was er sagen sollte, und lief in der Sekunde, in der er zu sprechen anfing, zum Klang seiner eigenen Stimme im Kreis. Seine Mutter griff in solchen Situationen, noch bevor sie eine Frage stellte, nach seinen Händen, damit er beim Antworten stehen blieb. Dann dachte er immer, er würde gleich explodieren.

Aber Fenton hatte trotz seiner Veranlagung und seiner Gewohnheiten als erwachsener Mann einen Weg gefunden, um glücklich zu sein. Er war verliebt und er hatte Arbeit. Jeden Tag stand er auf, zog einen seiner Arbeitsoveralls an und ging hinaus in den Sonnenschein. Oder in den Regen, den Graupel oder Schnee, je nach Jahreszeit. Während er zum Betriebshof lief und in den Pick-up stieg, rauchte er einen Joint. Er schnitt Gras, harkte Blätter, flutete Eislaufbahnen, ebnete Straßen. An manchen Tagen putzte er Fenster oder spießte mit einem Dorn am Ende einer Holzstange Müll vom Straßenrand auf. Die meiste Zeit über war er im Freien, und die meiste Zeit über war er allein. Und alles war gut.

Bis die Anfälle wieder auftraten.

Vergangene Woche zum Beispiel mähte er gerade. Es war ein strahlender Vormittag, und er fuhr mit dem Traktor über die weite grüne Fläche des Sankt-Lorenz-Parks. Er tuckerte langsam Richtung Fluss, bog rechts ab, rollte am Ufer entlang, versuchte, so nah wie möglich ans steinige Ufer zu gelangen, und bog wieder nach rechts Richtung Stadt. Er fuhr die sanften Hügel auf und ab und zog in immer kleiner werdenden Rechtecken durch den Park, machte halbkreisförmige Umwege um Bäume und hinterließ auf der hellgrünen Wiese den dunkelgrünen Rasenschnitt. Es roch nach Gras, Salzwasser, Sonne und Erde. Er war allein und rundherum zufrieden.

Fenton stellte das Mähwerk ab und stieg vom Traktor. Vom Westen schob sich ein riesiger Laker heran. Ein langes, rotweißes Schiff vor graublauem Wasser und hellblauem Himmel. Schwarzer Schornstein in Höhe des Hecks. Fenton lehnte sich auf seinen Rechen und schaute zu, wie das große Schiff vorbeifuhr, dabei spürte er das Dröhnen des Motors durch den Boden unter seinen Füßen. Das Schiff brauchte zehn, vielleicht fünfzehn Minuten, um aus seinem Blickfeld zu verschwinden. Mit der Sonne in den Augen beobachtete er, wie das stumpfe, abgeschnittene Heck des Schiffes weiterzog. Wie eine Fabrik auf dem Wasser, hatte seine Mutter immer gesagt. Und dass auf Schiffen zu arbeiten genauso war, wie in Fabriken zu arbeiten, nur eben auf dem Wasser. Fenton glaubte nicht, dass das stimmte. Zumindest nicht komplett. Nicht, wenn man an Deck gehen konnte, das Wasser roch, und die Städte und Dörfer an einem vorbeizogen. Die Häuser und Bauernhöfe und Wälder am äußersten Rand des Festlandes. Die Hunde in den Höfen, und Kühe auf den Weiden, die wie Flecken aussahen. In einer Fabrik sah und roch man nichts außer der Fabrik. Das wusste er aus Erfahrung.

Als Fenton den Rechen über die Wiese zog, spürte er, dass es losging. Vielleicht war die Vibration des Schiffes der Auslöser. Er wusste nicht, warum er die Anfälle bekam, aber er wusste, wenn einer kam, folgten mit hoher Wahrscheinlichkeit weitere. Einer nach dem anderen, Tag für Tag, bis sie für ein, zwei Monate ausblieben.

Jetzt war es so weit. Er konnte es sehen und hören. Ein hoher Ton, als hätte eine Sommerbrise eine andere Form angenommen, ein Läuten von Millionen kleiner Glöckchen. Umrisse funkelten und glitzerten und wurden verstärkt. Er sah alles in einem klaren, gleißenden Licht. Das abgeschnittene Ende eines jeden Grashalms, die Maserung seines Rechenstiels, das Netz aus den winzigen rautenförmigen Linien auf seinem Handrücken. Dann ging es los.

Fentons Beine gaben nach, und er stürzte auf die Wiese. Er war weg.

Wenn er wieder zu sich kam, würde er stechende Kopfschmerzen haben. Ein paar Tage lang würde er Probleme mit Zahlen haben. Nichts klänge mehr richtig. Und er würde sich danach sehnen, dieses verträumte, verschwommene Gefühl, das ihn plötzlich umgehauen hatte, wiederzuerlangen.

Es war, als hätte das Universum ihm erlaubt, einen Moment lang aus dem Strom der Zeit herauszutreten, als würde er schweben und alles an ihm vorbeiziehen. Wenn das passierte, war er jedes Mal sehr erleichtert.

WEIL SIE FÜR NIEMANDEN DIE ZUCKERPUPPE IST

Tammy verstand den Wunsch, aus seinem Leben zu treten und sich gegen den Strom zu stemmen, der einen weiterzog – oder nach unten –, nur zu gut.

Es ließ sich zweifelsfrei sagen, dass die Mutterrolle nicht das war, was sie erwartet hatte. Nicht dass sie viel Zeit damit verbracht hätte, darüber nachzudenken, nicht einmal als sie schwanger war. Ihre Schwangerschaft hatte sich wie ein Traum angefühlt. Ihr war alles so unglaublich vorgekommen, so absurd: ihr kürbisgroßer Bauch, ihre riesigen Brüste, das Baby, das sich in ihr bewegte. Wenn es von innen gegen ihren Leib trat und ihr Bauch sich wellte oder ausbeulte, konnte sie das sogar sehen. Doch selbst in den Momenten, in denen sie das beobachtete – die Bewegungen des Babys in ihrem Körper –, und noch als die Wehen einsetzten, erschien ihr die Vorstellung abwegig. Wie Science-Fiction. Wie ein schlechter Scherz.

Die ersten sechs Monate ihrer Schwangerschaft hatte sie sich einer Gehirnwäsche unterzogen und sich eingeredet, dass das alles gar nicht wirklich passierte. Ihre Regelblutungen hatten ausgesetzt, und alles schmeckte plötzlich nach Aluminium. Sie aß nur noch Toast mit Erdnussbutter und Bananen. Sie trank nur noch kalte Milch und Gingerale. Als ihre BHs nicht mehr passten, ging sie zu Beamish und kaufte die dehnbaren. Gleiches galt für ihre Jeans. Sie erzählte niemandem davon. Sie ließ nicht einmal zu, dass sich die Worte in ihrem Kopf bildeten.

Bis ihre Mutter sie eines Morgens in der Küche festhielt, die Hände schwer auf ihre Schultern legte und zu weinen begann.

Tammy sagte, sie solle aufhören zu heulen und sie in Ruhe lassen. Aber das Spiel war aus.

Wie nicht anders zu erwarten, verbreiteten sich die Neuigkeiten in Preston Mills wie ein Lauffeuer. Mit einer gewissen Schadenfreude und scheinheiliger Betroffenheit. Als wären die Worte auf Konfetti gedruckt worden – Tammy Johnson ist schwanger! – und es würden Festwagen durch die Stadt fahren und die Neuigkeiten auf alle herabregnen. Das geschieht ihr recht, war die vorherrschende Meinung, vermutete Tammy. Obwohl Preston Mills die Vorstellung einer geschwängerten Tammy zu genießen schien, gefiel es den Leuten nicht, mit ihrer plumpen Erscheinung konfrontiert zu werden. Anfangs genoss sie fast das Unbehagen, das sie auf der Straße hervorrief, aber der Reiz des Neuen verflog bald.

Drei Jungs, die mit ihr geschlafen hatten, stritten vorsorglich die Vaterschaft ab. Mehrere Jungs, die nicht mit ihr geschlafen hatten, traten ebenfalls ins Rampenlicht und leugneten vehement. Ihr momentaner Freund, Gary Petty, verflüchtigte sich so schnell wie der Rauch einer Player's Light Navy Cut. Tammy kündigte ihren Job an der Tankstelle und kampierte auf der Couch. Ihre Mutter kochte Aufläufe. Trudy, das Zentrum des Universums, tat so, als würde die ganze Situation sie persönlich beleidigen, als wäre das alles ein Komplott gegen sie, um ihr das Leben schwer zu machen.

Und als das Baby dann plötzlich unter wahnsinnigen Schmerzen zur Welt kam – fulminant in den sich scheinbar endlos hinziehenden, erdrückenden Wehen –, als ihr das Baby schließlich gereicht wurde, breitete sich in Tammys Brust kalte Panik aus. Dabei ging ihr nur immer wieder durch den Kopf: *Es gehört mir nicht. Das ist nicht mein Baby.* Sie starrte auf das Baby, und das Baby starrte zurück, und sie dachte:

Das gehört mir nicht.

Wenn das Baby später weinte, durchnässte warme Milch Tammys Shirts, die innerhalb kürzester Zeit kalt und klebrig wurde. Fluchend stürmte sie dann nach oben, um sich ein anderes Shirt anzuziehen, während Trudy oder Claire ein Fläschchen aufwärmten, das Baby auf den Arm nahmen und die Kleine fütterten.

Obwohl Tammy noch fast drei Jahre lang blieb, war sie schon nicht mehr richtig da. Die anderen kamen bereits gut ohne sie zurecht.

WEIL ES NIE WEIT GENUG SEIN KANN

Als Tammy fortging, war tiefer Winter. Wie jeden Tag machte sie sich fertig, um zur Arbeit an der Tankstelle aufzubrechen, die sie wieder aufgenommen hatte. Sie nahm Mercy hoch und drückte sie schnell, bevor sie versuchte, sie wieder abzusetzen. Als sie Richtung Tür lief, weinte die Kleine, zog an ihrem Shirt und klammerte sich an ihrem Hosenbein fest. Claire hob Mercy routiniert hoch und ging Richtung Küche. Trudy lag noch oben im Bett. Als Tammy in den eisigen Januarmorgen hinaustrat und ihr zitternder Atem sich in der kalten Morgenluft abzeichnete, sagte ihr niemand auf Wiedersehen.

Claire und Trudy waren seit Monaten sauer auf sie und überschütteten sie mit Schuldgefühlen. Tammy war in letzter Zeit oft ausgegangen und kam erst ein-, dann zweimal die Woche nach der Arbeit nicht nach Hause. Und je mehr Zeit sie woanders verbrachte, desto besser fühlte sie sich.

Deshalb war Tammy an diesem Morgen, noch während Trudy schlief, in dem abgedunkelten Schlafzimmer hin und her gelaufen und hatte ihre Tasche gepackt. Mit einigen von ihren eigenen Sachen, mit einigen von Trudy. Sie brachte die Tasche nach unten und stellte sie ganz offen neben die Tür. Wem sollte das bei der Menge an Gerümpel, das in den winzigen Eingangsbereich gestopft war, schon auffallen? Als sie zur Arbeit aufbrach, war Claire gerade so damit beschäftigt, die arme Mercy zu trösten und Tammy zu zeigen, wie das richtig ging, dass sie die Tasche nicht bemerkte. Hatte sie überhaupt mitbekommen, dass sie aufbrach? Tammy bezweifelte es. Sie verließ das Haus. Sie absolvierte ihre Schicht, und als sie Feierabend hatte, wartete sie einfach auf dem Parkplatz vor der Tankstelle. Sobald ein Reisebus vorfuhr, stieg sie ein.

Sie hievte ihre Tasche auf die Gepäckablage und ließ sich auf ihrem Platz nieder. Fünfzig Kilometer lang schaute sie auf den graublauen Fluss, der an ihrem Fenster vorbeizog, und anschließend auf die niedrigen Steinmauern am Stadtrand von Brockville mit seiner Psychiatrie und dem Mädcheninternat. Einem Kino, einem Milchladen, einem Stripteaselokal, einer Reihe von Geschäften. Dem Gerichtsgebäude. Der Bus kam vor einer anderen Tankstelle zum Stehen, Tammy fischte ihre Tasche herunter und lief den Gang entlang die Stufen nach unten auf den geschotterten Parkplatz. Es schneite große schwere Flocken, die im Licht der Straßenlaternen schimmerten.

Das war nicht sehr weit von zu Hause weg. Nicht annähernd weit genug. Aber es war ein Anfang.

WEIL MAN NUR DAS FÜHLT, WAS MAN ERTRAGEN KANN

Bald würde ihre Kleine fünf Jahre alt werden. Ein Jahr, acht Monate. So lange hatte Tammy ihr Kind nicht mehr gesehen. Oder ihre eigene Mutter, oder ihre Schwester. Sie versuchte, nicht an Mercy zu denken, doch jedes Mal, wenn sie es tat, wurde sie wütend. Zwischen dem Gedanken an ihre Tochter, oder der Vorstellung von ihr, und der abscheulich brennenden Wut lag eine Reihe von Mikroemotionen – die fast zu schnell aufeinanderfolgten, um wahrnehmbar zu sein. Zu diesen Gefühlen gehörten womöglich Liebe, Schuld, Furcht oder einfach traurige Sehnsucht, aber nichts davon hielt an. Nur die Wut machte sich breit.

Die Wut war das einzige Gefühl, das sie ertrug.

WEIL SICH MANCHMAL ALLES VERMISCHT

Das Schrillen des Rauchmelders übertönte fast das des Weckers am Ofen. Fenton hörte jetzt beides, eins lauter als das andere.

»Verdammter Idiot.«

»Ich habe es nicht gehört!«

»Wie kann das denn sein?« Tammy riss den Ofen auf, aus dem wie eine Gewitterwolke dicker schwarzer Rauch aufstieg. Sie schleuderte das Blech mit dem angebrannten Fisch in hohem Bogen durch die Luft. Fenton duckte sich, als das qualmende Blech über seinen Kopf wirbelte und gegen die Wand dahinter prallte. Er starrte zum Blech auf dem Teppich und zu den verstreuten, verkohlten Fischrechtecken. Auf den Fasern des Teppichs und der knusprig schwarzen Panade des Fisches spiegelte sich das Licht. Das goldene Licht strömte von allen Seiten herein und füllte den Raum zwischen den Objekten in seinem Blickfeld aus.

»Das ist nicht zu fassen.«

Der Wecker stotterte, und Tammys Stimme wurde langsamer, tiefer. Fenton lehnte sich gegen das Sofa und schaute sie durch den goldenen Dunst hinweg an. Sie stand einfach nur mit den Händen in den Hüften da.

»Der Festzug ist am Sonntag«, sagte er mit flatternden Augenlidern.

»Toll«, sagte Tammy.

»Der Fisch wird da sein.«

»Klasse. Perfekt.«

»Und der Kürbiskuchen.«

Als Fenton die Augen schloss, das Zimmer nach rechts schwankte und er zur Seite auf den Boden kippte, glaubte er, dass er einen lauten Jubel von den Zuschauern aufsteigen hörte.

WEIL MAN MANCHMAL ERST WEISS, WAS PASSIERT, WENN ES VORBEI IST

Er wusste, dass das ein dummer Einfall war. Schlimmer ging es eigentlich gar nicht. Aber Fenton konnte nicht anders. Das war das vierte Mal diese Woche. Er stellte den Pick-up im Hof ab und lief in die falsche Richtung. Anstatt nach Hause zu laufen, wo Tammy auf ihn wartete – höchstwahrscheinlich wütend, in letzter Zeit war sie immer wütend –, lief er drei Straßenkreuzungen in die falsche Richtung und bog dann nach Norden ab. Er wollte in möglichst gerader Linie nach Norden reisen, ganz gleich, was ihm in die Quere käme. Deshalb lief er den Weg zwischen zwei Backsteinhäusern hindurch, kletterte über einen Zaun, lief über ein Blumenbeet und den angrenzenden Rasen, durch ein altes Planschbecken, über noch ein Blumenbeet, über noch einen Zaun. Eine Gasse entlang. Er lief weiter, über eine Straße, zwischen Häusern hindurch, durch noch einen Garten, zog sich an einem Schuppendach hoch, sprang von dort auf den nächsten Schuppen im angrenzenden Garten. Und so weiter. Bis er nördlich der Stadt auf der anderen Seite des Highways stand, dort über einen Stacheldrahtzaun kletterte und über grüngelbe Weiden lief.

Nach Norden, nach Norden.

Feld für Feld. Die Vögel zwitscherten. Die Grillen lärmten. Das grasbedeckte Feld unter seinen nassen Arbeitsschuhen federte weich. Dann ging es weiter zwischen den Nadelbäumen hindurch auf eine Lichtung und anschließend auf den knirschenden Schotter neben den Bahngleisen. Fenton beugte sich nach unten und legte eine Hand auf die Schiene. Obwohl die Luft ein wenig kühl war, war das Metall von der Sonne warm. Es war glatt und ruhig und leise. Fenton trat mitten auf die Gleise und setzte sich im Schneidersitz hin. Dann legte er sich flach auf den Rücken.

Mit jeweils einer Hand auf einer der beiden Schienen schaute er hinauf zum blauen Himmel. Strahlend weiße, federleichte Wolkenfetzen. Die Grillen sangen, und die Grashalme rieben in einem trockenen Flüstern gegeneinander. Die hohen Tannenspitzen bewegten sich dunkel vor dem blauen Himmel hin und her. Er spürte es kommen. Die zarteste, subtilste Schwingung in seinen Fingerspitzen. So zart und so subtil, dass sie vielleicht gar nicht echt war. Nur eine leichte Wellenbewegung in der klaren Spätnachmittagsluft.

Er liebte es. Das Gefühl, das ihn erfüllte. Glückseligkeit. Seine weichen Knie, das Zittern des Bodens, die schwarzen angelegten Flügel, die das Licht ausblendeten. Er versank. Er schwand dahin.

Fenton zwang sich, die Augen zu öffnen, aber er konnte nicht sehen. Weißes Licht. Ein zitterndes Summen, das in seinen Ohren dröhnte. Er quälte sich auf die Ellbogen, schob die Stiefelspitze nach außen unter die Schiene und rollte sich auf den Schotter. Er spürte die Steine durch sein Shirt, sie bohrten sich spitz in seine Brust. Er stieß sich mit dem Stiefel von der Schiene ab, rollte den Bahndamm hinab und kullerte den Abhang weiter hinunter, bis er unter den Tannen lag. Auf einem Nadelbett.

Und dann war er weg, einfach weg.

Außer Betrieb.

Als Fenton endlich wieder die Augen aufschlug, sich umdrehte, auf die Knie stützte und aufstand, während die braunen Tannennadeln von seinem Shirt herabrieselten, war der Zug schon längst verschwunden. Das spektakuläre Rauschen der vorbeirasenden Waggons, das Beben der Erde, das Kreischen von aneinander reibendem Metall war Vergangenheit. In der Ferne war nur noch ein leises Rattern zu hören, ein einsames Zittern von weit, weit weg.

Er war eine steife Vogelscheuche auf einem Feld. Ein Schatten im Dämmerlicht.

Seine Kopfschmerzen begleiteten ihn auf dem gesamten Nachhauseweg.

WEIL DAS UNMÖGLICHE NICHT MÖGLICH IST

Tammy tat der Hals weh, und ihre Stimme war vom Schreien heiser. Während sie den Küchenboden fegte, die Besenstriche immer ineffektiver, dafür aber aggressiver wurden und sie schließlich vollkommen die Beherrschung verlor und den Besen gegen die Wand pfefferte, trockneten auf ihren Wangen die Tränen. Sie schaute sich nach etwas anderem zum Werfen um, etwas zum Zerschmettern, aber dann beherrschte sie sich doch. Sie stand mit den Händen in die Hüften gestemmt da, atmete schwer und verzweifelte am Universum und ihrem Leben. Erschrocken schlüpfte Fenton aus der Hintertür, zog sich die Jacke über, während er immer zwei Stufen auf einmal nahm, und joggte die Gasse entlang. Er würde später, wenn die Luft rein war, wiederkommen. Mit Milch und Teebeuteln. Vielleicht noch ein paar Keksen. Falls er genug Geld dabeihatte. Versöhnungsgaben an die wütende Kraft, die in seinem Haus wohnte.

Durchs Küchenfenster beobachtete sie, wie er über den Parkplatz trabte. Und mit eingezogenem Schwanz davonflitzte. Fenton Osborne. Der letzte einer ziemlich langen Reihe völlig verwirrter Männer, die Tammys Bett bevölkerten. Sie fragte sich nicht zum ersten Mal, was genau sie eigentlich von ihm wollte. Was sie je von Männern gewollt hatte. Ihr kam es so vor, als wüssten Männer immer ganz genau, was sie wollten. Ihrer Erfahrung nach war das jedenfalls meistens etwas Einfaches. Und Dummes.

Sie wollten, dass sie langsam ihre Kleider auszog und auf sie zukam. Oder vor ihnen weglief. Dass sie ihre Schuhe anließ, ihren

BH anließ, ihre Unterhose, was auch immer. Sie wollten, dass sie sie anschaute oder dass sie sie nicht anschaute.

Mit ihnen sprach oder kein einziges Wort sagte.

Sie berührte oder damit aufhörte.

Sich hinkniete oder nach vorn beugte.

Ganz gleich, was es war, in der Regel wurde es klar formuliert und war leicht zu erfüllen.

Aber was wollte sie? Sie wollte vor allem geliebt und in Ruhe gelassen werden. Nicht nacheinander, sondern gleichzeitig. Gleichermaßen. Liebe mich. Und lass mich verdammt noch mal in Ruhe. Meistens fühlte sie sich deswegen unruhig, kribbelig und gereizt.

Fenton, der immer zuvorkommend war, wollte schlicht und einfach, was sie wollte. Was auch immer das sein mochte. Vor allem aber wollte er seine Ruhe, die nicht zu haben war. Was er dieses Mal getan hatte, um sich dermaßen in Schwierigkeiten zu bringen? Er hatte einen einfachen Vorschlag gemacht. Er hatte schlicht darauf hingewiesen, dass Mercy sie doch jetzt, wo sie beide einen festen Job hatten und in dieser ruhig gelegenen Erdgeschosswohnung lebten, manchmal besuchen und bei ihnen übernachten könnte. Vielleicht nur an den Wochenenden.

Fünf, vier, drei, zwei, eins.

Tammy explodierte. Heulte. Fluchte. Fenton flitzte aus der Tür. Der Besen knallte gegen die Wand. Die Kacke war am Dampfen. Et cetera. Armer Fenton. Er hatte schon wieder danebengelegen.

Das würde ihn allerdings nicht davon abhalten, es weiter zu versuchen. Er war wirklich sehr hartnäckig.

Armer alter trauriger Fenton, der sich durch die Gassen schlängelte, im Tante-Emma-Laden Milch und Tee kaufte und versuchte, einen anderen Plan auszuhecken, um seine Frau glücklich zu machen. Um das Unmögliche möglich zu machen.

MERCY

WEIL NICHTS JEMALS GENAU SO IST,
WIE MAN ES SICH WÜNSCHT

Um es klar zu sagen: Das ist das, was Mercy dachte. Sie dachte, dass nichts jemals genau so war, wie man es wollte. Manchmal war es nah dran. Aber nie ganz richtig. Sie hatte Trudy und Oma, aber sie wollte ihre Mutter. Oder dass ihre Mutter gestorben wäre und Trudy jetzt ihre Mutter war. Sie fühlte sich schlecht, weil sie das dachte, aber manchmal dachte sie es trotzdem.

Sie wollte, dass die Leute ihr zuhörten. Das taten sie auch. Aber sie lachten immer. Sie hörten nie einfach nur zu und verstanden sie und antworteten ihr auf eine Art, die weiterhalf. Ihr gelang es nie, Dinge so zu sagen, dass die Erwachsenen nicht darüber lachten.

Mercy wollte lange aufbleiben, mehr Süßigkeiten essen, Sachen allein machen. Sie wollte ein eigenes Zimmer, hatte aber Angst, im Dunkeln allein zu sein. Sie wollte nicht, dass es so etwas wie Sterben gab, selbst wenn es so etwas wie einen Herrgott im Himmel gab.

Sie wollte, dass die Schule schon im August anfing und nicht erst im September, damit sie früher dorthin gehen konnte. Sie wollte gern lange glatte Haare. Trudys Haare waren dick und dunkel und glänzten, und ihr Pferdeschwanz war so dick wie Mercys Handgelenk. Wie der Schwanz eines echten Pferdes. Mercys Haare waren hellbraun, fast ein bisschen grau wie bei einer Maus, und so dünn, dass ihre Ohren an den Seiten hervorlugten. Wenn Trudy Mercys Haare zu einem Pferdeschwanz zusammennahm, ähnelte der einem zottligen Mäuseschwänzchen.

Letztes Jahr hatte sie sich zum Geburtstag eine Handtasche gewünscht und sich vorgestellt, wie sie mit Trudys großer, brauner Schlabberledertasche über der Schulter herumspazierte, die Haare nach hinten warf und in dem Beutel nach einem Kaugummi oder einer 5-Cent-Münze kramte. (Aber nicht nach Zigaretten. Sie würde niemals rauchen. Zigaretten stanken schrecklich.) Doch als sie ihr Geschenk von Oma Claire auspackte, war es nur eine winzige weiß-rosa Plastikhandtasche. Eine Spielzeugtasche. Mit einem Comiclamm vorne drauf. Sie kam sich wie ein Baby vor. Aber sie bedankte sich trotzdem. Und kletterte trotzdem auf Omas Schoß und gab ihr einen Kuss. Sie schleppte die Handtasche trotzdem überall mit herum und tat Kaugummis und Pennys und einen kleinen Puppenspiegel hinein. Einen Schlüssel, den sie vor langer Zeit am Straßenrand gefunden hatte. Sie tat, als wäre die Tasche ein wenig anders, und drehte das Lamm nach innen zu ihrem Körper, damit niemand es sah. Sie kam damit klar.

Im September würde sie fünf Jahre alt werden. Sie versuchte, sich wegen der Geschenke keine allzu großen Hoffnungen zu machen.

Mercy wollte, dass alles in Ordnung war. Sie wollte, dass jeder glücklich war. Sie wollte, dass Erwachsene wie Tanzpartner oder wie in Märchen paarweise zusammenkamen. Trudy sollte Jules heiraten. Trudys Vater sollte nach Hause kommen und Oma Claire heiraten. Und ihre Mutter sollte nach Hause kommen und einen reichen Prinzen heiraten, der ihnen ein großes Haus mit Himmelbetten und Schwimmbecken kaufte.

Sie würden noch mehr Welpen haben. Und Katzenbabys. Beides.

Sie dürfte sofort zur Schule zu gehen. Schon heute.

Und Jules dürfte nicht versuchen, mit einem Auto über den Fluss zu springen. Sie verstand nicht, warum er das wollte. Und sie verstand nicht, warum andere Leute wollten, dass er das tat. Das hatte etwas Gemeines an sich. Etwas Grausames. Herzlos nannte Trudy es.

Doch nichts davon lag in Mercys Hand. Nichts auf der ganzen Welt lag in ihrer Hand. Sie hatte nicht das Sagen. Sie hätte gern das Sagen.

Mercy wollte, dass diese weißen Pferde Hörner hatten. Warum auch nicht?

JULES

WEIL TRÄUME MANCHMAL EINFACH WAHR WERDEN

Jules hatte auch nicht das Sagen. So viel stand fest. Es lief nicht alles nach Plan.

Er brauchte drei Dinge für diesen Stunt: ein Auto, eine Rampe, sich selbst. Nichts davon war in guter Form. Den ganzen Juni über hatte es geregnet. Es hatte sogar so sehr geregnet, dass auf dem tiefliegenden Feld neben der Rampe eine Art See entstanden war. Am Ende des Monats reichte der Schlamm so hoch, dass Lastwagen herbeigeschafft werden mussten, um die Zugmaschinen herauszuziehen. Anschließend mussten größere Zugmaschinen herbeigeschafft werden, um die Lastwagen herauszuziehen. Der Bau stagnierte. Die Kosten gerieten außer Kontrolle. Investoren zogen sich zurück. Die Fernsehleute wurden nervös.

Am Nationalfeiertag rutschte eine halbe Tonne kompakter Erde von der Seite der Rampe, wodurch die nicht verankerten Stahlträger freigelegt wurden. Die Asphaltdecke brach entzwei. Der Ingenieur wurde gefeuert. Die Baufirma lehnte eine Verlängerung des Vertrages ab. Der Sprung wurde verschoben. Aus dem 15. Juli wurde der 19. August.

Inzwischen entglitt ihm alles. Jules wusste das. Vor dem Fernsehdeal und vor dem Einschalten eines Promoters hatte Jules das Sagen gehabt. Er hatte nicht viele Ansagen machen müssen – ein paar kleinere Investoren, ein Fake-Auto, seine Sprüche beim Nebenprogramm von Volksfesten –, aber das Projekt war seins. Jetzt wurden die Vereinbarungen von jemand anderem getroffen. Entscheidungen ohne ihn gefällt. Der Promoter hatte Investoren aufgetan, Bauunternehmer beauftragt, mit dem Sender zusammen-gearbeitet, um Interviews und Auftritte zu planen, den Termin für den Sprung festgelegt. Und ihn dann abgesagt. Und wieder einen neuen festgelegt.

Die einzige Person, die Jules irgendwie erreichen konnte, war Sammy Harrison, doch über Sammy bekam er nie eine klare Aus-kunft. Arbeitete er für den Sender? Den Promoter? Wer bezahlte ihn? Er war eines Tages einfach aufgetaucht: Stufenhaarschnitt, breites Lächeln und immer enge T-Shirts. Er war überall. Am Ab-sprungsort, auf Presseveranstaltungen. Und jetzt rief er von Chi-cago aus an, wo das Raketenauto konstruiert wurde. Er hatte mit dem Chefmechaniker und dem Testfahrer gesprochen. Zweimal hatten sie das Auto getestet. Zweimal war der Benzintank explo-diert. Aber jetzt war alles klar. Kein Grund zur Sorge. Sammy hat-te alles unter Kontrolle. Nächste Woche, sagte er, sollte Jules eine Probefahrt machen. Jules hatte noch nie ein Raketenauto gefahren. Dieses hier erreichte angeblich vierhundertdreißig Kilometer die Stunde.

Die Rampe wurde wieder aufgebaut, wobei von dem vorhande-nen Material so viel wie möglich wiederverwendet wurde. Es gab einen neuen Ingenieur, eine neue Baufirma. Ein paar Tage Sonnen-schein, und der Bauplatz trocknete ein wenig ab. Jules ließ zu, dass Hoffnung aufkeimte.

Eines Nachts, nur eine Woche vor dem neuen Termin, besuchte Jules die Baustelle und fuhr mit seinem Auto die halbe Rampe hoch. Die Fahrbahn war von Rissen und geflickten Stellen über-sät. Vollkommener Pfusch. Die Fahrt war so holprig, dass seine Zähne aufeinanderschlugen. Er stellte das Auto auf Parken, lehnte sich in seinen Sitz zurück und starrte zum Mond, der wie eine gelbe Glühbirne am Himmel hing. Der Himmelskörper wurde von einem dunklen Ring aus schwarzen Wolken umgeben. Der sich langsam um ihn schloss und das Licht schluckte.

Als Sammy anrief, um die Neuigkeiten zu überbringen, war er

nicht überrascht. Der Sprung musste abermals verschoben werden. Wahrscheinlich bis Ende September.

Trudy freute sich jedes Mal, wenn der Sprung verschoben wurde – was ihm schmeichelte –, doch damit gehörte sie in Preston Mills zur Minderheit. Jules bemerkte, wie die Leute ihn anschauten. Wahrscheinlich dachten sie genauso wie er, dass der Sprung vielleicht nie mehr stattfinden würde. Und dass die ganze Geschichte ein Schwindel war.

Als sein Gips runterkam, sah sein Knöchel abgemagert aus. Die Haut war weiß und runzelig, und dort, wo der Gips gesessen hatte, schien ihm eine Extraschicht dunkler Haare gewachsen zu sein. Das war ekelhaft.

Als er eines Tages durch das Lebensmittelgeschäft humpelte, rief ein Junge nach ihm. Er war etwa zwölf Jahre alt.

»He! Jules Tremblay!«

»Ja?«

»Du bist ein verdammter Angsthase!« Der Junge rannte nach draußen zu seinen Freunden auf dem Gehweg und wackelte am Hinterkopf mit zwei Fingern. Er lachte sich kaputt.

Und Jules humpelte wie eine traurige alte Frau hinter seinem Einkaufswagen her.

(Jules hatte das Gefühl, dass er diesen Traum schon kannte. Den Traum, in einem Lebensmittelladen gebrochen, herabgesetzt und entmannt zu werden. In einer Stadt voller Fremder. Diesen Traum und den über die zerknautschte Motorhaube, die gebrochenen Knochen, seinen Helm, der gegen das Lenkrad knallt, und den Geruch nach Benzin. Das Ratschen und Klicken des Feuerzeugs. Dieser und all die anderen schlimmen Ausgänge oder Anfänge: die Rampe, die im Matsch versinkt oder sich nach links neigt, das Raketenauto, das auf der Piste in einer wehenden Wolke aus Dollarscheinen explodiert.

Als er noch klein war, träumte er von seiner Mutter, die ihn mit seinen Brüdern allein ließ. Und von seinen Brüdern, die ihn allein auf der Straße ließen. Und wie Geister in den Gassen verschwanden.

Jetzt träumte er vom Wasser. Er träumte vom kalten Wasser des Sankt-Lorenz-Stroms, das grün vor den Autofenstern blubberte, während er tiefer und tiefer und tiefer sank. Und von den Tentakeln eines Ungeheuers, die schwarz über die Windschutzscheibe glitten und das Licht aussperrten.

Und Jules dachte: *Die meisten dieser Dinge sind bereits passiert.*

Eins nach dem anderen war aus seinen Träumen herausgetreten und wahr geworden.)

WEIL ES IMMER JEMANDEN GIBT,
DER GERNE SCHLECHTE NACHRICHTEN ÜBERBRINGT

Am folgenden Abend filmte ein Team Jules bei seiner Rede im Herrenclub von Preston Mills. Der Club hatte ihn eingeladen, um bei der monatlichen Versammlung über den Sprung zu erzählen. Jules hatte ein Stück Karton mitgebracht, das mit Zeitungsausschnitten und Fotos seiner vergangenen Stunts, jubelnden Zuschauermengen und durch die Luft segelnden Autos vollgeklebt war. Und ein postergroßes Foto des Raketenautonachbaus. (Jules wünschte, er hätte das Foto nicht ganz so stark vergrößert. Jetzt sah man die Lücken an den Schweißnähten der Turbine, wo sie auseinanderzufallen drohte. Wenn man genau hinschaute, erkannte man, dass die Rennstreifen mit Isolierband aufgeklebt waren.)

Jules redete tapfer weiter. Er erzählte davon, wie er Lightning Jones im Fernsehen gesehen hatte, als der auf seinem Motorrad über den Springbrunnen in Las Vegas flog, und von seinem Kindheitstraum, den größten Stunt aller Zeiten zu vollführen. Wie glücklich er gewesen war, als er in Preston Mills den perfekten Platz für seinen Sprung gefunden hatte.

Als er seinen Vortrag beendete, klatschten ein paar Männer. Es klang wie einsetzender Regen auf einem Blechdach. Dicke, vereinzelte Tropfen hier und da. Klatsch. Pause. Klatsch, klatsch, klatsch. Am Ende des Raumes wurden Stühle gerückt, und die Leute unterhielten sich. Jules stand am Podium und wartete auf Fragen. Die Neonröhren über seinem Kopf flackerten und summten.

»Niemand?«

Weiter hinten lehnte sich ein großer Schrank von einem Mann namens Bill Puck in seinem Stuhl zurück und trommelte mit seinen dicken Wurstfingern auf die Tischplatte. Von seinem Platz aus rief er: »He, Tremblay!«

Jules ließ seinen Blick durch den Raum wandern, bis er den Sprecher ausgemacht hatte und ihn dort breitbeinig auf seinem Stuhl sitzen sah. »Ja, Sir?«

»Wir beide haben etwas gemeinsam.«

»Tatsächlich?«, sagte Jules. »Was denn?«

Der breite Bill lächelte breit. »Keiner von uns wird jemals in einem beschissenen Auto über den gottverdammten Sankt-Lorenz-Strom springen.«

WEIL MAN SICH SO LANGE WEITER SACHEN AUSDENKT, BIS SIE EINEM ECHT VORKOMMEN

Die Kameras, überall Kameras. Sie machten ihm das Leben zur Hölle. Der Termin wurde diesmal auf den 23. September festgelegt, und alle schienen zuversichtlich, dass die Rampe und das Auto bis dahin fertig wären. Die Maschinerie war in Gang gesetzt. Jules befand sich in Ottawa und drehte ein Porträt für *Die große Welt des Sports*, wo er für seinen Sprung »trainierte«. Warum Ottawa? Das wusste niemand so recht. Vielleicht lag es an der schöneren Kulisse oder einem besseren Hotel für die Crew. Jules drückte seine Zigarette aus und joggte für die Kamera, die auf einer Art Rollwagen nach hinten fuhr. Dabei tischte er die Lüge auf, wie wichtig es war, sich physisch in Topform zu halten, wenn er sich in dem Auto zerlegen lassen wollte. (Er war erschöpft und sein Gangbild war schief. Aber egal.)

Dann packten die Produzenten ihn in ein Kajak, das auf dem Kanal trieb, der sich durch die Stadt wand. Gänse und Enten schwammen neugierig auf ihn zu. Er hatte darauf bestanden, eine Rettungsweste zu tragen. Das trübe Wasser des Kanals und das gelegentliche Aufblitzen von Karpfenschuppen knapp unter der Oberfläche verunsicherten ihn irgendwie. Die Rettungsweste drückte unangenehm gegen sein Kinn. Die Crew zog ihn auf, fragte, ob er am Tag des großen Sprungs auch eine Rettungsweste anziehen würde. Er grinste verschwitzt in die Kamera. Offensichtlich kapierten sie nicht, was er vorhatte. »Ich werde nicht über den Fluss paddeln, meine Lieben. Ich werde fliegen.«

Zurück in Preston Mills fuhren sie ihn und Trudy auf die Insel gegenüber der Rampe, zum angestrebten Landeplatz. (Obwohl Jules von einem Sprung über den Fluss sprach und der Stunt als »der Zwei-Kilometer-Sprung« vermarktet wurde, bestand der Plan darin, auf die Insel in der Mitte des Flusses zu springen. Sie war nicht wirklich zwei Kilometer vom Ufer entfernt. Vermutlich einen Kilometer. Trotzdem war das noch abwegig genug.) Er und ein Reporter saßen dort auf Baumstümpfen, das hohe Gras der Insel wogte um sie herum, und das Wasser plätscherte ans Ufer. Trudy stand hinter den Kameraleuten. Heute sah sie ihn zum ersten Mal im Werbemodus und wie er für die Kameras posierte. Er hoffte, dass er nicht so rüberkam, wie er sich fühlte: ein wenig daneben, mit ein wenig Bauchschmerzen.

»Also, Jules, es ist ja unübersehbar, dass es eine ganze Reihe von Bäumen auf dieser Insel gibt. Bereitet Ihnen das keine Sorgen?

»Nein. Wissen Sie, wir wollten nicht zu sehr in die Landschaft hier eingreifen. Das Auto, das ich habe, kann in der Luft gesteuert werden. Topmodern. Das Lenkrad bewegt die Flügel, ich kann also ziemlich präzise navigieren. Außerdem gibt es einen Fallschirm.«

Es entstand eine lange Pause. Die beiden Männer starrten über das Wasser auf die weit entfernte Rampe.

»Ehrlich gesagt, habe ich darüber nachgedacht, hier Rosen zu pflanzen.« Jules stand von seinem Baumstumpf auf und drehte sich mit ausgestreckter Hand langsam im Kreis. Er dachte sich das aus. Aber der Gedanke gefiel ihm. Er konnte sich alles genau vorstellen. »Wissen Sie, dadurch würde ich den Landeplatz aus der Luft gut erkennen. Und sie würden mir eine schöne, weiche Landung ermöglichen. Ein langes Bett aus roten Rosen.«

Jules sah aus den Augenwinkeln, wie Trudy sich von ihnen wegdrehte und zum breiten, grauen Fluss blickte. Er war sich ziemlich sicher, dass ihre Schultern zitterten.

WEIL EIN KLEINER FORTSCHRITT
ZUR ABWECHSLUNG GANZ NETT WÄRE

Das war genau das, was Jules brauchte: Fortschritt. Zur Abwechslung mal ein kleiner Fortschritt. Das war doch wirklich nicht zu viel verlangt. Er stand auf einer langen, windgepeitschten Asphaltpiste neben einer Reihe von Fabriken in Chicago. Oder zumindest in der Nähe von Chicago. Sammy stand mit den Händen in den Taschen neben ihm und wippte auf den Fußballen. In einiger Entfernung schob sich das Auto aus der Werkstatt, drei Typen in Overalls folgten. Das Auto, ein Lincoln Continental, war hellgelb und glänzte. Die beiden Flügel an den Türen waren passend lackiert und mit schimmerndem Chrom verziert. Jules seufzte. Das Auto war eine Schönheit. Der Motor dröhnte tief und gleichmäßig und war höllisch laut.

»Hast du einen Anzug dabei?«, fragte einer der Mechaniker Jules. Und nach einer kurzen Pause: »Einen feuerfesten Anzug, meine ich.« Jules hatte keinen feuerfesten Anzug. Weder auf dieser Reise. Noch sonst.

Er hatte nur ein kleines Budget. Normalerweise zumindest. Jetzt versuchte er, die Ausgaben einzudämmen, damit das Schuldenloch nicht zu tief wurde und ihn verschluckte. Jules konnte noch nie gut mit Geld umgehen. Vor seinem Fernsehdeal hatte er jeden Penny, den er verdiente – und noch weitaus mehr –, für die Auto-Attrappe und seine »Werbetour« ausgegeben. Aber als er den Fernsehdeal abgeschlossen hatte, hatte er einem schlechten Deal zugestimmt. Seine Vergütung beruhte auf einem (kleinen) Anteil am Gewinn.

Mit wachsenden Kosten verringerte sich sein möglicher Lohn. Und die Kosten waren unglaublich. Sie überstiegen alles, was er sich je vorgestellt hatte. Zumindest würde er einen großen Pauschalbetrag erhalten, wenn – falls – er den Sprung fertigbrachte. Die beim Sender waren keine Dummköpfe.

Jules schüttelte den Kopf, seine Haare flatterten im Wind. »Alles klar. Du kannst meinen nehmen. Wird vielleicht ein bisschen eng, aber geht schon.« Der Mann joggte zurück zur Garage.

Jules schätzte, dass der Mechaniker fünfzehn Zentimeter kleiner und rund elf Kilogramm leichter war als er. Nun ja.

Natürlich war ein Kameramann zur Stelle, der Jules' Kampf mit dem Reißverschluss einfing. Der Reißverschluss klemmte unvorteilhaft direkt unter seinem Bauch und bewegte sich nicht weiter. Die Schulterpartie war sehr eng, und jedes Mal wenn er mit den Achseln zuckte oder seinen Oberkörper vorbeugte, rutschte die Rückennaht ein wenig weiter zwischen seine Pobacken nach oben. Hoffentlich gab es keine Aufnahmen von hinten.

Oder von der Seite.

Oder, wenn er schon dabei war, auch nicht von vorne.

Er kapitulierte vor dem Reißverschluss und setzte seinen Helm auf. Das Einzige, was seine Stimmung jetzt noch ein wenig aufhellen konnte, war die Aussicht, das Auto bis an seine Grenzen auszufahren.

Jules setzte sich auf den Fahrersitz, schnallte sich an und bemühte sich, den Einweisungen des Mechanikers zu folgen. Offen gestanden war das ja nicht *so* schwierig.

Es war letztendlich bloß ein Auto.

Man musste immer noch mit dem Lenkrad steuern und immer noch aufs Gaspedal treten. Es gab einen Knopf für den Raketenantrieb und einem Knopf für den Fallschirm. Wichtig war offenbar das Timing. Und dass er den Fallschirm nicht zum Bremsen benutzte, es sei denn, es ließ sich absolut nicht vermeiden – man konnte ihn wohl nur einmal benutzen, und er war sehr teuer. Er sollte einfach ordentlich beschleunigen und dann gleich wieder abbremsen. Das war nur ein Test, damit er ein Gefühl für das Auto bekam. Sie sprachen den gesamten Ablauf noch einmal durch. Dann zog der Mechaniker seinen Kopf aus dem Fahrerfenster und trat von der Piste zurück.

Allein im Auto schwitzte Jules und führte Selbstgespräche. Schließlich sagte er:»Auf die Plätze, fertig, los!«, und drückte aufs Gaspedal. *Schnell!* Das Auto war unglaublich schnell. Er aktivierte das Hilfstriebwerk und hatte tatsächlich den Eindruck, als würde er fliegen. Er konnte kaum noch das Lenkrad halten. Die Welt zog zu beiden Seiten verschwommen an ihm vorbei. Er lachte, und über seine Wangen liefen Tränen.»Woooow!«, schrie er.»Yippie!« Verdammt noch mal, er liebte dieses Raketenauto.

Und dann hörte er ein Knacken.

Im Rückspiegel sah er etwas Hellgelbes auf der Strecke aufblitzten.

Das Auto drehte sich zur Seite, wurde durch den Schwung aber noch weiter nach vorne getragen.

Er tastete nach dem Fallschirmknopf, haute ein paarmal auf das Armaturenbrett und dann endlich auf den richtigen Knopf – ein, zwei, drei Mal, bevor irgendetwas passierte.

Eine riesige Blüte aus weißem Stoff, sein Kopf, der gegen die Kopfstütze knallte, das Kreischen der Reifen. Und ein beängstigendes, nicht enden wollendes Schlittern, bis er endlich stand.

Der watschelnde Gang in einem lächerlich engen Anzug zurück zum Ausgangspunkt.

Das konfuse Zusammensammeln von verstreuten Teilen, Scherben und Trümmern.

Und die langsame, scheppernde Fahrt am Abschleppseil zurück zur Werkstatt.

TRUDY

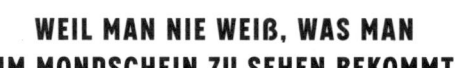

WEIL MAN NIE WEISS, WAS MAN
IM MONDSCHEIN ZU SEHEN BEKOMMT

Trudy hatte den Abend frei, und Jules sagte, er wolle das Beste daraus machen. Sie hatten gegrillt und die Burger auf der Veranda gegessen, den zirpenden Grillen gelauscht und Bier getrunken. »Ich will dir etwas zeigen.«

»Lass das besser nicht die verdammte Rampe sein.«

»Nein. Aber es ist fast genauso gut.«

Er führte sie an der Hand die Treppe hinunter. »Hopp, hopp«, sagte er. »Wir müssen noch ein ganzes Stück zu Fuß.«

Sie liefen durch das Feld hinterm Haus und überquerten den Highway. Trudys Kleider waren jetzt schon durchgeschwitzt. Die Turnschuhe scheuerten an ihren nackten Füßen. »Mein Gott«, sagte sie. »Wie weit ist das denn?«

»Es lohnt sich«, sagte er. Und führte sie über noch ein Feld zu einem zerfurchten Feldweg, der von Bäumen gesäumt wurde. Als die Sonne unterging, sausten über ihren Köpfen Fledermäuse durch die Bäume, und die Sterne glitzerten nach und nach silberfarben am dunkelblauen Himmel. Sie wollte, dass er langsamer ging. Also eilte sie ihm hastig nach und packte ihn an der Hand. »Wohin gehen wir?«

»Ist nicht mehr weit.« Sie rührte sich nicht von der Stelle und zwang ihn, stehen zu bleiben, schob ihn an einen Baum, drückte sich gegen ihn und schaute in sein Gesicht. Gott, war er schön. Dieses Lächeln. Sie küsste ihn, biss in seine Unterlippe. Strich im Schritt über seine Jeans und drückte ihn durch den Stoff. »Warte«, sagte er.

164

Er schob sie vor sich den Weg entlang und zeigte auf eine Lücke zwischen den Bäumen. Als sie sich duckte und hindurchzwängte, wurden ihre Beine von Dornen zerkratzt. Anschließend kletterten sie über einen niedrigen Zaun und stolperten auf eine Heuwiese. Sie hatte keine Ahnung mehr, in welche Richtung sie liefen. »Herrgott noch mal, Jules. Was zum Teufel machen wir hier?«

Er ignorierte sie und lief weiter. Inzwischen war es dunkel geworden. So dunkel, dass sie nichts sah, bis sie fast am Rand standen. Ein Schwimmbecken. Im Boden. Mitten auf der Wiese. Unglaublich. Es war rechteckig, vielleicht sechs Meter lang. Drumherum Gehwege aus Zement. Das war's. Kein Zaun, keine Terrasse. Kein Haus in Sichtweite. Was für eine hirnverbrannte Idee, dachte sie, mitten auf der Wiese ein Schwimmbecken zu bauen. Auf der Wasseroberfläche schwammen Heu und Blätter und Seidenpflanzensamen. Wahrscheinlich gab es dort drinnen Frösche. Das Zirpen der Grillen drang durch die Dunkelheit. »Wem gehört das überhaupt?«

Sie schaute zu ihm, aber er zuckte bloß mit den Schultern. Er zog sich sein Hemd über den Kopf, schüttelte seine Schuhe ab und hüpfte von einem Bein aufs andere, während er aus seiner Jeans schlüpfte und sie hinter sich auf die frisch geschnittene, piksige Heuwiese warf. Dann stand er da und lächelte sie an, seine weiße Haut leuchtete im Mondschein, seine Hände hatte er in die Seiten gestemmt, und sein erigierter Penis ragte wie ein Stoßzahn vom Körper ab. Trudy fragte sich, wie viele Leute aus ihrem Bekanntenkreis so etwas zu sehen bekommen hatten: einen nackten Mann im Mondlicht. In all seiner Herrlichkeit.

Herrlichkeit.

Ein Wort aus Kirchenliedern und Lobpreisungen. Trudy erahnte zum ersten Mal in ihrem Leben, was das bedeutete. Sie wünschte, sie könnte ein Foto von ihm machen. Bloß damit sie es sich ab und zu anschauen und sich daran erinnern konnte. Sie schüttelte ihre Schuhe ab, zog ihr T-Shirt über den Kopf und den BH aus. Dann schlüpfte sie aus ihren Shorts und der Unterhose und rannte zum

Pool, sprang mit einem ungeschickten, schlaksigen Satz ins Wasser und ließ sich auf den Boden sinken, während kleine Luftbläschen aus ihrer Nase stiegen.

Sie hörte den dumpfen Aufprall seines Körpers auf der Wasseroberfläche und spürte kurz darauf seine Hände auf ihrer Hüfte, und dann trieben sie gemeinsam nach oben. Als sie sich küssten, rann Wasser über ihre Gesichter, und die Haare klebten nass an ihrer Stirn.

Frösche quakten rings um sie herum im Gras, und die silbernen Sterne glitzerten wie winzigweiße Funken auf dem Wasser.

WEIL EINEN NIEMAND JEMALS GENUG LIEBEN WIRD

Trudy lag auf dem Rücken und starrte an die hellblaue, rissige Decke in Jules' Schlafzimmer. In der Mitte einer üppigen Stuckrosette mit geflochtenem, gewundenem Rand hing eine nackte Glühbirne. Beide atmeten noch immer schwer und glänzten vor Schweiß. Durch das geöffnete Fenster drang auf- und abschwellend das durchdringende Zirpen der Zikaden, aber kein Wind. Trudy zog eine Ecke des Bettlakens knapp über ihre Hüfte und drehte ihren Kopf von Jules weg zur Seite. Sie musste ständig an den Sprung denken. Jedes Mal, wenn er abgesagt wurde, fühlte sie sich besser. Jedes Mal, wenn er wieder anberaumt wurde, fühlte sie sich krank. Wie bei einem schrecklichen Countdown, der abgebrochen und wieder gestartet wurde. Es machte sie fertig. Als sie zu sprechen begann, fühlte sich ihr Hals ganz eng an, wie zugeschnürt. Als wüsste ihr Körper, dass sie besser nicht sagen sollte, was sie gleich sagen würde, und versuchte, sie aufzuhalten. Ihre Stimme klang belegt.

»Du wirst das nicht schaffen.«

Jules schlief fast und lächelte vor sich hin. »Was?«

»Du wirst's nicht schaffen.«

»Wovon redest du?«

»Der Sprung. Du wirst es nicht schaffen. Das ist unmöglich.«

»Aber natürlich schaffe ich das.« Jules schien nicht wütend zu sein, sondern eher überrascht. Er stützte sich auf einen Ellbogen, um sie anzuschauen.

»Nein.« Trudys Kehle war nun so eng, dass sie die Worte kaum herausbrachte. »Ich meine, ich will nicht, dass du das machst. Tu das nicht.«

»Oh, Trudy. Bitte. Bitte tu mir das nicht an.« Trudy wusste, was er dachte. *Jetzt das.* Die blöde Rampe, das blöde Auto. Eine weitere Verzögerung. Die ständige Angst, dass der Fernsehdeal platzte. Und jetzt das.

Und dann brachen mit einer Welle aus bitteren, salzigen Tränen wie aus dem Nichts diese Worte aus Trudy hervor. Und zwar laut.

»Warum?«, sagte Trudy und krallte sich am Bettlaken fest. »Warum werde ich nie von irgendjemandem genug geliebt?« Sie sprang aus dem Bett, schnappte ihre Kleider vom Boden, und ihr Gesicht lief rot an. Meinte sie das wirklich ernst? War es das, was sie fühlte? Dass niemand sie jemals genug geliebt hatte? Wie erbärmlich! Wie peinlich! Sie schämte sich so sehr, dass sie sich das T-Shirt vors Gesicht drückte. Als er versuchte, sie zurück aufs Bett zu ziehen, rutschte sie von ihm weg. Er redete auf sie ein, doch sie pfefferte ihre Kleider zurück auf den Boden und drückte sich die Hände auf die Ohren. Langsam wurde es albern, denn jetzt jagte er ihr quer durchs Zimmer hinterher.

Sie stürzte zur Tür und rannte den Gang hinunter. Als sie scharf links in das andere Schlafzimmer am Ende des Flures bog, das Zimmer, das James und Mark sich teilten, wenn sie hier waren, hörte sie, wie Jules beim Versuch, ihr zu folgen, über seine eigenen Füße stolperte. Sie drückte die Tür zu und ließ sich aufs Bett fallen. Sie schwitzte.

Im Zimmer war es dunkel, die Rollos waren runtergelassen. Es glich in vielerlei Hinsicht dem Zimmer von Jules: dunkle, schiefe Dielenbretter, eine hohe Decke, die von Rissen überzogen war. Doch hier gab es außerdem einen fleckigen Orientteppich. Auf jeder freien Fläche Räucherstäbchenhalter und Kerzenständer aus Messing. Cowboystiefel vor einem Spiegel, der mit Gürteln und einem Lasso dekoriert war. Als Jules langsam die Tür öffnete, quietschten die Scharniere, und auf seinem Gesicht breitete sich ein Lächeln aus.

»Verpiss dich.«

Jules lachte. Dann nahm er Anlauf, machte einen großen Satz und drückte sie auf die dunkelrote Chenilletagesdecke. Er kitzelte und bumste sie. Er zog ihren nackten Körper zu sich, legte sein Kinn auf ihre Schulter und flüsterte ihr ins Ohr: »Ich wurde auch nie von irgendjemandem genug geliebt, Trudy. Mein armer Schatz.« Seine Hand lag jetzt zwischen ihren Beinen. Sie lehnte ihren Kopf zurück an seine Schulter. »Wir sind eben einfach zwei furchtbar arme, kleine Tröpfe.«

WEIL ES KEINEN SINN HAT, ZU LÜGEN

Claire log ständig. Davon war Trudy überzeugt. Wirklich ständig. Sie log Mercy an, Trudy, sich selbst. Ihre eigenen Eltern. Jeden auf der Arbeit, jeden, dem sie in der Stadt begegnete. Sie log darüber, wie viel Geld ihnen zur Verfügung stand, wie lange Tammy jetzt schon weg war, dass ihr Geliebter bald zu ihr zurückkehren würde. Was für ein tolles Leben sie doch führten. Sie log und log. Weshalb? Wozu die Mühe?

Oder sie weinte. Lügen oder weinen, entweder das eine oder das andere, das kam auf den Tag an.

Heute war ein Weintag.

Als Trudy nach Hause kam, saß sie zusammengesunken mit dem Kopf in den Händen auf einem Gartenstuhl an der Hintertür und weinte sich die Seele aus dem Leib. Es erschöpfte Trudy, sie so zu sehen. Es raubte ihr die Kraft. Als sie an ihrer Mutter vorbei ins Haus lief, drückte Trudy ihr die Schulter. Mercy kniete auf dem Sofa und umklammerte mit jeder Hand eine Barbiepuppe. Die Puppen waren einander zugewandt und balancierten auf Zehenspitzen auf der Sofalehne. Sie schüttelte sie ein bisschen, damit ihre Haare herumwirbelten.

»Oma weint wieder.«

»Das habe ich gesehen.«

»Sie sagt, Mama hätte schon längst wieder zu Hause sein sollen.« Mercy knickte ihre Barbies an der Hüfte und setzte sie neben sich aufs Sofa. Trudy wühlte in ihrer Tasche nach Zigaretten und einem Feuerzeug. Sie zündete sich eine an und blies den Rauch zur Decke.

»Sie sagt, dass Jules sterben wird. Wenn er springt.« Mercy wedelte mit beiden Händen den Rauch weg. »Wir sollten ihn aufhalten und fortlaufen. Wir alle drei zusammen. Und Oma Claire auch.«

Trudy nickte. Wahrscheinlich. Wahrscheinlich sollten sie ihn davon abhalten, über den Fluss zu springen, und gemeinsam fortlaufen.

Wahrscheinlich hatte Mercy wie so oft recht.

WEIL DU GLAUBST, DASS DU
SO VERDAMMT VIEL BESSER BIST

Trudy lief im gelbgrünen Licht der Fabrik über den Betonboden zu ihrer Nähmaschine. Ihr Kopf fühlte sich so leicht an wie ein Luftballon. Und sie sah alles verschwommen. Sie hatte zu viele Tage mit Jules verbracht. Zu viele Tage mit Streiten und Herumalbern und zu wenig Schlaf. Tage, an denen sie Mercy mit ihren Barbies vor den Fernseher setzte oder sie hin und wieder bei Mark und James ließ. An denen sie so tat, als würde irgendetwas bei all dem herauskommen. An denen sie so tat, als wäre sie jemand anderes, als wäre sie von woanders und würde ein komplett anderes Leben führen. Sie konnte sich noch so viel vormachen, die meisten Nächte landete sie trotzdem hier in diesem Betongewölbe und versuchte, nicht ihre Finger zusammenzunähen.

Ihre Träume lösten sich auf. Die Wirklichkeit hielt wieder Einzug.

Als sie sich ihrem Arbeitsplatz näherte, sah sie, dass sich jemand nun schon zum dritten Mal in dieser Woche an ihrer Maschine zu schaffen gemacht hatte. Sie war komplett mit weißem Zwirn umgarnt, wie ein Kokon. Wie eine Fliege in einem Spinnennetz. Trudy setzte sich auf ihren Stuhl und starrte auf das Gebilde. Wie viel Zeit, wie viel Geduld wohl in dieses Unterfangen geflossen war? Wie oft war der Faden wohl wieder und wieder um die Maschine gewickelt worden? Hundertmal? Tausendmal?

Spinner. Verdammte Schwachköpfe.

Von den hinteren Reihen, den billigen Plätzen, drang Gemurmel zu ihr. Es war erstaunlich und deprimierend, wie sehr die Aufteilung der Näherei jedem Klassenzimmer glich, das sie als Kind betreten hatte. Sie, die mit hochgezogenen Schultern vorne im Unterricht saß und versuchte, sich auf ihre Aufgaben zu konzentrieren, während sie dem Rascheln in ihrem Rücken lauschte und darauf wartete, dass irgendetwas durch die Luft segelte und sie am Hinterkopf traf. Sie nahm ihre Schere und begann, sich durch die Fäden zu schneiden. Sie konnte jeweils nur eine dünne Schicht aufschneiden. Während die Klingen sich durch die gespannten Fäden arbeiteten, war ein Reißen zu hören. Wie wenn man durch Mullbinden schnitt.

Trudy wusste, warum sie schikaniert wurde. Sie wurde für das höchste Kleinstadtverbrechen bestraft: zu glauben, man wäre etwas Besseres. Wie in: *Du glaubst wohl, du bist was Besseres?* Alle wussten, dass sie sich für die Tagschicht angemeldet hatte. Noch ein Hirngespinst. Noch ein Beweis dafür, dass Trudy dachte, sie wäre etwas Besseres. Natürlich wusste sie, dass sie keine Chance hatte. Sie war nicht erfahren genug, nicht produktiv genug und sorgte immer für Ärger. Und dann gab es auch noch Mercy. Selbst mit ihrer Einschulung im September wäre Mercy mindestens zwei Stunden allein zu Hause, wenn Trudy und Claire beide tagsüber arbeiteten. Das würde nie funktionieren.

Als Trudy am Ende der Schicht an der Stechuhr stand, tauchte Jeannie neben ihr auf. »Wie geht es deinem beschissenen Freund, Trudy?«

»Halt's Maul, Jeannie.«

»Glaubt wohl, er ist etwas Besonderes, hä? Glaubt, er ist Superman oder so. Für mich sieht er wie ein verdammter Versager aus.«

»Damit kennst du dich ja aus.«

»Und du hast es natürlich viel besser drauf, was, Trudy?«

Da war es wieder. *Du glaubst wohl, du bist etwas Besseres, Trudy?*

»Jep!«

»Warum?« Jeannie war ihr raus auf den Parkplatz gefolgt; Trudy lief weiter und schaute stur geradeaus. Sie sah bereits ihr Auto am

Ende des Parkplatzes. Es war mit Klopapier umwickelt, einzelne Bahnen flatterten im Wind. Außerdem hatte jemand hochkant eine Mülltonne auf die Motorhaube gestellt, deren früherer Inhalt sich auf dem und um das Auto verteilte: ein brauner Apfelbutzen, eine gebrauchte Damenbinde, zusammengeknüllte Folie, Bananenschalen und Getränkedosen.

»Warum, Trudy? Warum glaubst du, dass du so viel besser bist als der Rest von uns? Warte. Lass mich raten. Ist es dein Job? Nein, das kann es nicht sein.« Jeannie tat so, als wäre sie verwirrt, schaute in den Himmel und legte den Kopf zur Seite.

»Verpiss dich, Jeannie.« Trudy lief weiter.

»Sind es deine schicken Klamotten, dein hübsches Zuhause? Nein, daran kann es nicht liegen … Deine tolle Ausbildung? Nein, das ist es auch nicht.« Jeannie trat zu und traf Trudy am Schienbein, die stolperte und nach vorne taumelte. Trudy drehte im Fallen den Kopf zur Seite, um ihr Gesicht zu schützen, schlitterte mit der nackten Schulter aber schmerzhaft übers Pflaster.

»Ups! Tut mir leid, Trudy!« Jeannie wandte sich zum Gehen, doch Trudy machte einen Satz und packte deren Fußgelenke. Jeannie kippte nach vorne und fiel mit vollem Karacho auf die Brust, mit einem dumpfen Schlag wich wie bei einem Überdruckkessel pfeifend die Luft aus ihrer Lunge. Trudy war jetzt über ihr, sie saß auf ihrem Rücken und benutzte beide Hände, um Jeannies Handgelenke nach unten zu drücken. Jetzt geht das schon wieder los, dachte sie. Plötzlich fühlte sie sich unendlich müde. Ihr Körper war wie aus Blei. Sie griff mit einer Hand in Jeannies strohige, rostbraune Haare und riss deren Kopf zurück. Sie beugte sich runter, ihr Gesicht war jetzt neben Jeannies Wange.

»Verpisst dich bitte einfach, Jeannie. Oder ich bringe dich um.« Jeannie funkelte sie aus den Augenwinkeln schweigend an. »Ich habe keine Ahnung, warum es dir nicht scheißegal ist, was ich denke, Jeannie. Was interessiert's dich?« Sie ließ die Haare los. »Lass mich einfach in Ruhe, okay?«

Als Trudy aufstand und zu ihrem Auto lief, rollte Jeannie sich auf den Rücken. Als sie endlich wieder Luft bekam, setzte sie sich auf und brüllte: »Fotze!«

Trudy drehte sich nicht um, sie ließ das an sich abperlen. Oh, Jeannie und ihre ach so schlagfertigen Antworten.

Sie öffnete die Autotür und setzte sich rein. Dann stellte sie die Scheibenwischer an, die genügend Papierbahnen beiseite wischten, damit sie durch die Windschutzscheibe schauen konnte. Sie fuhr so schnell rückwärts, dass der Mülleimer von der Motorhaube rutschte. Durch die Heckscheibe konnte sie nicht wirklich viel erkennen, aber es war ihr egal, ob sich irgendetwas oder irgendjemand hinter ihr befand. Dann legte sie den Gang ein und rauschte davon.

TEIL 2

WIR SEHEN UNS BEIM JAHRMARKT

WEIL DAS ENDE DES SOMMERS
DER ANFANG VON ETWAS NEUEM IST

Mercy liebt Festumzüge. Sie liebt es, wenn die Traktoren die Umzugswagen ziehen, sie liebt die Schönheitsköniginnen, die Pferde, die Mädchen aus den Spielmannszügen in ihren Uniformen, die ihre Stöcke in die Luft wirbeln. Die Bonbons, die hinten von den Wagen herabregnen, die Kinder, die am Straßenrand entlangkrabbeln und sich ihre Taschen füllen. In Preston Mills ist die Alte-Heimat-Woche. Das bedeutet Verschiedenes. Zum einen heißt das Tractorpulling oder Kirchenessen, die ewig dauern, bei denen Mercy aber pflichtbewusst ihre zu weich gekochten Karotten und grünen Bohnen aufisst und ohne zu murren stundenlang stillsitzt. Zum anderen bedeutet das Jahrmarkt, Feuerwerk und morgen der Umzug.

Die Alte-Heimat-Woche bedeutet auch das Ende des Sommers. Es bedeutet, dass sie bald zur Schule geht.

»Darf ich auf die Walzerbahn, Oma Claire?« Mercy und Claire laufen den Schotterweg mit den attraktivsten Fahrgeschäften entlang und zupfen an riesigen, rosaroten Zuckerwattebäuschen. Sprenkel trottet neben ihnen her, wobei ihre Leine locker von Claires Handgelenk hängt. Trudy ist losgezogen, um Jules zu suchen, der irgendwo am Rande des Jahrmarkts eine Raketenauto-Vorführung gibt.

»Vielleicht später, Liebes. Wie wär's mit dem Karussell?«

»Das ist was für Babys!«

»Riesenrad?«

»Okay. Aber können wir später vielleicht noch mit der Walzerbahn fahren?«

»Vielleicht.«

WEIL ALLES, WAS ABHEBT, AUCH WIEDER RUNTERKOMMT

Claire schaut zur Walzerbahn, zu dem riesigen, lachenden Clowns-kopf in der Mitte des Fahrgeschäfts, zu den Wagen, die sich im Kreis drehen und hoch und runter fahren, zu den dumpfen Schlä-gen und dem Gekreische, das unter den Metalldächern hervor-dringt. Sie steuert ihre Schützlinge zum Riesenrad und betrachtet skeptisch den Einweiser, der dort am Zaun lehnt. Sein freier Ober-körper ist rotbraun gebrannt. Als er lächelt, haben seine Zähne fast dieselbe Farbe wie seine Haut. Die Farbe von Baked Beans, denkt Claire.

»Zwei, bitte sehr!« Während Claire die Leine um den Zaun schlingt, reicht Mercy ihm die Fahrkarten. Als sie einsteigen, jault Sprenkel ihnen hinterher. Der Einweiser klappt den Sicherheits-bügel nach unten, der Claires Bauch berührt; Mercy jedoch scheint noch fünfzehn Zentimeter Platz zu haben. Claire legt den Arm um das kleine Mädchen und zieht sie an sich. Während sie nach oben steigen, hoch hinauf in den Himmel, und die metallene Vor-richtung quietscht, schließt sie die Augen. »Oma! Ich krieg keine Luft!«

»Entschuldige, Liebes.« Claire lockert ein wenig ihren Griff, öffnet die Augen und schaut erstaunt über das Jahrmarktgelände. Sie sieht die anderen Fahrgeschäfte, die Dächer der Fressbuden, die Köpfe der Besucher, die grüppchenweise hier und da stehen, und links davon den breiten, grauen Sankt-Lorenz-Strom. »Oh, Mercy. Schau nur!«

Mercy lehnt sich über den Schoß ihrer Großmutter, ihre Haare flattern in alle Richtungen und wehen Claire in Augen und Nase. »Jules wird über das alles drüberspringen. Er wird fliegen, Oma Claire!«

Oh, ich hoffe nicht, denkt Claire. *Sicher nicht.*

Als sie den höchsten Punkt des Riesenrades passieren und wieder absteigen, breitet Mercy ihre Arme aus wie Flügel.

WEIL ES IN DIESEM LEBEN BÖSE ÜBERRASCHUNGEN GIBT

Das Auto steht am geschotterten Straßenrand. Trudy sitzt stink-wütend hinterm Steuer. Jules starrt aus dem Beifahrerfenster, sein Veilchen am linken Auge schwillt langsam zu. An seinem Hinter-kopf steht ein Büschel Haare ab. Seine Kleider sind vollkommen verdreckt. Mercy weint. Und Claire, die arme Claire, steht vorn-übergebeugt neben der Straße und erbricht sich in den Graben. Mercy krabbelt aus dem Auto und tätschelt ihr den Rücken.

»Es tut mir leid, Oma. Ich wusste nicht, dass es so wird.« Das stimmt. Sie hatte gedacht, dass die Walzerbahn lustig wäre. Behut-sam. Eine etwas aufregendere Version eines Karussells.

Aber nein.

Sobald es losging, hatte sie furchtbare Angst gehabt. Als die Wagen sich in Bewegung setzten, knallte Mercy mit dem Kopf gegen die Rückwand. Sie drehten sich hierhin und dorthin, fuhren hoch und runter. Sie konnte nicht sagen, in welche Richtung es als Nächstes ginge. Sie wurden herumgeschleudert. Mercys Jeans rutschten über den glatten Sitz. In einem Moment lag sie auf Oma Claire, und im nächsten quetschte Oma Claire sie an den Rand. Mercy war sich sicher, dass sie rausfallen würden. Jedes Mal, wenn sie den Betreiber sah, brüllte sie: »Anhalten! Sofort anhalten!«

Mercy hatte schon während der ersten vollen Umdrehung, kei-ne zehn Sekunden nach dem Start, mit Brüllen angefangen, aber es ging einfach weiter. Und weiter. Es schwankte und wankte. Es kippte und tanzte. Mercy und Claire ertappten sich dabei, wie sie darum beteten, einfach zu sterben.

Claire hustet. Eine weitere Ladung warmer, rosafarbener Kotze spritzt vor ihre Füße aufs Gras. Mercy geht einen Schritt zurück.

»Oma Claire, ich wusste das nicht.«

»Ich schon.«

»Was?«

»Ich wusste, wie es wird! Deshalb wollte ich auch nicht mitfahren! Aber du hast ja keine Ruhe gegeben, Mercy. Walzerbahn dies! Walzerbahn das! Tja, nun hast du deine Walzerbahn ja bekommen, oder?« Claire wühlt in ihrer Handtasche nach einem Taschentuch, wischt sich den Mund und geht zurück zum Auto. Mercy hinterher.

»Mir hat es auch nicht gefallen.« Mercy schaut mit zusammengekniffenen Augen zum Himmel. »Ich dachte, es würde mir gefallen. Hat es aber nicht.«

Claire grummelt. Verdreht die Augen. Sie setzen sich auf die Rückbank.

»Bist du wütend auf mich, Oma Claire?«

»Nein.«

»Es tut mir leid. Es tut mir wirklich leid, dass ich überhaupt auf die Idee gekommen bin. Es war eine dumme Idee.« Sie schüttelt den Kopf und schaut aus dem Fenster. Dieser Tag auf dem Jahrmarkt war überhaupt nicht so geworden, wie sie ihn sich vorgestellt hatte.

So war das manchmal.

WEIL ES MANCHMAL BESSER IST,
AUF DEM ABSATZ KEHRTZUMACHEN

Jules' Tag auf dem Jahrmarkt war auch nicht so gelaufen, wie er sich das vorgestellt hatte.

Als er auf dem Jahrmarktgelände aufgetaucht war, hatten sich um den Platz bereits Zuschauer versammelt. Großartig. Die Tribünen waren besetzt. Sein Plan sah folgendermaßen aus: ein kurzer Sprung (über ein halbes Dutzend Schrottautos zwischen zwei Holzrampen), den Vorführwagen aufheulen lassen – bis ein paar Funken und Flammen aus dem Auspuff schossen – und dann ein paar Leuten die Hände schütteln. Reine Routine. Nichts Ausgefallenes. Er wollte nicht riskieren, sich vor der Hauptveranstaltung zu verletzen. Der neue Termin – inzwischen der dritte – war, wenn alles gut ging, in weniger als einem Monat. Er steckte in seinem Overall mit den roten Ahornblättern an den Seiten. Gesammelt, gelassen und gefasst.

Und dann kam das Frettchen Sammy Harrison angewuselt. Mit einem breiten Grinsen auf dem Gesicht. Jules hatte den Eindruck, dass Sammy am fröhlichsten war, wenn er schlechte Nachrichten überbrachte.

»Wenn ich du wäre, würde ich nicht dort rübergehen.«

»Was?«

»Die Leute sind ziemlich sauer, Jules. Vielleicht wäre es besser, eine Weile den Ball flach zu halten.«

»Wovon redest du?«

Jules reckte den Hals, um an Sammys Riesenblondkopf vorbei

einen Blick auf die Zuschauer zu werfen, die ein Stückchen weiter herumliefen. Hielten die etwa Schilder?

»Gehen wir, Jules.«

Wäre es besser gewesen, wenn er es zu dem Zeitpunkt sein gelassen hätte? Wenn er umgedreht, zurück zum Auto gelaufen und nach Hause gefahren wäre? Sich den Blick in das dunkle Herz von Preston Mills erspart hätte? Jules würde es nie erfahren. Weil er nicht auf dem Absatz kehrtmachte. Stattdessen schob er Sammy aus dem Weg und lief zum Platz hinüber, als wäre alles völlig normal. *Business as usual.*

Als er sich den Zuschauern näherte, verstummten die Leute. Doch als er zu den Tribünen schaute, wo etwa fünfzig Männer, Frauen und Kinder ihn mit Abscheu betrachteten, wurde er langsamer. Sie hielten Schilder mit Parolen hoch. Variationen ein und desselben Themas. *Jules Tremblay ist ein Angsthase* oder einfach nur *Schisser!* Oder *Tremblay: Spring oder stirb!* Es gab noch eine Unterkategorie, die darauf abzielte, dass er Frankokanadier war: *Au revoir, Jules!* (Das beeindruckte ihn durchaus.) Und weniger freundlich: *Stirb, Froschfresser!* Auf einmal skandierten sie: Spring.

Spring.

Spring!

SPRING!　　　　*SPRING!*　　　　*SPRING!*

Jules überlegte, ob er das Blatt vielleicht noch wenden konnte. Ein paar Witze, eine beruhigende Geschichte. Als Erinnerung daran, dass er real war, ein Mensch, so wie sie. Dass er springen wollte. Dass es nicht an ihm lag, dass der Sprung verschoben wurde. Zweimal schon. Er hatte sie nicht hereingelegt. Er streckte eine Hand über seinen Kopf, um ihre Aufmerksamkeit zu gewinnen. Dann segelte etwas leuchtend Rotes durch die Luft. Als er vollkommen unvorbereitet von einem kandierten Apfel an der Stirn getroffen wurde, wäre er beinahe gestürzt. Über seiner rechten Augenbraue leuchtete ein knallroter Streifen. Dann regneten Abfälle auf ihn herab: Popcornschachteln, Eiswaffeln, angebissene Äpfel. Während er den Rückzug antrat, schaute er zum Vorführwagen, bei dem alle Fenster eingeschlagen und die Reifen aufgeschlitzt worden waren.

Weil er nicht wusste, was er sonst tun sollte, wandte er den Zuschauern den Rücken zu und ging. Trudy lief geduckt vom Rand des Platzes zu ihm und schützte mit der Hand ihr Gesicht vor dem herumfliegenden Müll.

Jules hörte knirschende, schwere Schritte. Als er sich umdrehte, schaute er in das stockdumme, lächelnde Gesicht von Jimmy Munro.

Er sah eine fette, geballte Faust.

Drei grelle Blitze, begleitet von einem Zischen.

Zisch-zisch-zisch.

Über seine Augen legte sich ein flackernder, dunkler Schleier.

Dann nur noch Schwarz.

WEIL FREUDE EINEN ERFÜLLEN UND ABHEBEN LASSEN KANN

Und dann ist der Sommer einfach vorbei.

»Keine Angst, Mercy. Das wird sicher gut.« Trudy schaut stur geradeaus auf die Straße. Wie soll sie das aushalten? Wenn Mercy zur Schule geht. Das ist entsetzlich. Tja, wenigstens ist Jules noch da, denkt sie. Kleine Glücksmomente: Der Sommer ist gekommen und gegangen, und ihr Freund hat sein Auto nicht über die Rampe im Fluss versenkt. Noch nicht. Jedes Mal, wenn Trudy an der Rampe vorbeifährt, starrt sie wütend dorthin und hofft, dass sie das Teil allein durch ihre Willenskraft zum Einsturz bringen kann. Das ist nicht völlig aus der Luft gegriffen. Einmal hat sie beobachtet, wie ein sattelschleppergroßer Erdbrocken einfach auf einer Seite abbrach, den Hang runterrutschte und auf dem Feld zerschellte.

Sie fummelt am Radio herum und sucht nach einem guten Lied. Gerade läuft »Joy to the World«. Damit kann sie leben. Freut euch, Fische und Ochsenfrösche und alle anderen Kreaturen auch.

»Das wird bestimmt toll!«, ruft Mercy über die Musik hinweg. Sie liebt dieses Lied. Sie wippt ein wenig mit und schaut aus dem Fenster. »Wann sind wir endlich da? Die Fahrt dauert lang.«

»Lass dich bloß von niemandem einschüchtern.« Trudy ist ein wenig schlecht, und sie fühlt sich zittrig. Diese Furcht hat sich erst heute Morgen eingestellt. Sie wünschte, sie könnte Mercy für immer bei sich und Claire zu Hause behalten.

»Da ist bestimmt keiner gemein zu mir, Trudy. Bald sind wir alle Freunde.« Sie dreht sich so hin, dass sie ihre Tante direkt ansprechen kann, damit sie ihr auch wirklich zuhört. »Das sind alles nur kleine Kinder, genau wie ich, Trudy.« Dann schaut Mercy wieder aus dem Fenster und seufzt. »Ich wünschte, Sprenkel dürfte mitkommen. Warum darf man keine Hunde mit in die Schule nehmen, Trudy?«

Trudy ignoriert die Frage und fährt weiter. Sie denkt an ihre eigene Schulzeit. Damals gab es ein paar Kinder, die ihr Angst eingejagt und jeden einzelnen Tag zu einer Herausforderung gemacht hatten. Überwiegend Jungen, aber auch ein paar Mädchen. Kinder, die einen auslachten, wenn man sie grüßte. Aber wenn sie an ihnen vorbeilief, ohne sie zu grüßen, verhöhnten sie Trudy als Snob und eingebildete Gans. Wenn sie an ihnen vorbeilief, stellten sie ihr ein Bein oder stießen sie gegen die Schulter, damit sie zur Seite fiel. Kinder, denen wirklich jede Ausrede recht war, um ihr ordentlich eine zu verpassen.

Bis zur Mitte der Highschool war ihr gar nicht bewusst gewesen, dass sie eine Strategie, eine Körperhaltung der Konfrontationsvermeidung entwickelt hatte. Vorgebeugte Schultern, eingezogene Brust, Hände in die Taschen und den Hintern angespannt. Wenn sie an Leuten vorbei musste: Blick auf den Boden oder zur Seite. Klein und leise werden. Wie ein alter, trauriger, verprügelter Hund.

Das ist nicht auszuhalten.

Sie kann Mercy unmöglich gehen lassen, nur damit sie von all dem überwältigt wird. Das kommt ihr nicht richtig vor. Es darf doch nicht wahr sein, dass es keine Alternative gibt. Dass es für Kinder nur eine Art des Aufwachsens gibt. Aber das Auto ist jetzt abgestellt, und ihre Füße tragen sie über den Asphalt, immer schön einen Schritt nach dem anderen.

Hand in Hand gehen sie über den Parkplatz zum Kindergartenspielplatz. Mercy hüpft auf einem Bein. Sie sieht aus, als würde sie vor Glück gleich abheben. Die Morgenluft ist nur noch ein wenig kühl, die Sonne blitzt hell durch die Blätter der Bäume um den begrünten Hof. Es ist noch früh, und es laufen erst ein paar Kinder – vielleicht ein halbes Dutzend – dort herum. Mercy lässt

Trudys Hand los und rennt über die Wiese. Trudy beobachtet, wie sie stehen bleibt und sich mit einem Kind unterhält, und dann mit einem anderen und noch einem.

Mercy kreiselt um sie herum, ihre feinen Haare fliegen im Wind.

Sie dreht sich um und schaut kurz zu Trudy, um nachzusehen, ob sie noch da ist.

Trudy winkt, bleibt aber, wo sie ist. Atmet. Sie schaut auf ihre Füße hinunter. Nussbraun gebrannt in ihren Jesussandalen, die Wiese des Hofs kurz vor ihren großen Zehen.

Als sie wieder aufschaut, steht Mercy einem anderen Mädchen direkt gegenüber. Sie halten einander an den Händen, ihre Stirnen berühren sich fast. Mercy hat ihren Kopf zur Seite gelegt und lächelt. Ihre Knie sind federnd gebeugt, als würde sie gleich in die Luft springen.

Als würde sie gleich hoch hinauf in den hellblauen Morgenhimmel fliegen.

WEIL MAN NICHT IMMER HÖREN WILL,
WAS ANDERE LEUTE DENKEN

Jules trifft seinen Helden.

Lionel »Lightning« Jones. Den waghalsigsten Draufgänger aller
Zeiten. In seinem sternenbesetzten Lederoverall und seinem Um-
hang ist er mit seinem Motorrad über Autos, Schulbusse, Wasser-
fälle und Schluchten gesprungen. Er hat dichte blonde Haare und
ein Colgate-Lächeln und behauptet von sich, dass in seinem Körper jeder Knochen mindestens schon einmal gebrochen war. Der
Sender hat ihn nach Preston Mills, Ontario, geschickt, damit er
sich den Schauplatz des Zwei-Kilometer-Sprungs anschaut.

Die Kameras laufen. Jules schwitzt, er wird in der warmen Sep-
tembersonne regelrecht gebraten. Endlich trockenes Wetter. Besser
spät als nie. Lightning Jones schaut über das Ende der Rampe
hinweg, dann auf seine Füße.

»Wann ist der Sprung?«

»Am dreiundzwanzigsten September. In zehn Tagen!« Jules
versucht, zu lächeln, überlegt, ob er einen Scherz machen soll, aber
ihm fällt nichts ein. Sein Hals tut weh. Lightning dreht sich von
ihm weg und blinzelt mit zusammengekniffenen Augen in die
Sonne.

»Sollte der Boden sich nicht gesetzt haben oder so? Haben die
das Teil gerade erst fertiggebaut?«

»Das ist in Ordnung. Völlig in Ordnung. Zumindest sagen sie
mir das immer.« Jules lacht wenig überzeugend und räuspert sich.
»Das muss es einfach.« Die letzten Worte sind kaum verständlich.

Ihm versagt plötzlich die Stimme. Bestimmt schwillt gerade mein Hals zu, denkt Jules. Die Kamera schwenkt auf Lightning zurück.

»O Mann, das sieht echt nach einem gefährlichen Sprung aus. Falls du im Wasser landest, solltest du besser jemanden haben, der dich da schnell herausholt.« Er schüttelt den Kopf und legt Jules eine Hand auf die Schulter. »Ich würde das nicht machen. Nein, mein Lieber.«

Wumm, wumm, wumm. Jules hört seinen eigenen Herzschlag, und über den äußeren Rand seines Sichtfeldes huscht ein Schatten. Die Luft um seinen Kopf scheint zu vibrieren.

Lightning klopft Jules zweimal auf die Schulter und setzt für die Kameras sein breites Lächeln auf. »Wer weiß. Das könnte der waghalsigste Stunt aller Zeiten werden, mein Freund!«

Der Kameramann nickt, nimmt die Kamera von der Schulter und packt seine Sachen zusammen. Lightning verabschiedet sich mit Handschlag von Jules. Er zieht die Schultern hoch, wendet sich ab und läuft die Rampe hinunter. Jules will ihm hinterher und stolpert fast. Ein stechender Schmerz schießt sein Bein hinauf. Sein Fuß ist eingeschlafen. Verdammt noch mal. Das passiert die Tage immer wieder.

Zwei Tage später ruft Sammy an, um ihm mitzuteilen, dass der Sender den Sprung nicht live übertragen will, weil er das für zu gefährlich hält.

Jules ist sich ziemlich sicher, dass er weiß, was das bedeutet.

WEIL MANCHE RITTE ZU HART SIND

Jules ist dreieinhalb Stunden gefahren, um seine Mitbewohner zu sehen, die an einem Kleinstadt-Rodeo teilnehmen. Trudy hat es abgelehnt, ihn zu begleiten.

Mark ist erfolgreich auf zwei Bullen geritten, beide waren schwer und träge, aber energisch genug, um ihm ein paar Punkte einzubringen und ihn im Spiel zu halten. Am Ende seiner Ritte ist er jeweils geschickt von den Tieren gesprungen und auf den Füßen gelandet. Noch ein weiterer Ritt, und seine Teilnahme hätte sich gelohnt. Der nächste wird allerdings nicht leicht. Mark wirft einen Blick auf den Bullen im Treibgang.

Der Bulle heißt Frankenzorn und Mörder, Sohn des Frankenbullen und Enkel von Frankensteins Monster. So läuft das. Generation um Generation ungestümer Bosheit. Der Bulle dreht den Kopf zur Cowboyschar, die hinter ihm steht. Seine Augen treten so stark hervor, dass man an den Rändern das Weiße sehen kann.

Jules beobachtet, wie Mark sich mit extrem weit gespreizten Beinen auf dem Rücken des Bullen niederlässt. Er rutscht nach vorn, bis er mit dem Schritt das Seil berührt, das einmal hinter den Schulterblättern um die riesige Brust des Tieres geschlungen ist. James steht neben ihm auf einer Zaunlatte und zieht das Seil fest. Auf der anderen Seite steht ein dritter Cowboy oben auf dem Zaun und drückt mit einem Stiefel gegen die Schulter des Bullen, um ihn von der Seite des Pferchs wegzuschieben. Der Bulle hat die Farbe von nassem Sand und wiegt rund achthundert Kilogramm. Unter seinem rauen Fell zucken die Muskeln.

Jules fragt sich zum wiederholten Male: Warum machen wir solche Sachen? Was hat uns hierhergeführt?

Mark trägt Handschuhe, eine Hand liegt mit der Innenfläche nach oben unter der ersten Seilschlinge flach auf dem Rücken des Bullen. James zieht das Seil noch einmal ordentlich nach oben, und dann schnappt Mark es sich und wickelt es zweimal um seine Hand. Wenn er seine Finger fest darumlegen will, muss er die andere Hand benutzen. Der Bulle verlagert wieder sein Gewicht zur Seitenwand des Pferchs und quetscht Marks Bein ein. Er erhöht langsam den Druck, bis Mark vor Schmerzen zusammenzuckt. Dann tritt der Bulle gegen die Rückwand des Pferches und duckt sich; als er sich auf die Vorderbeine kniet, kann der Cowboy sich nicht halten.

Scheiße.

Mark wickelt das Seil ab und wird hochgehoben. Jetzt müssen sie noch einmal von vorne anfangen.

Jules findet, dass sein Freund zum ersten Mal so aussieht, als würde er allmählich nervös.

Es beginnt zu regnen. Die Arena wird zusehends schlammig. Alles, was Mark braucht, sind acht Sekunden. Acht Sekunden auf dem Rücken des Bullen. In die Finalrunde einziehen. Die tausend Mäuse gewinnen. Nach Hause fahren. Bitte. Lieber Herrgott, denkt Jules. *Nur noch einmal.*

Dann geht die Prozedur von vorne los. Mark setzt sich breitbeinig auf den Bullen, rutscht vor. Das Seil um das Tier schlingen und festziehen, dann um die Hand des Cowboys und wieder festziehen. Die behandschuhte Hand schließt sich um das Seil. Hut auf den Kopf drücken. Ein schnelles Nicken, und das Gatter springt auf.

Jules hat ein ungutes Gefühl. Er will nicht hinschauen. Aber er muss hinschauen.

Der Bulle schießt wie eine Kanonenkugel aus dem Pferch. Er springt in die Höhe, wirft sein Hinterteil nach oben und tritt aus. Mark hält sich, eine Hand hat er in der Luft. Der Bulle dreht sich nach rechts, buckelt. Alle vier Hufe lösen sich gleichzeitig vom Boden, der Bulle verdreht in der Luft seinen Körper und versucht, den Cowboy nach hinten abzuwerfen. Keine Chance. Mark sitzt noch immer auf ihm, seine Knie bohren sich in die Seiten des Tieres, sein Oberkörper ist angewinkelt, die Hand in der Luft.

Noch zwei Sekunden, bis das Signal ertönt.

Der Bulle wirft sein ganzes Gewicht in eine weitere Drehung, buckelt, dreht seinen Kopf und versucht, mit dem Horn das Bein des Cowboys zu erwischen. Dann ein riesiger Sprung nach oben. Mark richtet sich auf, sein ganzer Körper ist jetzt angespannt, er wartet darauf, dass die Vorderhufe den Boden berühren und das Hinterteil des Tieres in die Luft fliegt. Mark lehnt sich dementsprechend zurück. Aber der Bulle rutscht im Schlamm aus, schlittert zur Seite und schleudert Mark durch die Luft.

Das Horn ertönt, bevor er den Boden berührt. Die Runde zählt! Der Ritt zählt! Jules ist begeistert. Er reckt seine Faust zum Himmel.

Bloß kommt Mark kopfüber auf dem Boden auf.

Sein Körper knickt an der Hüfte ab und fällt dann wie eine Stoffpuppe zu Boden.

Plötzlich tauchen vier Clowns in Hosenträgern und Schlabberhosen auf. Sie umkreisen den Bullen; sie klatschen, sie johlen und schreien, wedeln mit ihren Hüten vor seinem Gesicht herum und tänzeln nach hinten zur Lücke im Zaun. Um den Bullen wegzulocken.

Weg von der vollkommen reglosen Gestalt am Boden.

Jules wendet sich ab und schlägt beide Hände vors Gesicht.

WEIL MAN MANCHMAL EINFACH NUR NACH HAUSE WILL

Fenton hat ein ungutes Gefühl. Mit der Hand auf der Klinke steht er an der Hintertür und wappnet sich. Er lauscht.

Nichts.

Nicht ein Geräusch.

Er holt tief Luft und öffnet die Tür zur Küche. Tammy ist nicht da.

Der Tisch ist blitzeblank. Die Stühle darunter geschoben. Der Boden gekehrt und gewischt. Er zieht die Stiefel aus und stellt sie, so wie ihm das schon hundert-, vielleicht auch tausendmal gesagt wurde, auf den Fußabtreter. Solche Dinge kann er sich nicht immer gut merken. Er tappt durch die Küche zum Wohnzimmer. Dort ist Tammy auch nicht.

Als er den Flur entlang schaut, bemerkt er, dass die Badezimmertür geschlossen ist. Aber es ist nichts zu hören. Er tritt so leise wie möglich heran. Drückt sein Ohr gegen die Tür. Das Geräusch von Wassertropfen in eine volle Badewanne, das Plätschern von Wasser.

Ein leises Stöhnen, ein Schniefen.

Fenton weicht erschrocken zurück. »Tammy?«

Keine Antwort.

»Tammy, alles in Ordnung?« Fenton hat jetzt Angst. So auf Socken im Flur fühlt er sich wie ein Kind.

»Komm rein, Fenton«, dringt es kaum hörbar zu ihm heraus. Und dann: »Komm einfach rein.«

Fenton öffnet die Tür so behutsam, als würde ihn gleich etwas anspringen. Das alles fühlt sich nicht richtig an. Als er hineinschaut, sieht er Tammy, die schöne Tammy, in der Badewanne. Ihr Kopf, ihre Brustwarzen und ihre Knie sind die einzigen Körperteile, die aus dem Wasser ragen, wie kleine Inseln verteilen sie sich auf der Oberfläche. Die Luft ist warm und feucht, sein Shirt klebt ihm an der Brust. Normalerweise darf Fenton nicht ins Badezimmer, wenn Tammy in der Wanne liegt. Normalerweise darf er sie bei Tageslicht nicht mehr nackt sehen. Nicht, seit sie ihm gesagt hat, dass er aufhören soll, in die Bar zu kommen. Sie ist das schönste Wesen, das er jemals gesehen hat. Und dann gibt es noch eine Überraschung: Sie schaut ihn mit Liebe in den Augen an. Und mit Tränen.

Jetzt hat er wirklich Angst.

»Was ist los, Schatz?«

»Ich liebe dich, Fenton.«

Das kann nichts Gutes bedeuten, denkt er. »Herrgott noch mal.« Fenton setzt sich auf den Toilettendeckel. Er schaut auf seine Füße. Er betet, dass er wach bleibt und nicht dieser Merkwürdigkeit nachgibt, die ihn manchmal überkommt. Er will alles sehen, alles hören. Hier geschieht gerade etwas Wichtiges.

Tammy lacht. Sie wischt sich über die Augen. »Komm zu mir, Süßer. Es ist genug Platz.« Sie setzt sich hin und macht ihm auf der Stöpselseite Platz. Fenton zieht seine Socken aus, öffnet seinen Gürtel und lässt seine Hosen auf den Boden fallen. Tammy lächelt ihn noch immer an, und Tränen laufen ihre Wangen hinab. Er zieht sein Shirt aus und taucht einen Zeh ins heiße Wasser. Er lässt sich behutsam hineingleiten, doch das Wasser droht überzulaufen. Während sie versuchen, ihre vier Beine bequem nebeneinander zu sortieren, achten sie darauf, nicht allzu sehr herumzuschwappen. Wegen des Wasserhahns muss Fenton sich schräg hinsetzen. Als er in ihr schönes Gesicht blickt, tut ihm der Nacken weh. »Was ist los?«

Sie schluchzt laut auf, es klingt fast wie ein Schrei und erschreckt ihn. Er hält unter Wasser ihre Füße fest. Sie schüttelt den Kopf. »Ich will nach Hause, Fenton. Ich will mein Baby sehen.«

Sie weint jetzt, ringt nach Luft. Fenton streckt sich nach vorne, um sie zu erreichen, um sie in die Arme zu nehmen, aber er kommt bloß bis an ihre aufgestellten Knie. Er hievt sich nach oben, stützt sich auf die Wannenränder. Er platscht laut herum und sortiert sich unbeholfen neu, bis er zwischen ihren Beinen kniet. Als er nach unten greift und sie vom Wannenboden weghebt, schwappt Wasser über den Rand. Dann zieht er ihren glatten, zitternden Körper zu sich und wartet.

Er hält sie einfach nur fest und wartet, bis sie ihm sagt, was er als Nächstes tun soll.

WEIL DAS SONNENLICHT AUF
DEM WASSER WIE DIAMANTEN FUNKELT

Tammy fährt wie eine Irre. Sie fährt auf dem Highway 2 nach Osten, und Fenton hängt wie ein großer, magerer, glücklicher Hund aus dem Fenster. Während die sonnendurchfluteten Bäume in einem hellen Dunst am Fahrerfenster vorbeifliegen und sich der breite, blaue Fluss auf der rechten Seite immer wieder ins Blickfeld schiebt, nimmt sie scharf und temporeich die Kurven. Ganz toller Highway! So schmal, dass er kaum für zwei Autos reicht. Durch die Bäume zu beiden Seiten wird er noch enger, wie ein Tunnel, durch den man ins kühle Sonnenlicht schießt. So viele Kurven und Senken, dass man schon verrückt sein müsste, um jemanden zu überholen. (Was sie allerdings ist und was sie auch macht.) So kleine Städte, dass man sie von den kilometerlangen Feldern und Wäldern bis auf die grün-weißen Straßenschilder, die ihre Existenz bezeugen, kaum unterscheiden kann: Johnstown, Cardinal, Iroquois.

Einmal geblinzelt, und du hast sie verpasst, denkt Fenton.

Tammy passiert eine weitere Kurve und schaut zu ihm, lächelt ihn an, ihre Haare flattern ihr ums Gesicht. Zigarettenschachteln und Streichhölzer und zusammengedrückte Burgerschachteln rutschen über die durchgehende Sitzbank und bleiben bei seinem Oberschenkel liegen.

»Zünd mir mal eine Zigarette an, Fenton!«

Fenton beugt sich vor und drückt den Zigarettenanzünder rein, sieht in zwei leere Schachteln, wirft sie auf den Boden und fischt schließlich eine Zigarette aus der dritten. Als Tammy über eine kleine steile Anhöhe fliegt und sein Hintern für einen Moment vom Sitz abhebt, hält er sie ungeschickt fest.

»Herrgott noch mal, Frau! Fahr langsamer!«, sagt er, aber lacht dabei. Er liebt es, wenn sie glücklich ist.

Er zündet die Zigarette an und nimmt einen langen Zug, bevor er sie ihr rüberreicht. Er bläst den Rauch aus dem Fenster und schaut auf die Wellen des Flusses. Diamanten, denkt er. Das Sonnenlicht auf dem Wasser funkelt wie Diamanten. Anders kann man das nicht beschreiben. Und als er auf das Wasser schaut, weicht es ein wenig zurück, wie ein Foto, das über der glatten Oberfläche eines Tisches weggezogen wird.

WEIL EIN TUMOR DAS LETZTE IST, WAS MAN BRAUCHT

Tammy sieht aus den Augenwinkeln, wie er langsam in seinem Sitz zusammensinkt. Sie schubst ihn an der Schulter.

»Fenton! Erde an Fenton!«

Er versucht, bei ihr zu bleiben, aber es gelingt ihm nicht. Ihm fallen die Augen zu, und sein Kopf sackt nach vorne und dann zur Seite.

Tammy gibt Gas, biegt auf eine Schotterstraße, das Heck des Pick-ups rutscht weg. Am Ende der Straße hält sie an. Auf der linken Seite liegt ein Friedhof, geradeaus sind das steinige Ufer und der Fluss zu sehen, die Bäume auf der rechten Seite ragen über die Straße und berühren den Pick-up. Wie im Tunnel der Liebe, denkt sie. Sie hebt Fentons Kinn an und dreht sein Gesicht zu sich. Er öffnet die Augen. Und schließt sie wieder. Er murmelt etwas, das wie »Tut mir leid« klingt.

»*Tut dir leid?* Das sollte es auch, Fenton. Du Mistkerl. Wehe, du hast einen verdammten Gehirntumor. Das fehlt mir gerade noch.« Diese Schübe machen ihr allmählich Angst. Sie lehnt sich in ihrem Sitz zurück und schaut auf die glitzernde Wasseroberfläche.

»Ich bin hier«, sagt Fenton. »Ich bin genau hier.« Seine Augen sind noch immer geschlossen, und seine Hände zittern ein wenig und flattern gegen den Sitz. Tammy rutscht dicht zu ihm und wischt den Müll auf den Boden. Als sie sich rittlings auf ihn setzt, duckt sie sich, damit sie sich nicht den Kopf am Autodach stößt. Sie schlüpft aus ihrem Oberteil und öffnet ihren BH. Dann zieht sie sein T-Shirt hoch, drückt ihre nackten Brüste gegen ihn und küsst sanft seine Lippen.

Sie küsst ihn immer wieder auf den Mund, bis er ihre Küsse erwidert.

WEIL SONNTAG DER TAG
DES HERRN IST (UND NICHT DEINER)

Es ist Sonntag. Und Darren Robertsons fünfundvierzigster Geburtstag. Fünfundvierzig! Wie zum Teufel ist das passiert? Er konnte die ganze Nacht über nicht schlafen. Während er am Spülbecken das Frühstücksgeschirr abwäscht, schaut er nach draußen in den Garten. Der sieht aus, wie er sich fühlt: kaputt und beschissen. Dort gibt es Maulwurfshügel, mehr Löwenzahn und Disteln als Gras und einen Holzzaun, der in der nordwestlichen Ecke umgeknickt und eingestürzt ist, weil sich dort möglicherweise eine Kaninchenhöhle versteckt. Der Garten ist eine verdammte Schande.

Als er sich mit einem Ruck die gelben Gummihandschuhe auszieht, denkt er: Ja. Heute ist es so weit.

Er wird dort rausgehen und etwas aus diesem beschissenen Garten machen. Ihn aufräumen. Den Zaun reparieren. Vielleicht hinten in der Ecke ein Stück Rasen umgraben, damit er nächstes Jahr ein Gemüsebeet anlegen kann. Vielleicht stellt er ja sogar einen kleinen Springbrunnen auf.

In der Regel versucht Darren, nicht an sie zu denken. Aber an seinem Geburtstag denkt er doch jedes Jahr an die Mädchen. Wie alt sie wohl sind: Trudy müsste jetzt dreiundzwanzig sein, schätzt er, und Tammy dann zweiundzwanzig. Er denkt darüber nach, dass sie jetzt bestimmt ihr eigenes Erwachsenenleben führen. Dass sie ihn bestimmt hassen. Dass sie ein Recht darauf haben, ihn zu hassen. Und er versucht, nicht an Claire zu denken. Oh, das Chaos, das er angerichtet hat.

Wie viel Chaos ein einziger Mann doch in fünfundvierzig Jahren anrichten kann. Ziemlich viel, und ein ziemlich großes.

Darren geht in seinen alten Jeans und seinen Gummistiefeln raus in den Garten. Ihm ist jetzt schon zu warm, und er schwitzt in seinem Flanellhemd. Die großen Unkräuter gräbt er eins nach dem anderen mit dem Spaten aus, schüttelt die Erde von den Wurzeln und wirft sie über den Zaun. Er arbeitet sich Stunde um Stunde, Unkraut um Unkraut in dichten Reihen von vorne nach hinten über den Rasen. Dann betrachtet er sein Werk. Es sieht schlimmer aus als je zuvor: Überall braune Erdlöcher. Er ist sich nicht sicher, ob er besser aufhören oder weitermachen soll. Die Sonne ist jetzt warm und steht hoch am Himmel, und jedes Mal, wenn er atmet, hat er ein Engegefühl in der Brust. So, als bekäme er gleich Schluckauf oder müsste rülpsen.

Aber nichts passiert.

Nur dieses Gefühl, als würde sich in seiner Brust ein Knoten zusammenziehen.

Dann glaubt er, dass etwas in dem Loch, das er gerade gegraben hat, im Sonnenlicht glitzert, aber er kann nicht erkennen, was es ist. Er beobachtet, wie ein Wurm aus der dunklen Erde gleitet und dort auch wieder verschwindet. Irgendetwas unten im Loch reflektiert das Licht. Was ist das?

Darren will sich hinknien, um es näher zu betrachten, aber er fällt nach vorn und auf die Seite. Eine Gesichtshälfte liegt im Gras. Es riecht gleichzeitig nach Sommer und nach Herbst: Gras und Erde und trockenes Laub. Der intensive Schmerz in seiner Brust lässt ihn erstarren. Er strahlt aus bis in den Kiefer, Darren muss die Augen schließen. Er gibt ein Geräusch von sich, das sich anhört wie das Gebrüll einer alten Kuh, die darum fleht, gemolken zu werden.

Mmmmmuh-AAAH!

Allmählich verzweifelt er, und er denkt an Michelle, die sich irgendwo im Haus aufhält. Vielleicht telefoniert sie gerade, oder sie schaut im Fernsehen einen Gottesdienst. Er bemüht sich, die Augen zu öffnen, lauter zu werden, seiner Frau im Haus ein Zeichen zu senden. Ihr in Gedanken eine Nachricht zu schicken: Hilf mir!

Aber seine Augen bleiben geschlossen. Über seine Lippen dringt kein Laut. Sein Geist sendet kein Zeichen.

Heute ist es so weit, denkt er. *Heute werde ich sterben.*

Fünfundvierzig Jahre sind alles, was du bekommst, Darren Robertson. Du hast ein Chaos angerichtet. Du hast lauter Löcher in den Garten gegraben. Heute ist der Tag des Herrn.

Und nicht deiner.

WEIL ES IM KRANKENHAUS NIE LANGE SPASS MACHT

Als Darren die Augen aufschlägt, sieht er über sich die Decke und die Neonlichter des Krankenhauses vorbeiziehen. Er hört Schritte und ein Rascheln und wie jemand seinen Namen sagt. Dann hört er nichts mehr und sieht nichts mehr. Hinter seinen Augenlidern flimmern schwarze, blaue und gelbe Funken. Er ist weg, wieder bewusstlos. *Eins ... zwei ... drei ... vier ...*, und dann ist es wieder da: Die weiße Decke und die rechteckigen Lichtfelder ziehen wie Waggons an ihm vorbei.

Also schön, sagt jemand. Ein Fremder. Es ist die Stimme eines Fremden, die sagt: *Also schön, Mr Robertson. Entspannen Sie sich einfach.* Das tut er. Wie von Zauberhand. Er lässt den Kopf in seinem Kopf auf das Kissen zurückfallen und den Körper in seinem Körper auf die Matratze sinken, und er beobachtet, wie die Flure immer weiter an ihm vorbeiziehen, als ob das alles kein Ende mehr nähme. Als wäre die Ewigkeit ein Bett, das die Krankenhausflure entlangrollt und über dem die helle Decke schwebt, die so weiß wie die Haube einer Krankenschwester ist.

Sie nehmen ihm Blut ab. Sie hören sein Herz ab. Sie kontrollieren seinen Blutdruck. Sie sprechen leise und beruhigend auf ihn ein. Eine Schwester legt ihre Hand auf seine Schulter. Sie verabreichen ihm ein Medikament. Er schläft ein.

Als er wieder aufwacht, ist niemand da. Zumindest niemand in der Senkrechten. Stattdessen gibt es noch drei weitere Männer, die auf dem Rücken liegen und an Monitore angeschlossen sind. Es ist Schlafenszeit, und die Fenster sind blau. Neben seinem Bett hängt ein hellblauer Vorhang. Aus dem Flur dringen ein Summen und gelegentlich das Klappern eines Rollwagens. Alles wirkt blau und mondhell. Was für eine Ruhe! Nur dieses leise Ticken und Summen und das sanfte blaue Licht eines Krankenhauses bei Nacht.

Hier könnte ich ewig bleiben, denkt er.

Bis sein Empfindungsvermögen zurückkehrt und er allmählich wieder Dinge fühlt.

Sein Mund ist trocken. Seine Schulter tut weh. Seine Haut ist heiß. Seine Rippen schmerzen, als wäre er verprügelt worden. Er möchte sich wieder so fühlen wie gerade eben noch.

Leicht. Leer. Abwesend.

Jetzt fühlt er sich wie ein alter, wehleidiger Knochen auf einem harten Bett. In einem seltsamen Raum mitten in der Nacht. Allein.

Der Arzt kommt vorbei, um ihm zu sagen, dass er ein Dummkopf war. Das sind natürlich nicht exakt seine Worte. Der Arzt sagt eine Menge Dinge. Nein, er hatte keinen Herzinfarkt. Ja, sie sind sich sicher. Nein, ihm scheint auch nichts anderes zu fehlen. Nein, seine Frau war nicht hier. Angerufen hat sie auch nicht. Ja, er kann nach Hause gehen. Es besteht keine Notwendigkeit, länger zu bleiben.

Der Arzt stellt Darren auch einige Fragen, die ihm nicht behagen. Ob er gut schläft? (Nein, aber das hat er noch nie.) Ob er sich wegen etwas Sorgen macht? Oder mehr als gewöhnlich getrunken hat? (Ja, aber das war auch nichts Neues, und Nein.) Der Arzt nickt. Lächelt ein wenig. Klopft beherzt aufs Bett und steht auf. Sagt ihm, er solle sich keine Sorgen machen. Häufiger an die frische Luft gehen und sich bewegen. Und seiner Frau sagen, dass sie das nächste Mal keinen Notarzt rufen soll.

Nur die Nerven. Erschöpfung. Abnutzungs- und Verschleißerscheinungen. Nichts Ernstes.

(Beschissen. Alt. Kaputt. Lästig.)

Als der Arzt hinter den blauen Vorhängen verschwindet, hievt Darren sein klappriges, vernebeltes, gedemütigtes Ich aus dem Bett und sieht sich nach seinen Kleidern um. Er zieht sie über, reibt sich die Augen und schlurft den Gang entlang zur Rezeption. Die Schwester ruft Michelle zweimal an. Sie nimmt nicht ab. Sie lächeln sich verhalten zu und zucken mit den Schultern. Dann nimmt sie einen Anruf entgegen und dreht sich auf ihrem Stuhl weg. Er wendet sich ab, überquert den Parkplatz und läuft auf dem Weg nach Hause durch die Nacht.

WEIL DER NEUE TAG ROSAROT IST

Und tatsächlich, Darrens Frau ist weg. Irgendwie hat er das geahnt. Er kann sich ziemlich gut vorstellen, wo sie hingegangen ist. Und mit wem. Ihr Auto ist auch weg. Ihre Kommodenschubladen sind leer. Die Hälfte des Bestecks ist weg. Genau die Hälfte des Geschirrs. Die Hälfte der Gläser und Töpfe und Pfannen. Ihn überrascht diese Präzision. Eher untypisch. Seine Wäsche ist gemacht. Zusammengelegt und weggeräumt. (Das schockiert ihn am meisten. Weil das in über fünfundzwanzig Ehejahren bisher nie vorgekommen ist.) Die Stereoanlage und alle Schallplatten hat sie, gottlob, dagelassen, aber die große Fernsehkonsole hat sie mitgenommen. Dort, wo sie früher stand und das Wohnzimmer dominierte, ist ein tiefer, rechteckiger Abdruck zurückgeblieben. Bei dem Teil hatte sie bestimmt Hilfe.

Darren legt die Steve Miller Band auf den Plattenteller, senkt den Tonarm und stellt die Lautstärke ein. Ihm fällt das aufsteigende weiße Pferd mit den Regenbogenflügeln auf dem Plattencover ins Auge, und er lächelt. *Book of Dreams*. Er setzt sich im Dunkeln aufs Sofa, durchs Erkerfenster scheint die Straßenlaterne, und er überlegt, wie es ihm geht. Genauer gesagt überlegt er, ob er überlegen sollte, wie es ihm geht. Oder ob er einfach diesen wunderbaren, allmählichen Druckabfall in seiner Brust genießen sollte. Den Rückzug der schwarzen Wolken in seinem Kopf.

Ihm war schon lange klar, dass es möglich ist, jemanden zu lieben und gleichzeitig zu wissen, dass es einem tausendmal besser ginge, wenn diese Person eines Tages einfach, sagen wir mal, verdampft und sich in Luft auflöst. Das war schlicht und einfach so. Er glaubt nicht, dass es dasselbe ist, wie jemandem den Tod zu wünschen. Das wäre zu kompliziert. Zu belastend. Dass sie verschwindet, hatte er sich jedoch gewünscht. Und jetzt war es geschehen. Er zieht sich langsam aus. Seine Kleider sind voller Grasflecken vom Garten, klebrig vom Krankenhaus und kalt vom Heimweg. Es ist eine Erleichterung, sie loszuwerden. Er lässt sie in einem Haufen auf dem Teppich liegen, die Unterwäsche obenauf, und geht den Flur entlang zur Küche. Dort steht er nackt bei der Spüle und schaut durch das Fenster auf den zerwühlten Garten. Sein Werk. Die Sonne geht auf und färbt den Himmel rotgold. Das ist ein neuer rosaroter Tag, denkt Darren, als die Sonne durch das Fenster hereinscheint und seine Tränen eine nach der anderen in die Edelstahlspüle fallen. Als sie herabtropfen, klingt das wie:

Rosa!   Rosa!   Rosa!   Rosa!

DER ZIRKUS

WEIL MAN GLAUBT, MAN WEISS, WAS EINEN ERWARTET

»Da ist ein Pick-up!«, ruft Mercy vom Fuß der Treppe zu Trudy nach oben. Der Hund bellt und winselt. »Trudy! Da ist ein Pick-up!«

Trudy dreht ihr Kissen um und legt ihre Wange auf den kühlen Baumwollstoff des Kopfkissenbezuges. Sie schließt die Augen und schlummert wieder weg. Es ist später Nachmittag, und sie hat versucht, ein wenig zu schlafen. Nur ein kurzes Nickerchen, bevor Claire nach Hause kommt, das Abendessen zubereitet wird, sie zur Arbeit muss und der ganze Scheiß wieder von vorn losgeht.

»Trudy! Ich glaube, das ist meine Mom!« Jetzt setzt Trudy sich kerzengerade auf. Wirklich? Ach was. Mercy poltert mit Sprenkel im Schlepptau die Treppe nach oben und steht mit aufgerissenen Augen an der Schlafzimmertür. »Trudy, ich habe Angst.«

Trudy zieht sich ein T-Shirt über ihr Unterhemd und schnappt sich eine Jeans. »Eine Sekunde noch, Schatz, dann schauen wir zusammen, wer da ist. Bleib, wo du bist.«

Trudy kämpft sich in ihre Jeans und lauscht gleichzeitig auf das Zuschlagen einer Autotür oder das Öffnen der Haustür. Sie geht zur Treppe. Mercy kann nicht anders – sie folgt Trudy, zu dicht, und tritt ihr hinten auf die Mokassins.

»Mercy!« Trudy schießt ein Stück nach vorne und rettet sich gerade noch rechtzeitig vor der ersten Stufe. »Mensch!«

»Entschuldigung!«

Trudy drückt mit der Fußsohle gegen Sprenkels runzelige Stirn und schiebt den Hund nach hinten, dann nimmt sie Mercy an die Hand. Die drei drängeln und schieben sich die Stufen runter. Trudy zieht den Wohnzimmervorhang zurück, und tatsächlich, auf dem Fahrersitz eines alten, zerbeulten, türkisfarbenen Pick-ups sitzt ihre Schwester. Und knutscht mit einem Typen. Typisch.

»Warte hier, Mercy, ich muss nur kurz was nachschauen.« Und schon läuft sie zur Tür.

»Warte, Trudy!« Mercy steht wieder einmal auf dem Sofa. Und hüpft. Sprenkel winselt, rutscht unruhig hin und her und wedelt mit dem Schwanz.

»Ich brauch nicht lange, Schatz.« Bloß so lang, bis ich ihr mit der Schaufel den Kopf eingeschlagen habe, denkt sie.

»Aber Trudy, warte! Da ist noch ein Pick-up!«

WEIL NIEMAND SIE EINGELADEN HAT

Trudy hat keine gute Woche. Während sie durch die Fliegengittertür zu ihrer Schwester schaut – ihre Schwester, die gerade lacht
und ihre inzwischen blonden Haare aus ihrem schönen Gesicht
streicht –, fragt Trudy sich zum wiederholten Mal, wie viel sie in
diesem Leben noch ertragen muss. Wie viel genau?

Vor gerade mal einer Woche hatte sie im Bett gelegen und Jules'
Rücken umschlungen. Seine Haut war warm gewesen und hatte
süß gerochen. Sie hatte ihre Wange an seinen Rücken gelegt und
ihn fest an sich gedrückt. Im Haus war es kalt, und sie hatten so
viele Decken auf sich gestapelt, dass sie sich kaum rühren konnten.
Es war wie in einer weichen, gedämpften Höhlenwelt. Am liebsten
wäre sie dort für immer geblieben. Zum tausendsten Mal fragte sie
sich, wie ihr Leben wohl aussähe, wenn sie wie die meisten anderen
am Tag arbeiten und in der Nacht schlafen würde. Wenn sie sich
nicht zu einer Uhrzeit aus dem Bett hieven müsste, wo alle anderen
zur Ruhe kamen.

Als sie wieder aufwachte, war das Haus dunkel, und sie hörte
Jules in einem anderen Raum reden. Die Uhr zeigte zwanzig Uhr
dreißig. Trudy setzte sich hin, griff nach ihren Zigaretten und versuchte zu verstehen, was er sagte, aber sie hörte nur die eine oder
andere gemurmelte Silbe. Dann war es ganz still. Sie zog eine
Decke um ihre Schultern und lief so leise wie möglich den Flur
entlang zur Küche. Jules saß auf einem Stuhl, den Hörer am Ohr,
die Stirn auf dem Tisch. Hörte zu. Trudy stand in der Tür und beobachtete ihn und wartete. Als er schließlich wieder etwas sagte,

klang das, als würde jemand anderes sprechen. Zumindest war es eine Stimme, die sie so nicht kannte: Er sprach Französisch. Sie verstand kein Wort. Nun, ein Wort verstand sie doch. Gegen Ende der Unterhaltung dachte sie, er hätte gesagt, dass etwas – oder alles – fucké war.

Das war ziemlich eindeutig.

Sie zog den Rand der Decke vom Boden hoch und schlich zurück ins Schlafzimmer, wo sie sich hinlegte und so tat, als schliefe sie. Ohne ihn fühlte es sich dort kalt an. Sie streckte ihre Beine auf seine Seite des Bettes, um zu schauen, ob noch ein wenig Wärme übrig war, wo er den ganzen Nachmittag neben ihr gelegen hatte. Nichts. Es war eiskalt.

»Ich muss für ein paar Tage verreisen«, sagte er.

»Und ich bin wieder zurück, ehe du dich's versiehst«, sagte er.

Das hatte er vor sieben Tagen gesagt. Und seither kein Wort.

Bevor er aufbrach, hatte er sie auf die Stirn geküsst, nicht auf den Mund. Und auch nicht auf ihr Ohr oder ihren Hals oder ihre Schulter. Er hatte sie an sich gezogen und ihr einen kleinen, trockenen Kuss auf die Stirn gegeben. Wie ein erschöpfter, alter Mann.

Am Tag nach seiner Abreise wurde Mercy fünf. Es war nur eine kleine Geburtstagsfeier. Die üblichen Verdächtigen, die immerselben Drei: Trudy, Claire und Mercy. Und Sprenkel natürlich. Kein Jules. Und selbstverständlich auch keine Tammy. Claire hatte einen herzförmigen Kuchen gebacken, und Trudy hatte Pizza geholt. Wie gewünscht mit Salami. Lediglich zwei hohe, dünne Stimmen, die von einem tiefen Jaulen begleitet wurden, sangen »Happy Birthday«. Trudy fand das unheimlich traurig.

Aber Mercy nicht. Voller fröhlicher, aufrichtiger Wünsche zappelte sie auf ihrem Stuhl und wollte die Kerzen auspusten.

Vielleicht war ein Wunsch ja in Erfüllung gegangen. Vielleicht hatte Mercy Tammy zurückgebracht.

Das wären nicht die Gäste gewesen, die Trudy ausgesucht hätte, aber jetzt sind sie nun einmal da.

WEIL ZEIT SICH IN ZWEI RICHTUNGEN ERSTRECKT

Oh, die Straßen sind wie Bänder. Das war der Gedanke, der Darren durch den Kopf ging, als er Stunde um Stunde die ganze Strecke von Brownsville nach Preston Mills fuhr. *Die Straßen sind genau wie eine Spule mit Stoffband, die sich vor und hinter mir abwickelt.* Obwohl es schon zwanzig Jahre her war, fiel ihm diese lange Rückfahrt leicht. Den ganzen Tag über flatterte ihm das Herz wie ein kleiner Vogel in der Brust, und sein Pick-up glitt wie eine aufgefädelte Perle über die Straße. Heimwärts, heimwärts. Er wollte zu dem Haus zurückfahren, wo er sie verlassen hatte, und wenn er sehr viel Glück hätte, würde er sie wiederfinden.

(Und wenn er Pech hätte, wäre das auch egal. Inzwischen war er daran gewöhnt. Falls sie nicht mehr da war oder ihn nicht mehr wollte, trug er allein die Schuld. Dann müsste er das wie ein Mann ertragen und weiterziehen.)

Als er in die Einfahrt fährt und aus seinem Pick-up aussteigt, kommt es ihm so vor, als wäre er sowohl in die Vergangenheit als auch in die Zukunft gereist. Er steigt in derselben Einfahrt aus dem Pick-up, wo er sie verlassen hat, seine Schuhe knirschen auf dem Schotter. Dort vor ihm im hellen Sonnenlicht stehen seine beiden erwachsenen Töchter: eine ein wenig weiter weg, mit dem Rücken an der Haustür; die andere keine sechs Meter von ihm entfernt, mit goldenen Haaren, die sich deutlich von dem lebhaften Türkis ihres Pick-ups abheben. Angelehnt, mit einer Hand auf dem Dach. Die andere Hand auf ihrer Hüfte. Als Darren seinen Blick zur Seite schweifen lässt, sieht er zwischen den auseinandergeschobenen Vorhängen des Wohnzimmers ein kleines weißes Gesicht, das ihn anschaut. Die Augen sind so dunkel und groß wie die seiner einzig wahren Liebe. Vielleicht ist das seine Enkelin.

Da ist eine leise Hoffnung. Und ihm wird plötzlich ganz flau.

WEIL FAMILIE EINEM TIERISCH
AUF DIE NERVEN GEHEN KANN

Gerade eben noch war Trudy voller Zorn und Wut und wäre am liebsten durch die Haustür gestürzt und zum Pick-up gestürmt, und dann was? *Was, Trudy? Was wolltest du dann tun? Jemanden schlagen? Wie ein Baby schreien und brüllen und heulen? Und was dann?* Sie wären trotzdem noch alle da. Ihre Familie. Jedes verdammte Mitglied.

Es spielt keine Rolle, was sie macht. Sobald sie ihn sieht, ihren Vater, der dort am Ende der Einfahrt steht, hat sie keine Kraft mehr. Sie fließt einfach aus ihr heraus. Trudy weiß, dass er es ist. Keine Frage. Er sieht genau so aus wie in ihrer Erinnerung, außerdem ähnelt er total ihrer Schwester. Ihrer Schwester, die gerade aus dem Pick-up gesprungen ist und die jetzt herumwirbelt, um diesen Eindringling zu betrachten. Diesen Typen, der ihr die Show stiehlt, dessen Identität sie noch nicht kennt.

Trudy spürt, wie ihre Schultern nach unten Richtung Erde sacken. Sie lehnt sich gegen die Tür, aber ihre Beine zittern und geben nach, bis sie fast kniet. Als würde sie tatsächlich von einer Last erdrückt werden. Gerade als sie denkt, dass es nicht mehr schlimmer werden kann, taucht sie auf. *Miss Amerika.* Trudy sieht die Zuckerwattehaare und den pinken Lippenstift ihrer Mutter über dem Lenkrad des verrosteten Chevette schweben, als sie in die Einfahrt biegt.

Und hinter Darrens Pick-up hält.

Der hinter Tammys Pick-up steht.

Was Trudy alles tierisch auf die Nerven geht.

WEIL KINDER ES NICHT VERSTEHEN,
WENN MAN VOR GLÜCK WEINT

Mercy drückt mit der Schulter gegen die Fliegengittertür und setzt dabei ihr gesamtes Gewicht ein. Sie kann sehen, wie Trudy sich auf der anderen Seite zusammenkauert.

»Trudy! Mach Platz!«

Sprenkel leckt Mercys Gesicht. Sie hebt das Kinn, dreht den Kopf von den Hundeküssen weg und drückt noch stärker. Endlich steht Trudy auf und wankt zur Seite, während Mercy und Sprenkel durch die Tür purzeln. Mercy fasst sich wieder und läuft zu ihrer Mutter. Zumindest glaubt sie, dass das ihre Mutter ist. Irgendetwas hat sie an sich, das Mercy abschreckt und das nicht ganz richtig aussieht. Kurz wirft sie einen Blick auf Fenton. Ihr gefällt weder sein Ledergürtel, der diagonal über seinen dünnen Körper zu laufen scheint, noch die Art, wie er seine Schultern nach vorne beugt. Außerdem glaubt sie nicht, dass sie sein zuckendes Gesicht mag.

Mercy kann Tammy kaum ansehen; sie ist so wunderschön, so verwirrend. Ihre Haare glänzen, und ihre Augen sind hellblau. Wolfsaugen, denkt sie. Ist das wirklich ihre Mutter? Tammy geht in die Hocke, jetzt ist sie auf derselben Höhe wie Mercy, aber Mercy streckt ihr eine Hand entgegen, um sie auf Abstand zu halten. Sie hat Angst. Außerdem gibt es da noch etwas, das sie tun muss. »Warte kurz. Ich bin gleich wieder da. Ich muss mit Oma Claire sprechen.«

Mercy und Sprenkel laufen die lange Einfahrt zu Claire und dem Mann weiter. Es sieht aus wie bei einem Unfall: Die Fahrertüren beider Fahrzeuge stehen offen; Claires Auto läuft noch, und aus dem Inneren ertönt ein Klingeln. *Ding, ding, ding.* Darren und Claire stehen mit herabhängenden Armen da und schauen sich gegenseitig von Kopf bis Fuß an, als suchten sie nach Verletzungen. Sie weinen und lachen gleichzeitig. Das ergibt für Mercy keinen Sinn. Sie versteht nicht, warum jemand so etwas tut. Sie hat bisher immer nur das eine oder das andere getan: gelacht oder geweint. Sie ist nie gleichzeitig glücklich und traurig.

»Oma Claire, was ist los?« Sprenkel schlängelt sich winselnd um die Beine der Erwachsenen. »Bist du froh oder traurig?«

Claire findet, dass ausnahmsweise einmal alles durch ihre Tränen hindurch wunderschön aussieht. Alles und jeder ist wässrig und glänzt. »Oh, ich bin glücklich, Schatz. Nur ein wenig erschöpft.«

»Sie weint ständig, weißt du.« Das sagt Mercy zu Darren. »So.« Mercy nimmt eine Hand von Darren und eine von Claire und führt sie zusammen, als würden sie sich die Hände schütteln. Sie halten sich fest und drücken.

»Da«, sagt Mercy. »Versucht's damit.«

WEIL MAN MANCHMAL DEN FADEN VERLIERT

Fenton ist sich ziemlich sicher, dass er weiß, was da gerade passiert. Das ist die komplette Familie. Claire, Trudy und Mercy entsprechen haargenau Tammys Beschreibungen. Und dass dieser andere Mann Tammys Vater ist, kann sich wirklich jeder denken. Er hat ihre Augen, ihr Lächeln, ihr ausgeprägtes Kinn.

Hier sind wir also alle, denkt Fenton. *Fein verteilt wie ein Sprühregen.* Es ist wie bei einem Sternbild, das sich von der einzelnen Gestalt an der Tür (Trudy) ausbreitet, sich mit einem Punkt hier (Tammy) und dort (Fenton) verbindet und bei einer eng stehenden Dreiergruppe (Darren, Claire, Mercy) am Ende der Einfahrt endet. Wenn man alle Sterne zusammen betrachtet und erst einmal die Form erkennt, kann man, genau wie bei einem Sternbild, die weißen Linien, die sie miteinander verbinden, fast sehen. Und als Fenton dort in der Einfahrt steht, sieht er ganz schwach einen weißen, schimmernden Faden, der sich von einer Person zur nächsten durch die Luft zieht. Wenn er direkt darauf schaut, verschwindet der Faden im Sonnenlicht, aber wenn er den Kopf ganz leicht zur Seite legt, ist er da.

Als sich eine Wolke über die Sonne schiebt, verliert Fenton den Faden aus den Augen.

Es ist jetzt kälter und dunkler, und es wird Ärger geben. Das spürt er.

Er läuft zur Wiese neben der Einfahrt, legt sich auf den Rücken und wartet darauf, dass das Gefühl vorübergeht.

WEIL MAN SICH MANCHMAL FÜHLT
WIE EIN BETTTUCH AUF DER WÄSCHELEINE

Tammy war nicht auf das vorbereitet, was sie erwartete, als sie zum Haus ihrer Mutter kam. Natürlich hatte sie damit gerechnet, dass Mercy bei ihrer Rückkehr verändert wäre, vielleicht distanziert oder möglicherweise wütend, weil Tammy sie verlassen hatte. Wenn sie die Chance dazu bekäme, ließe sich das alles überwinden, dachte sie. Wenn sie nur eine Weile dabliebe und sich anständig verhielt, könnte sie bestimmt das Vertrauen ihrer Tochter gewinnen, dachte sie. Tammy hatte damit gerechnet, dass Trudy wütend auf sie wäre und Claire sie mit offenen Armen und tränenreich willkommen hieße. Sie hatte gehofft, dass Fenton sich zusammenreißen und ihr beistehen würde. Wenigstens kurz.

Doch stattdessen passierte Folgendes:

Fenton liegt mit dem Rücken auf dem Boden, den Kopf hat er zu Seite gedreht, sein linker Fuß zuckt. Mercy sitzt neben ihm, streicht ihm die Haare aus der Stirn und flüstert. Der Hund, ein großer, fetter, unbeholfener Hund, leckt liebevoll Fentons Hand.

Claire weint und hält die Hand eines Mannes, von dem Tammy annimmt, dass es Darren Robertson ist, Claires große Liebe, das fehlende Bindeglied in der Kette. Erzählungen zufolge Tammys Vater.

Trudy steht fassungslos an der Tür und sieht aus, als hätte ihr jemand ein Brett über den Kopf gezogen. Offen gestanden achtet überhaupt niemand auf Tammy. Sie kommt sich wie ein Betttuch auf der Wäscheleine vor, dass auf ein Lüftchen wartet. Schlaff. Unbewegt.

Meine Tochter hat einfach durch mich hindurchgeschaut. Sie ist einfach an mir vorbeigelaufen.

Mercy, die mit ihren fünf Jahre unmöglich wissen kann, wer sie ist, die nichts hat, worauf sie ihre Meinung aufbaut, sah sie, erkannte sie und lief einfach an ihr vorbei. Zweimal. Einmal, um nach Claire zu sehen, und das andere Mal, um Fenton zu helfen. Von dem sie noch nie etwas gehört hatte. Tammys Mutter und ihre Schwester haben sie seit Jahren nicht mehr gesehen und beachten sie überhaupt nicht. Ich stehe mit leeren Händen da, denkt Tammy. Vielleicht soll es ja genau so sein.

Mercy legt ihre Hand auf Fentons Stirn und schaut zu ihrer Mutter. Sie blinzelt gegen das Sonnenlicht, aber Tammy weiß, dass ihre Tochter sie direkt anschaut. Fast scheint es, als wollte sie etwas sagen, tut es dann aber doch nicht. Sie ändert ihre Meinung. Die kleine Mercy steht auf und dreht sich zum Haus. »Trudy! Mit dem Freund meiner Mama stimmt etwas nicht!«

WEIL MAN ES NICHT HÖREN WILL

Was denkt Trudy wohl gerade, dort, zusammengesackt an der Haustür? Sie denkt, dass sie von niemandem auch nur ein Wort hören will.

Weder von ihrer Mutter noch von ihrer Schwester, und auch nicht von ihrem sogenannten Vater.

Alles, was sie sagen, wird wehtun.

Nichts davon wird richtig sein und nichts davon genug.

Sie denkt, dass es viel besser ist, mit Leuten zusammen zu sein, die einem egal sind, weil die einem nicht wehtun können. Nicht wirklich. Einzig Menschen, die man liebt, können einen völlig durcheinanderbringen, indem sie das Falsche sagen. Oder nicht das Richtige sagen. Oder das Richtige zum falschen Zeitpunkt sagen. Sie können einen schlicht dadurch verletzen, dass sie sie selbst sind.

Argh. *Liebe.*

Und wo wir gerade von Liebe sprechen, wo steckt eigentlich Jules? Wozu ist er gut? Wofür braucht sie ihn, wenn er jetzt nicht bei ihr ist? Warum muss sie das allein durchstehen?

Wo wir gerade von Liebe sprechen, wer um Himmels willen ist dieser Typ bei Tammy? Er sieht aus, als wäre er auseinandergenommen und falsch wieder zusammengesetzt worden. Er sieht unfertig aus.

Und, zu guter Letzt, wo wir gerade von Liebe sprechen, wird die jahrelange Dummheit ihrer Mutter wirklich gerade so reich belohnt? Wird dort am Ende der Einfahrt tatsächlich ein Traum wahr? Trudy hat absolut keine Ahnung, was sie davon halten soll. Hat ihr Vater sie überhaupt schon einmal angesehen?

Und weil Trudy nicht anders kann, denkt sie darüber nach, wie jeder womöglich jedem wehtut. Wie Darren Claire und Tammy wehtut. Wie Tammy Mercy wehtun wird. Und wie Mercy Tammy ebenfalls wehtun wird.

Und weil wahrscheinlich niemand sonst daran denkt, macht sie sich Gedanken übers Abendessen und Schlafgelegenheiten und wie sie ihr Auto aus der Einfahrt bekommen soll, wenn sie zur Arbeit muss.

Während Trudy all diese Dinge denkt, ruft Mercy sie, und sie schaut auf und entdeckt Tammys Gefährten, der wie ein zerknülltes altes Taschentuch auf dem Rasen zusammengeklappt ist.

WEIL DAS IMMER ERST DER ANFANG IST

Trudy duckt sich in Claires Auto und schaltet den Motor aus. Schließt die Tür. Dann läuft sie rüber zu Fenton, der auf dem Boden liegt, und steht mit den Händen in den Hüften da. »Wie heißt er, Tammy?«

»Ich glaube, das ist Jonathon«, sagt Mercy ins Blaue hinein. »Er sieht aus wie ein Jonathon.«

»Fenton«, sagt Tammy. »Er heißt Fenton.«

»Was?« Trudy hat das nicht richtig verstanden. Benson?

Tammy blickt Richtung Himmel, holt tief Luft und brüllt. »Fenton. Er heißt Fenton!«

Woraufhin Fenton sich rührt. Er dreht sich auf die Seite und hustet.

»Okay, Fenton. Schön. Mercy, bring deine Mutter nach drinnen und seht nach, ob ihr was zum Abendessen findet. Wir sind gleich bei euch.« Also läuft Mercy mit Sprenkel im Schlepptau zu ihrer Mutter, nimmt deren Hand, ohne ihr ins Gesicht zu schauen, und zieht sie zum Haus. »Keine Angst. Trudy wird sich um Fenton kümmern. Sie kann das.«

Claire und Darren sind in seinen Pick-up geklettert und reden, lachen, weinen. Verliebt. Versunken. Anderweitig beschäftigt.

Trudy kniet sich neben Fenton ins Gras. Es weht ein kalter, frischer Wind. Er riecht nach Fluss. Sie schaut auf diesen Mann, der zusammengerollt am Boden liegt, und versucht sich vorzustellen, wie er in das Leben ihrer Schwester passt. Ebenbürtig ist er ihr wohl eher nicht. An ihm ist nicht genug dran, um ihr Paroli bieten zu können. Er wiegt bestimmt nicht mehr als fünfundfünfzig oder sechzig Kilogramm. Trudy ist von der Zärtlichkeit überrascht, die sie für diesen Fremden empfindet, der dort so im Gras liegt.

»Fenton?« Was zum Geier ist Fenton überhaupt für ein Name? »Fenton? Glaubst du, du kannst jetzt aufstehen?«

»Es ist fast vorbei«, sagt er. »Jetzt ist es fast vorbei.«

»Oh, ich glaube nicht«, sagt Trudy. »Komm schon, mein Lieber.« Sie zieht ihn an beiden Händen hoch. Dann legt sie ihren Arm um seine schmale Hüfte, drückt ihre Schulter unter seine Achselhöhle, um ihn zu stabilisieren, und führt ihn zum Haus.

WEIL DIE JAHRE EINEN MIT WUCHT EINHOLEN

Die Zeit hat sich im Kreis gedreht. Hier sind sie also wieder. Und küssen sich in einem Pick-up. Zwei Jahrzehnte Sehnsucht gipfeln in einem langen, tiefen Seufzer. In einem taumelnden Dahinschmelzen.

Als er sie küsst, galoppiert eine ganze Herde Wildpferde donnernd durch Claires Brust. Seine Hände liegen in ihren Haaren, seine Wange liegt an ihrer Wange, und dann küsst er sie, und die Pferde sind da. Er berührt ihre Taille, ihren Rücken, und sie hat das Gefühl, gleich zu sterben. Gleich wird sie vor unendlich süßer Erleichterung sterben, weil sie ihn endlich wieder in den Armen hält.

Claire weiß, was sie tun müsste. Sie weiß, dass sie ihn ins Haus bringen sollte, damit er mit den Mädchen reden kann. Sie sollte ihn Mercy, seiner Enkelin, vorstellen. Aber sie kann nicht. Sie weiß, dass sie nach ihrer Tochter schauen sollte, die so unheimlich lange weg war, und obwohl sie sich danach sehnt, sie in den Arm zu nehmen und ihr über die Haare zu streicheln, bekommt sie das nicht hin. Obwohl sie in dem kalten Pick-up allmählich friert und die Sonne langsam untergeht, bekommt sie das nicht hin. Ihre Wange liegt an seiner Brust, und sie hört seinen Herzschlag. Sie riecht sein Hemd. Ihre Hand liegt auf seiner Hand. Seine Haut ist rau und trocken und warm. Alles hat sich verändert und doch auch wieder nicht. Gott sei Dank hat sich nichts verändert.

Sie will kein Wort über das Leben, das er ohne sie geführt hat, hören oder darüber, was er die ganze Zeit gemacht hat. Sie möchte nicht hören, was Trudy davon hält oder was Tammy davon hält.

Noch nicht. Sie will sich etwas vormachen. Sie will daran glauben: dass er jetzt hier ist, dass er immer hier war.

Nur ein paar Minuten lang.

Bevor alle durcheinanderreden. Und die ganzen Jahre sie mit Wucht einholen und die Situation verkomplizieren.

WEIL DIE LIEBE SELTSAM IST

Mercy steht auf einem Küchenstuhl am Herd, rührt mit einem Holzlöffel das Rinderhackfleisch in der Bratpfanne um und erklärt Tammy, wie man Fertig-Makkaroni macht. Tammy fällt auf, wie ihre Tochter sich mit der Rolle als Gastgeberin anfreundet. Sie tut so, als wäre sie in einer Fernsehkochshow. Lächelt in die Kamera. Wirft ihre Haare über die Schulter und dreht sich wieder zu Tammy.

»Du musst einfach nur das Hackfleisch rühren, bis es ganz braun und kein bisschen mehr rosa ist. Dann gibst du das Pulver dazu.«

»Woher weißt du, wie man kocht, Mercy?« Tammy zappelt nervös neben Mercy am Tresen herum und fragt sich, welche Rolle sie dabei spielt. Sie hat den Eindruck, als würde sie bei einer Art Test durchfallen. Stimmt das? Durften sie und Trudy eigentlich den Herd benutzen, als sie – was noch mal? – fünf Jahre alt waren? Sollte sie dem Kind das Kochen verbieten? Wenn Tammy sie zurückhielte, würde das wahrscheinlich Mercys Gefühle verletzen.

»Das hat Oma Claire mir beigebracht. Rührei kann ich auch. Und Suppe, wenn sie aus der Dose kommt. Wenn du magst, kannst du mir helfen. Mach einfach die Packung auf und streu das Pulver drauf.«

Tammy tut, was ihr aufgetragen wurde. Sie öffnet die Packung und streut ein beige-orangefarbenes Pulver über das ziemlich stark durchgebratene Hackfleisch. »Jetzt das Wasser!« Mercy zeigt zum Schrank. »Eine der großen Kaffeetassen mit warmem Wasser füllen und draufgießen. Wenn es blubbert, können wir die Makkaroni reintun. Ich liebe Makkaroni.« Als Tammy die Tasse Wasser dazugießt, steigt ein salziger Dampf von der Pfanne auf.

»Hast du mich vermisst, Mercy?« Tammy möchte ein wenig provozieren, um diesen stetigen Strom aus fröhlichem Geplapper zu unterbrechen. Warum ist ihr Kind wie eine Fremde? Sie findet nichts, was ihr vertraut vorkommt. Tammy fühlt sich nicht wie eine Mutter. Eher wie ein zähes Stück Knorpel.

Während Tammy noch mehr Wasser zum Essen gießt, schaut Mercy in die Pfanne und rührt mit dem Holzlöffel im Rindfleisch. »Ich glaube schon. Aber es war schwierig, mich an dich zu erinnern. Du warst so schnell weg.«

Tammys Herz zieht sich ein wenig zusammen. Sie stellt die Kaffeetasse in die Spüle.

»Aber ich habe mir immer gewünscht, dass du zurückkommst.« Tammy kann sehen, dass Mercy ihre Worte sorgfältig wählt. »Ich wusste bloß nicht, wie das sein würde.«

»Und, wie ist es?« Tammy bereut ihre Frage. Das ist zu früh. Es lässt sich noch nichts Gutes sagen. Vielleicht wird es das nie.

»Ich weiß nicht. Seltsam. Unheimlich. Überfüllt.« Mercy bläst sich den Pony aus der Stirn.

»Überfüllt?« Tammy glaubt, sie weiß, was sie meint.

»Ja. Ich hätte nicht gedacht, dass so viele Menschen auf einmal da sind.«

»Ich auch nicht.«

»Ist Fenton dein Freund?«

»Mm-hm«, sagt Tammy. »Unglaublich, oder?«

»Schon.« Mercy beginnt zu kichern, und Tammy lacht auch. Armer Fenton! Sie sollten nicht lachen. »Aber er wirkt ganz nett.«

Tammy nickt, sie lacht noch immer. Aber jetzt weint sie auch ein bisschen. »Oh, das ist er. Fenton ist sehr, sehr nett. Er ist nur ein wenig seltsam.«

WEIL MAN FRÜHER ODER SPÄTER AUFBRECHEN MUSS

Trudy, Tammy, Mercy und Fenton sitzen am Tisch und essen die Fertig-Makkaroni. Nachdem Sprenkel in der Küchenecke ihren Napf ausgeleckt hat, legt sie sich unter Mercys Stuhl. Mercy stellt ihre nackten Füße auf den Rücken des Hundes und bohrt ihre Zehen in das weiche, warme Fell.

Trudy wendet sich an ihre Schwester. »Ich glaube, unsere Mutter hat draußen in der Einfahrt Sex in einem Pick-up.«

»Ekelhaft«, sagt Tammy.

»Stimmt aber wahrscheinlich.«

Fenton steht auf und räumt die Teller ab, läuft zum Spülbecken und lässt Wasser ein. Er schäumt mit den Händen das Spülmittel auf und pfeift ein wenig vor sich hin.

Tammy schüttelt den Kopf. »Ich kann es nicht fassen. Ich dachte immer, dass es ihn gar nicht wirklich gibt.«

»Ich weiß.« Trudy ist sich ziemlich sicher, dass sie nicht da sein will, wenn Claire und Darren ins Haus kommen. Sie fühlt sich einfach nicht in der Lage dazu. Sie will ihre Gesichter nicht sehen, die ganz gerötet und glücklich sein werden. Und sie will keine Erklärungen hören. Noch nicht. Bisher hatte sie immer den Eindruck, dass die Dinge, die den größten Erklärungsbedarf haben (wie zum Beispiel: Warum hast du deine Kinder verlassen?), nicht wirklich erklärt werden können. Sie hasst Erklärungen. Sie sind nie gut genug.

Trudy hat noch immer den Autoschlüssel ihrer Mutter in der Tasche. Vielleicht macht sie vor der Arbeit einfach eine kleine Spritztour.

Vielleicht fährt sie einfach bei Jules vorbei und schaut, ob er schon zurück ist.

Aber gerade als sie aufbrechen will, stehen sie in der Tür: der nicht mehr ganz so junge Traum der Liebe. Heroisch, Arm in Arm, sind sie von einem gewissen Zauber umgeben. Dadurch wirkt das braune Linoleum wie die glänzende Tanzfläche auf einem beschissenen Märchenprinzessinnenball.

Claire stellt sich hinter Tammys Stuhl, legt die Arme um ihre Tochter und schmiegt sich an deren Haare, an deren Hals. »Meine Kleine ist zurück.« Tammy zieht die Achseln hoch, schließt die Lücke zwischen Schultern und Kinn, quetscht ihre Mutter raus. Claire lässt sich nicht abschrecken. Sie küsst Tammy auf den Kopf und drückt sie fest.

Tammy dreht ihr Gesicht zur Seite, über ihre Wangen strömen Tränen.

Mercy rutscht auf den Boden und legt ihren Kopf auf den weichen Rücken des Hundes.

Trudy steht mit den Schlüsseln in der Hand vom Tisch auf. Beim Rausgehen kommt sie an Darren vorbei und gibt ihm nach dem Motto *Du solltest besser dort rein, mein Lieber. Das ist dein Auftritt!* einen kräftigen Klaps auf die Schulter.

Darren läuft nach drinnen und geht neben Mercy und Sprenkel in die Hocke. »Kommt, ihr zwei. Gehen wir eine Runde spazieren.«

WEIL DAS ALLES AUF DIE EINE
ODER ANDERE WEISE ENDEN WIRD

Jules macht sich auf den Weg von Montreal zurück nach Hause. Er hat fünfhundert Dollar in der Tasche und die Aussicht auf einen neuen Investor. Oder zumindest den Hauch einer Aussicht. In Cornwall biegt er von der 401 auf den kurvenreichen Highway 2, damit er langsamer wird und die Aussicht genießen kann. Und damit er seine Geschichte auf die Reihe bekommt. Wenn er zurück nach Preston Mills kommt, muss er einiges erklären. Er war zehn Tage lang weg. Obwohl er schon nach drei Tagen zurück sein wollte.

Er wird Trudy von seinem Treffen mit Guy erzählen, dem Filmproduzenten, der jetzt, wo der Fernsehdeal endgültig gestorben ist, womöglich die Filmrechte an dem Sprung kauft. Bisher hat Guy hauptsächlich pornografische Kurzfilme für münzbetriebene Peepshow-Filmkabinen produziert, aber das sind immerhin Filme, und er hat sie immerhin produziert.

Aber er wird Trudy weder erzählen, was er gemacht hat, um in den zehn Tagen fünfhundert Dollar zu verdienen. Alles in allem war das: ein Boxkampf mit bloßen Fäusten (den er verloren hat), eine Wette auf einen Boxkampf mit bloßen Fäusten (die er gewonnen hat), ein kleiner Drogendeal (mit geringem Risiko und bekannten Teilnehmern) und eine leicht geschmacklose sexuelle Gefälligkeit (die er lieber vergaß). Noch wird er ihr verraten, wo er geschlafen hat (in seinem Auto auf dem Parkplatz einer Lagerhalle am Fluss).

Er sieht aus, als wäre er hinter einem Traktor hergezogen worden. Und besonders gut riechen tut er auch nicht.

Während er geschmeidig durch die Kurven fährt und der Himmel sich zu seiner Linken weich über dem Fluss abzeichnet, schöpft Jules ein wenig Hoffnung. Er wird nach Hause fahren, duschen, sich mit Trudy treffen und ihr seine Pläne erzählen.

Wenn Jules sich nicht ganz täuscht, hat er wieder das Kommando. Er wird – mit Guys Hilfe – selbst den Film über den Sprung drehen lassen und selbst die Werbetrommel rühren. Außerdem wird er neue Investoren brauchen, um die Rampe und das Auto wieder in Schuss zu bringen. Das wird eine Weile dauern. Dieser Teil wird Trudy auf jeden Fall gefallen. Und den Rest wird sie ihm sicher verzeihen. Vielleicht sollte er irgendwo anhalten und ihr ein Geschenk besorgen. Und für Mercy auch irgendetwas. Ein verspätetes Geburtstagsgeschenk. Er denkt an den Geschenkeladen in der Nähe von Ingleside, wo sie mit Perlen bestickte Mokassins und Schneekugeln und kleine Silberlöffel mit winzigen Schiffen auf dem Griff verkaufen. Vielleicht hat der Laden für diese Saison aber auch schon geschlossen. Egal. Ihm wird etwas anderes einfallen. Als Jules aus der Stadt und an den Papierfabriken vorbeifährt, sieht er das größte Schiff, das ihm je untergekommen ist. Das Schiff ist unten blau und oben und am Bug weiß, und es sieht so aus, als würde es an Land fahren.

Er zieht auf den geschotterten Standstreifen rüber. Am Ufer haben sich circa dreißig Leute versammelt, Männer mit ihren Händen in den Taschen. Als Jules näherkommt, sieht er, dass das Schiff sich nicht bewegt und völlig auf Grund gelaufen ist. Leicht geneigt steht das Schiff fast parallel zum Ufer, der Bug ruht im schlammigen Flussbett. Durch die seichten Wellen, die es sanft umspülen, wirkt es, als würde das Schiff ein wenig hin und her schaukeln. Die Größe, die Länge und die schiere Masse sind frappierend. Es ragt zehn Stockwerke hoch. Die Zuschauer sind angesichts des eigenartigen Vorgangs verstummt. In der Mitte vom Fluss wirkt ein Schiff vernünftig, angemessen; doch hier am Ufer wirkt es so unbegreiflich wie eine fliegende Untertasse, die im Garten landet. Keiner rechnet damit, dass sich ein Schiff einfach so aufs schlammige Festland schiebt. Es sieht so aus, als hätte es genauso gut eben mal durch den grünen Park bis zum Highway weiterfahren können.

Es sieht so aus, als könnte es durch sein bloßes Gewicht die Erde entzweibrechen.

Jules läuft längsseits des Schiffes über die Wiese bis zum Heck. An Bord gibt es kein Lebenszeichen. Wo stecken die Leute? Unter Deck? Wurden sie schon irgendwohin gebracht? Es ist wie ein Geisterschiff. Verlassen. Jetzt sieht er den völlig freigelegten Kiel, von dem ein Wirrwarr aus Seetang herunterhängt. Aus dem Meeresalgenknäuel löst sich ein langes, dunkles Etwas, fällt in das flache, graue Wasser und schlängelt davon.

Und als Jules dort am Ufer steht, lässt er diesen einen dunklen Gedanken zu, den er sich sonst immer verbietet. Nur für einen kurzen Moment. Dann wendet er sich ab. Geht zurück zum Auto. Zurück auf die richtige Spur.

Wie der Mann sagte: *Der waghalsigste Stunt aller Zeiten.*

WEIL DAS DOCH BLOß ZAHLEN SIND

Er ist verrückt. Was zum Teufel denkt er sich? Eigentlich wollte er nur etwas Kleines kaufen, bloß eine Geste. Eine dürftige Entschuldigung. Doch hier ist er nun und stolpert unweit des Highways ins helle Licht des Flohmarktparkplatzes, hält einen riesigen Teddybären in den Armen, hat einen Ring in der Tasche und die Hälfte seines Geldes bereits wieder ausgegeben.

Für den Teddybären hatte Jules fünf Mäuse bezahlt. Er ist fast so groß wie er selbst, knallrosa mit einem weißen Bauch und einer weißen Schnauze. Mit schwarzen Glasaugen und einer schwarzen Plastiknase. Als er mit dem Bären auf der Hüfte den überfüllten Gang des Marktes entlanglief, versuchte er, keine Waren von den Tischen zu fegen. Den Stand mit dem alten, dicken Biker hinterm Verkaufstisch hatte er schon von Weitem entdeckt. Der Typ hatte einen zotteligen Bart, und unter seinem verwaschenen schwarzen T-Shirt blitzte sein behaarter Bauch hervor. Auf dem Tisch stand ein altes, angesprungenes Aquarium voller Schmuck. Goldketten und Plastikperlen und Silberarmbänder und Strassohrringe waren zu einem angelaufenen, schäbigen Haufen gestapelt. Hier finde ich bestimmt das eine oder andere Schnäppchen, dachte er. Eine Kette für Trudy, vielleicht noch ein kleines Schmuckstück für Mercy.

Aber nein.

Dieser Biker hatte ihn mit seinem riesigen rosaroten Bären in den Armen kommen sehen. Er hatte den Blick in seinen Augen erkannt. Den Blick eines Büßers, eines Mannes, der in Ungnade gefallen war. Ein leichtes Opfer.

Der Biker zog ein mit dunkelgrünem Samt ausgeschlagenes Tablett hinten aus einer Kiste. Zwanzig, dreißig Ringe nebeneinander. Allesamt Schrott. Blind, verbogen, erbärmlich. Mit herausgefallenen Steinen. Außer einem. (Schlauer Geschäftsmann!) Ein Ring genau in der Mitte des Tabletts. Ein Opal, der von Rubinen gesäumt und in Gold gefasst war. Aus glänzendem, poliertem Gold. In dem milchigen Stein funkelte es rosa, blau und gelb. Aus Australien, sagte der Mann. Antik, behauptete er. Eine wahre Schönheit. Ein Angebot zur Hälfte des Preises.

Jules zupfte den Ring vom Tablett und schob ihn sich über seinen linken kleinen Finger. Er spreizte die Finger und streckte seinen Arm aus. Absurd, dieses wunderschöne, zarte Teil an seiner hässlichen Hand. Behaart, krumm von schlecht verheilten Brüchen und vernarbt. Als Trudy das erste Mal über Nacht geblieben war, hatte sie seine Hand mit ihren beiden Händen festgehalten und mit einem Finger über die kreisrunden Narben gestrichen, die wie eine Pyramide auf seinem Handrücken saßen. Von einem Spiel aus seiner Jugend. Wie das funktionierte? Der Gegner und man selbst hielten beide einen Fünfdollarschein über den Handrücken, und wenn es einem gelang, dort mit einer glühenden Zigarette ein Loch hineinzubrennen, gehörten beide Scheine dir. Oder der erste, der aufgab, verlor, und der andere durfte beide Scheine behalten. So oder so war man fürs Leben gezeichnet. Ihm war das egal gewesen. Er hatte das Geld gebraucht. Und Schmerz konnte manchmal auch beruhigend sein.

»Ziemlich dumm, das auch nur einmal zu machen«, hatte sie gesagt.

»Ja.«

»Aber dreimal?«

»Ich weiß.«

Dann hatte sie ihn geküsst und seine dumme Hand auf ihre weiche Brust gelegt.

Jules zog sich den Ring vom Finger. Er liebte ihn. So etwas hatte er noch nie gesehen. Trudy würde ihn lieben! Sein Geld steckte als dicke Rolle vorne in seiner Hosentasche. Brannte ein Loch hinein, wie man so sagte. Der alte, zottelige Biker nahm den Ring zurück; seine Fingernägel waren dreckig. Schwungvoll polierte er den Stein an seinem Shirt, platzierte den Ring in einer Schmuckschachtel, die wie ein Silberglöckchen aussah, und klappte den Deckel zu. Verkauft!

Wie gewonnen, so zerronnen, denkt Jules, als er den Highway nach Preston Mills entlangfährt. Geld. Was bedeutet das überhaupt? Als er an die Rechnungen zu Hause und an die ruhenden Rampenbauarbeiten denkt, schluckt er schwer. Das sind doch bloß Zahlen, versucht er sich zu überzeugen. Nun ja. Es braucht ohnehin weit mehr als fünfhundert Mäuse, um ihn aus dem Loch zu holen, das er sich gegraben hat. Und das ist wirklich ein wunderschöner Ring. Als er zum rosafarbenen Bären auf dem Beifahrersitz schaut, fängt er an zu lachen und schüttelt den Kopf. Dann drückt er das Gaspedal durch, einfach nur um zu spüren, wie sein Hinterkopf gegen die Kopflehne gepresst wird. Als er die Straße hinunterschießt, geht die Sonne allmählich unter, sein Herz steht vor Liebe in Flammen und sein Bauch ist voller Furcht.

»Ist nicht wichtig! Macht doch nichts!«, sagt er laut.

Ist-nicht-wichtig-macht-doch-nichts!

Macht doch nichts, macht doch nichts, macht doch nichts.

WEIL ES ZWEI SORTEN VON ÜBERRASCHUNGEN GIBT

Trudy biegt von der Schotterstraße zu Jules' Haus ab. Sie fährt ganz bis zum Ende des Grundstücks, sodass die Zweige der Trauerweide über die Motorhaube streichen. Der Baum neigt sich im Wind, und die hängenden Zweige blähen sich wie Vorhänge auf. Die Blätter regnen in einem kreiselnden Grüngold zu Boden. Am sumpfigen Ufer der Bucht platzt weißer Flaum aus den samtig braunen Rohrkolben. Kleine braune Vögel hüpfen flatternd von Stängel zu Stängel und drehen im Dämmerlicht ruckartig ihre Köpfe von der einen zur anderen Seite. In wenigen Minuten wird die Sonne untergehen. Diese Herbstabende beginnen früh und sind so dunkel wie das Gefieder von Krähen.

Sie hört sein Auto auf der Schotterstraße, noch bevor er hinter ihr anhält. Ihr Wageninneres wird von Scheinwerferlicht erfüllt, und sie versucht, das Hochgefühl, diese Mischung aus Erleichterung und Aufregung, die sie jetzt spürt, zu unterdrücken. Sie will wütend bleiben, damit sie ihm sagen kann, wie einsam sie sich gefühlt hat, als er weg war; wie schrecklich es war, sich den Dingen ohne ihn zu stellen; wie viele Dinge es gegeben hat, denen sie sich stellen musste. Aber das alles klingt allmählich irgendwie nach Liebe. Nach Verzweiflung. Und das gefällt ihr überhaupt nicht. Sie richtet sich in ihrem Sitz auf. Und versucht ihre Gedanken neu zu sortieren.

Das Auto riecht nach dem Parfum ihrer Mutter. Was sowohl tröstend als auch äußerst ärgerlich ist. Trudy steigt aus und dreht sich zu ihm.

Und da ist er auch schon.

Er steht da und hält einen riesigen, rosafarbenen Teddybären im Arm. Seine Haare sind auf der einen Seite eingedrückt und auf der anderen Seite wie ein Reisigbündel auseinandergefächert. Er hat ein blaues Auge und eine geschwollene Lippe, sein Hemd ist zerrissen, und er hat einen sehr dunklen Bartansatz. Er sieht beschissen aus. Wie ein besoffener Pirat. Einen Moment lang zweifelt sie, ob er es überhaupt ist.

»Was, verdammt noch mal, ist denn mit dir passiert?«

»Oh, Trudy. Ich wollte mich eigentlich frisch machen, bevor wir uns treffen.« Jules berührt sein Gesicht und streicht mit der Hand über seine Haare. Er riecht an seiner linken Achselhöhle und zuckt zurück. »Tut mir leid. Warte kurz. Komm einfach rein und setzt dich kurz hin. Ich habe eine Überraschung für dich.«

Mein Bedarf an Überraschungen ist für heute gedeckt, denkt Trudy.

Sie setzt sich an den Resopaltisch, schaut den Bären an, der ihr gegenübersitzt, und lauscht der prasselnden Dusche. Sie stellt sich vor, wie er dort steht, sich einseift und das Wasser über ihn läuft, und der dicke Kloß, der den ganzen Abend über in ihrer Kehle gesessen hat, löst sich, und sie fängt an zu weinen. Trudy zittert und keucht. Sie schiebt ihren Stuhl vom Tisch zurück, und der Bär kippt zur Seite auf den Boden. Sie steigt die Treppe nach oben und zieht dabei ihre Kleider aus.

Während sie ihn festhält und das heiße Wasser über ihre Körper fließt, wird ihr klar, dass es ihr egal ist, ob ihr Vater bleibt oder wieder geht. Es ist ihr egal, ob ihre Mutter sich zum Narren macht. Aber eine Sache ist ihr nicht egal. Und das spricht sie laut aus.

»Wenn meine Schwester dem Kind wehtut, bringe ich sie um.«

WEIL ES MANCHMAL NUR EINE
ART VON GLÜCK ZU GEBEN SCHEINT

Jules fährt Trudy zur Arbeit und denkt an den Ring in seiner Tasche. Denkt, dass er den Sprung vielleicht doch machen wird. Dass vielleicht doch noch alles klappen wird. Und er dann reich ist. Dann könnte er Trudy einen dicken, fetten Diamantring kaufen. Ein kleines Haus. Oder was auch immer sie sich sonst noch wünscht. Er müsste einfach nur bis dahin durchhalten. Seine eigenen Verträge abschließen. Die Finanzierung sicherstellen, die Rampe reparieren und den Job zu Ende bringen. Den Sprung machen und in Geld schwimmen. Dafür müsste er sich allerdings beeilen. In einem oder eineinhalb Monaten würde es schneien, und die Vorstellung, bis zum nächsten Jahr zu warten, erträgt er nicht. Aber dazu wir es nicht kommen. Es wird sich alles fügen. Jules spürt das.

»Was hältst du davon, zu heiraten?« Er sagt es einfach, haut es raus. Jules schaut kurz zu Trudy und dann wieder zurück auf die Straße.

»Was meinst du mit, *was hältst du davon*? Vom Heiraten im Allgemeinen?«

»Äh, nein. Du und ich. Hast du dir jemals überlegt, ob wir heiraten sollten?«

»Fragst du mich, ob ich dich heiraten will?« Jules weiß nicht, warum sie das wütend macht, aber es ist unverkennbar, dass es sie ziemlich wütend macht. Sein Gesicht fühlt sich heiß an.

»Ähm, na ja. Ich dachte, wir könnten uns einfach ein wenig darüber unterhalten.« Er hatte das nicht wirklich gründlich durchdacht. Er hätte das gründlich durchdenken sollen.

»Wenn das deine Art ist, mich zu fragen, ob ich dich heiraten will, ist das der mieseste Antrag aller Zeiten. Was soll das? Warum redest du jetzt darüber?«

»Ich habe einfach darüber nachgedacht.«

»Und wie soll das funktionieren, Jules? Würden wir heiraten, bevor du dich bei dem Versuch, über den Fluss zu springen, umbringst? Das wäre eine kurze Ehe.«

»Trudy.«

»Oder sollen wir einfach so tun, als würden wir danach heiraten? Toller Trick. Danke, Jules. Vielen Dank.« Er weiß, dass seine Gesten ihr Ziel verfehlen. Dass der einzig glaubwürdige Weg, ihr zu beweisen, dass er sie wirklich liebt, darin läge, die ganze Sache abzublasen. Dass er aufhören müsste, weiter Pläne zu schmieden. Und seine Niederlage eingestehen. Aber dafür ist es zu spät. Jules hatte das alles nicht geplant. Er hätte nie erwartet, dass es etwas gäbe, wofür es sich zu leben lohnt.

Trudy schaut aus dem Fenster, während die dunklen Bäume entlang der Straße in der dunklen Nacht an ihr vorbeiziehen. »Ich kann nicht einmal darüber reden. Ich hasse es, darüber zu reden.«

»Hier.« Mit den Augen auf der Straße schiebt Jules das Silberglöckchen über den Sitz und stupst damit gegen ihren Oberschenkel. »Nimm es. Warten wir einfach ab, was passiert. Man weiß ja nie.«

Trudy öffnet die Schachtel und blickt auf den Ring. Sie probiert ihn an einigen Fingern aus, bevor sie ihn über den Mittelfinger an ihrer linken Hand schiebt. Er passt perfekt. Sie sieht aus dem Fenster und zeigt ihm den mit Edelsteinen geschmückten Stinkefinger. »Das bringt Unglück, weißt du.«

»Was bringt Unglück?«

»Ein Opal. Opale bringen Unglück. Das weiß jeder.«

»Perfekt«, sagt er und lächelt hinaus in die Nacht. Dann schaut er zu ihr, und sie lächelt ebenfalls, wenngleich nur widerwillig. Er drückt das Gaspedal durch, und sie fliegen durch die Dunkelheit zu den Lichtern der Fabrik.

WEIL MANCHE DINGE SICH
EINFACH NICHT NORMAL ANFÜHLEN

Inzwischen schläft in diesem Haus fast immer jemand. Mercy kommt es so vor, als müssten sie und Sprenkel die ganze Zeit leise sein. Sie kann nirgendwo mehr spielen. Außer draußen.

Oma Claire und Opa Dee schlafen im Wohnzimmer. Oma steht so früh auf wie Mercy und Sprenkel, aber Dee schläft länger, schnarcht auf dem Klappsofa vor sich hin und klammert sich an seine Decke. Aber nicht so lang wie Tammy und Fenton! Die bleiben lang auf und schlafen lang. Nachts sitzen sie in der Küche, trinken Bier und rauchen. Morgens muss Mercy sich aus dem Schlafzimmer schleichen, damit sie die beiden nicht weckt. Fenton schläft direkt neben Tammys Einzelbett auf dem Boden. Wie ein Hund! Er hat nicht mal ein Kissen. Stattdessen rollt er einfach seine Jeansjacke zusammen und legt sie sich unter den Kopf.

Und Trudy schläft den ganzen Nachmittag in Mercys Bett. Außer sie ist bei Jules.

Es ist jetzt schon eine ganze Woche her, und Mercy hat ihre Mutter noch immer nicht angefasst. Und Tammy sie auch nicht. Ganz anders als Opa Dee. Gleich am ersten Tag hat er sich Mercy geschnappt, sie auf seine Schulter gesetzt und ihr Herz im Sturm erobert. Kinderleicht. Und jedes Mal, wenn er an ihr vorbeiläuft, tätschelte er ihr den Kopf oder drückt kurz ihre Schulter. Als liebte er sie schlichtweg, weil sie ein Kind ist oder weil Oma Claire sie liebt. Ganz einfach.

Aber vor ihrer Mutter hat Mercy Angst, und sie weiß nicht,

warum. Sie hat sie noch nie wütend erlebt, fürchtet sich jedoch davor, sie wütend zu machen. Sie verhält sich nicht so wie andere Erwachsene, die Mercy kennt. Anstatt sich mit ihr zu unterhalten, ermahnt sie sie ständig. Die eine Hälfte der Zeit spricht sie gar nicht, und die andere Hälfte sagt sie einem bloß, was man lassen soll. Mach dies nicht. Mach das nicht. Dinge, die ihr ohnehin nie in den Sinn gekommen wären. Mercy findet, dass von Tammy etwas Elektrisches ausgeht, so etwas wie ein Funke oder ein Stromschlag, der sie auf Abstand hält. Mercy bekommt Albträume davon. Sie träumt immer wieder, wie sie ins Wohnzimmer geht und auf einem Stuhl in der Ecke einen Fremden entdeckt. Einen Mann mit gelben Brillengläsern und unordentlichen Haaren. Er sitzt einfach nur ganz still da, wie eine Statue oder eine Schaufensterpuppe. Dann kommt Trudy herein und sagt: »Mercy, das ist deine Mutter!«

Sie sagt es so laut, dass Mercy jedes Mal davon aufwacht.

Und manchmal träumt sie, dass sie nicht mehr da sind. Dass sie eines Morgens aufwacht und Tammy und Fenton nicht mehr da sind. Sie schaut aus dem Fenster zur Einfahrt, und der türkisfarbene Pick-up ist nicht mehr da.

Wie Diebe in der Nacht, würde Oma Claire sagen.

Leise wie Diebe in der Nacht.

WEIL MANCHE LEUTE ES NIE LERNEN

Fünf Erwachsene, ein Kind und ein Hund zusammen in einem winzigen Haus. Vier davon teilen sich ein Schlafzimmer. Das ist bisher überraschend gut gelaufen, denkt Trudy. Die ersten Wochen allemal. Darren geht eindeutig nirgendwo anders mehr hin. Er erledigt bereits verschiedene Gelegenheitsjobs in der Stadt und setzt Fenton nach Möglichkeit ebenfalls ein. Claire ist in schwindelerregender Topform, sie wirbelt herum, putzt, kocht, küsst und knuddelt jeden in Reichweite. Dazu singt sie ständig kitschige Lieder.

Sprenkel mag jeden. Außer vielleicht Trudy. Aber das beruht auf Gegenseitigkeit.

Trudy genießt die Freiheit, die ihr die zusätzlichen helfenden Hände bescheren, die zusätzlichen Freiwilligen für die Schulfahrten. Und die zusätzlichen Gelegenheiten, sich davonzuschleichen und Jules zu besuchen. Denn, seien wir mal ehrlich, sie ist verliebt.

Für Mercy allerdings lief es durchwachsen. Sie hat total gern Leute um sich, Darren und Fenton mag sie ganz besonders, aber nachts träumt sie schlecht.

Und dann ist da noch Tammy. Tammy, was sonst, denkt Trudy. Keine Überraschungen in dieser Hinsicht. Ein paarmal hat sie mitbekommen, wie Mercy die Treppe runter oder den Flur entlangrannte und sich leise zurückzog, sobald sie Tammy entdeckte. Ebenso wie Tammy jedes Mal das Zimmer zu verlassen scheint, wenn Darren es betritt.

Die Dynamik zwischen Tammy und Fenton ist weniger subtil. Tammy ist regelmäßig gemein zu Fenton, sie beschimpft ihn und macht sich über ihn lustig, aber letzte Woche hat Trudy ein paar Sachen mitbekommen, die sie lieber nicht mitbekommen hätte.

Es war ein sonniger Tag, Trudy saß auf einem Liegestuhl im Garten und sah Fenton und Mercy beim Frisbeespielen zu. Sprenkel verfolgte die orangefarbene Scheibe, die durch die Luft segelte, und schlurfte halbherzig mal in die eine, mal in die andere Richtung. Mercy warf meistens wild und unpräzise, aber Fenton hob die Scheibe jedes Mal wieder spielerisch auf und warf sie zurück.

»Fenton!« Plötzlich stand Tammy auf der Eingangsstufe und guckte grimmig auf die fröhliche Szene vor ihr. »Gehen wir!«

Zu Trudys Überraschung ignorierte Fenton Tammy und joggte davon, um die Frisbeescheibe aus der Einfahrt zurückzuholen. Lächelnd warf er sie zu Mercy. »Wir spielen nur noch unsere Partie zu Ende, stimmt's, Mercy?«

»Stimmt«, sagte Mercy, und schon segelte die Scheibe erneut hoch über Fentons Kopf. Fenton joggte wieder los und bückte sich, um sie aufzuheben, aber als er sich umdrehte, um sie zurückzuwerfen, war er auf einmal mit einer wütenden Tammy konfrontiert, die sich direkt vor ihm aufgebaut hatte. Genau genommen war sie die Eingangsstufe hinuntergesprungen und durch den Garten gerast. Sie packte die Frisbeescheibe und schleuderte sie zu Boden.

»Hör auf!«, schrie Mercy, als ihre Mutter mit flachen Händen gegen Fentons Brust stieß. Der stolperte ein paar Schritte nach hinten. Tammy hob die Frisbeescheibe auf und schlug damit auf seinen Kopf. Fenton hob die Arme und verschränkte sie schützend vor seinem Gesicht. Trudy war aus dem Stuhl aufgesprungen und eilte durch den Garten.

»Bist du jetzt ein Daddy, Fenton? Ist es das, wofür du dich hältst?« Tammy schleuderte angewidert das Frisbee weg und stürmte zurück zum Haus, wobei sie Trudy beinahe über den Haufen rannte. »Und du kannst mich auch mal, Trudy.«

Fenton lächelte schwach, tätschelte der weinenden Mercy den Kopf und folgte Tammy ins Haus, um Abbitte zu leisten.

Ein paar Tage später wurde Trudy dann Zeugin einer anderen Szene.

Sie war gerade auf dem Rückweg vom Einkaufen, als sie die beiden entdeckte. Vor der Billardhalle stand ihre Schwester in einem viel zu engen Oberteil, aus dem ihre Brüste oben herausquollen, mit vor Lachen zurückgeworfenem Kopf und weit geöffnetem Lippenstiftmund. Und neben ihr mit gesenktem Kopf und hinterhältigem Lächeln dieses Frettchen Sammy Harrison. Als Trudy an ihnen vorbeifuhr, legte Sammy beide Hände auf Tammys Hintern und zog sie zu sich.

Das passt schon eher, dachte Trudy. *Die beiden verdienen einander.*

Und dann sah Trudy Fenton und Tammy ein paar Tage später schließlich in ihrem Pick-up sitzen, wo sie stritten, weinten und sich in den Armen lagen.

Gütiger Gott im Himmel. Es war traurig, aber wahr: Einige Leute lernten es nie.

WEIL ES DIE GANZE ZEIT ERNST WAR

»Dieser Jules.«

»Ja?« Es ist später Vormittag, und Tammy und Trudy sitzen in einer Nische im Jubilee und trinken Kaffee. Fenton wurde für irgendeine Erledigung losgeschickt.

»Dein Freund.«

»Jep.«

»Ist er Franzose oder so?«

»Ja, Tammy. Er ist Franzose.«

»Dachte ich mir doch. Er sieht aus wie der verdammte Blacque Jacque Shellacque von den Looney Tunes oder so.« Tammy lacht über ihren eigenen Witz und gießt sich noch etwas Sahne in den Kaffee. »Ehrlich!«

»Sehr lustig.«

»Jetzt sei mal nicht so empfindlich. Ich hab doch bloß gefragt. Er hat was von einem Holzfäller, findest du nicht? Besteht nur aus Augenbrauen und Locken.« Jetzt schaut sie Trudy direkt an. Versucht, sie zu durchschauen. »Glaubst du, dass er wirklich springt?«

»Ich weiß es nicht. Vielleicht.« Trudy würde an diesem Morgen lieber nicht mit ihrer Schwester darüber diskutieren. Sie würde sich lieber über etwas Unwichtiges unterhalten. Aber so war es zwischen ihnen noch nie gewesen. Es war immer ernst. Kompliziert. Liebe und Hass, Vernunft und Wut.

Tammy zieht an ihrer Zigarette und bläst den Rauch über Trudys Kopf. Sie klingt gelangweilt. »Es ist ziemlich weit. Und diese Rampe sieht nicht stabil aus. Fenton und ich sind gestern mal dorthin gefahren, und sie wirkt, als würde sie jeden Moment umkippen.« Irgendetwas ist seltsam an Tammy, denkt Trudy. Ein neuer, harter Zug. Etwas Roboterhaftes. Als wüsste sie nicht, dass sie mit einem Menschen über einen Menschen spricht. Über eine Person, die sie liebt. Die vielleicht dabei stirbt.

»Können wir das Thema wechseln? Warum reden wir nicht zum Beispiel über deine Tochter?«

»Okay.« Tammy trommelt mit den Daumen auf die Tischplatte. »Sieht allerdings eher aus wie deine Tochter.«

Trudy läuft ein Schauer über den Rücken, und ihr kribbelt die Kopfhaut. Diese Unterhaltung kann sie wahrscheinlich auch nicht führen. Nicht auf zivilisierte Art und Weise. »Was ist los mit dir, Tammy? Bis du sauer, weil ich die ganzen Jahre auf deine Tochter aufgepasst habe? Falls das der Fall ist«, sagt sie und macht mit ihrem Arm eine weit ausholende Geste, als wollte sie sich verbeugen, »dann fick dich.«

»Klar, fick mich. Ich bin schrecklich, und du bist großartig.« Tammy setzt ein Lächeln auf, mit Zähneblitzen und allem Drum und Dran.

Aber ihre Augen sind leblos.

DER STUNT

WEIL SIE VIELLEICHT WIRKLICH VERSUCHEN, IHN UMZUBRINGEN

Jules legt auf. Eine erneute Schlappe. Guy ist raus. Kein Vertrag. Das schlägt dem Fass den Boden aus. Er hat sich wie immer etwas vorgemacht.

Wenn es nicht so verdammt tragisch wäre, könnte man fast drüber lachen. Über seinen geliebten Raketenautonachbau, seine Spitzenrequisite der vergangenen Jahre, die von wütenden Stadtbewohnern zerstört wurde und jetzt verwaist im wogenden hohen Gras hinterm Haus steht. Auf der verbeulten Motorhaube liegen hier und da rote, gelbe und orangefarbene Blätter, die von oben herabsegeln. Über sein eingedelltes Jules-Tremblay-Hauptquartier-Schild, das an einer Ecke vom Pfosten baumelt. Über die riesige, schiefe Rampe und die ständig kleiner werdende Hoffnung auf einen Investor. Dazu Regen, Regen, Regen, Dauerregen.

Schließlich über den hinkenden Stuntman mit dem verblassenden gelben Veilchen.

Doch halt! Es gibt noch mehr!

Wie wär's mit dem Cowboy, der beim Sturz auf seinem Kopf gelandet ist? *Saukomisch.*

James und Mark waren schon vor ein paar Wochen ausgezogen und hatten ihr Zimmer ausgeräumt. Stiefel und alles. Sie waren zurückgegangen nach Montreal – erholten sich von ihrer sogenannten Rodeo-Karriere. James sucht nach Arbeit, während er sich um Mark kümmert, der einen Stahlkranz um den Kopf trägt und dessen gesamter Oberkörper in Gips steckt. Wie bei einem schlechten Kinderroboterkostüm zu Halloween.

Sie hatten offiziell mit dem unvernünftigen Draufgängerleben abgeschlossen. Jules konnte das nur zu gut verstehen.

Den letzten Monat hat es wieder geregnet, und Jules trägt in dem großen, leeren Haus seinen Wintermantel. Er wird die Heizung nicht aufdrehen. Dafür hat er nicht genug Geld. Falls er – in dieser Stadt, in dieser wahr gewordenen Welt der Sterblichen – noch da ist, wenn es schneit, macht er sich dann Gedanken über die Heizung. Einstweilen läuft er eingewickelt in eine regenbogenfarbene Granny-Square-Decke herum, die Claire für ihn gehäkelt hat. Um die feuchtkalte Luft abzuhalten, trägt er sie über seinem Mantel. Manchmal setzt er sogar eine Strickmütze auf. In diesem Zustand befindet er sich, als Sammy an der Tür klopft: Ihm ist kalt, und er ist einsam. Er verzweifelt an der Zukunft und verbirgt sich vor der Welt.

Er macht seinem Spitznamen alle Ehre: der verrückte Kanadier.

Als es an der Tür klopft, zuckt er zusammen. Er überlegt, nicht darauf zu reagieren und sich zu verstecken, bis der Besucher aufgibt.

Aber es klopft wieder, und zwar auf diese Einmal-Rasieren-und-Haareschneiden-bitte-Art. Klopf-klopfedi-klopf-klopf. *Klopf, klopf.* Zweimal. So blöd. So showbiz-mäßig. Das kann nur Sammy sein. Warum jetzt? Wo hat er die ganze Zeit gesteckt, als alles den Bach runterging? Auf jeden Fall war er nicht da, um Jules' Anrufe entgegenzunehmen.

Jules schlurft zur Tür und macht sich nicht einmal die Mühe, die Decke abzulegen. Er erträgt die Kälte nicht. Scheiß auf Sammy, falls sie ihm nicht gefällt.

»Hey, Jules. Nette Aufmachung.« Sammy läuft an ihm vorbei und setzt sich an den Küchentisch. Seine Jeans ist so eng, dass sie kaum nachgibt. Mit seinem eher flachen Hintern erwischt er nur die Kante des Stuhls und lehnt sich dagegen wie an ein Brett. Seine Cowboystiefel streckt er mit überschlagenen Beinen von sich.

»Hast du ein Bier oder so?«

»Nein«, lügt Jules. »Was steht an, Sammy?«

»Wir werden es machen, Jules. Wir werden den Sprung wagen.«

»Wovon redest du?« Was meinst du mit wir?, denkt er.

»Die Fernsehgesellschaft hat mich angerufen. Sie sind wieder eingestiegen. Dienstag in zwei Wochen geht es los.«

Jules wird aus den Neuigkeiten nicht schlau. »Die Rampe ist im Arsch, Sammy. Das Auto ist nicht fertig. Und wie sollen wir bis dahin Eintrittskarten verkaufen?«

»Wir verkaufen keine Eintrittskarten.«

»Was soll das heißen, wir verkaufen keine Eintrittskarten?«

»Die Fernsehgesellschaft will keine Eintrittskarten verkaufen. Haftungsklausel oder so was. Sie wollen einfach nur drehen und die Sache zu Ende bringen.«

Die versuchen, mich umzubringen, denkt Jules. »Versuchen die, mich umzubringen?«

»Entspann dich«, sagt Sammy. »Alles wird gut. Dein Traum wird endlich wahr, Mann! Kopf hoch!« Sammy steht vom Tisch auf und streicht sich durch seinen Stufenhaarschnitt. »Ich muss los. Hör mal, sie wollen dich am Montag in Ottawa sehen. Sobald ich mehr weiß, gebe ich dir Bescheid. Halte durch, mein Lieber.«

Dann klopft er Jules auf den Rücken und geht zur Tür hinaus.

Jules starrt ihm immer noch hinterher, als sich eine Spinne von der Größe und Farbe einer Schokomalzkugel von der Decke abseilt und vor seiner Nase baumelt. Als er sie bemerkt, kreischt er los, macht einen Satz nach hinten und zieht sich die Decke um die Schultern.

WEIL MAN MENSCHEN NICHT ZUSEHEN MUSS, WIE SIE GEHEN, UM ZU WISSEN, DASS SIE GEGANGEN SIND

Trudy kann nicht glauben, dass er wieder weggeht. Es hat den Anschein, als könnte jeder auf der Welt kommen und gehen, wie es ihm passt, und nur sie muss in Preston Mills bleiben und Kopfkissenbezüge nähen. Was macht sie bloß falsch?

»Ich habe keine Ahnung, warum die mich sehen wollen, Trudy. Sammy sagt, der Sender will nachverhandeln. Vielleicht einen neuen Termin für den Sprung festlegen.« Er wird ihr nicht verraten, welches Datum sie im Sinn haben. Nicht, bis er das ganz sicher weiß.

»Blöder Sprung.«

»Ich werde nicht lange weg sein.«

»Den Spruch kenne ich.« Sie sitzen in seinem Auto in ihrer Einfahrt. Seine Reisetasche liegt gepackt auf dem Rücksitz. Sie will nicht aussteigen und ihm beim Wegfahren hinterherblicken. Sie will nichts mehr über den Sprung hören. Der wird bestimmt sowieso nie stattfinden. Es kann doch niemand ernsthaft glauben, dass ein Auto fliegt. Und die Rampe ist ein Witz. Das Ganze gleicht inzwischen einem makabren Scherz. »Fahr nicht. Lass uns einfach woanders hingehen. Lass uns Mercy von der Schule abholen und abhauen.«

Er lächelt zu ihr rüber. Sie schindet Zeit, und er weiß das. »Ja? Wohin?«

»Irgendwohin.«

»Und wovon sollen wir leben? Gibt es dort Fabriken und Raketenautos?«

»Die gibt es überall.«

»Wirklich?«

»Nein, nicht wirklich. Raketenautos gibt es überall. Aber Fabriken sind viel schwieriger zu finden. Wir könnten etwas Neues ausprobieren. Zirkus? Abnormitätenschau? Mercy ist klein, und du bist verrückt. Das müsste doch was wert sein.«

»Raus aus meinem Auto, Lady.«

Trudy lehnt sich zu ihm und gibt ihm einen dicken Schmatzer auf sein rechtes Ohr. »Wenn du bis Mittwoch nicht zurück bist, werde ich dir das nie verzeihen. Ich will das nicht noch einmal erleben.«

»Wirst du nicht.«

Sie steigt aus dem Auto, läuft zum Haus, geht hinein.

Sie muss nicht zusehen, wie er geht, um zu wissen, dass er weg ist.

WEIL MAN MANCHMAL DEN BRATEN SCHON RIECHEN KANN

Ohne Fleiß kein Preis, denkt Darren, als er seinen Pinsel in der Waschküche auswäscht. Er hat das gesamte Erdgeschoss dieses großen Hauses am Fluss in weniger als einer Woche frisch gestrichen, und er ist zufrieden. Fenton hat es heute wieder nicht geschafft, aber das ist in Ordnung – Darren hat den Auftrag allein zu Ende gebracht. Er pfeift vor sich hin und will gerade aufbrechen, als Joe Davis an der Tür klopft. Er sagt, dass er Eintrittskarten für den Raketenautosprung über den Fluss verkauft. Er wohnt direkt gegenüber der Rampe. (Darren weiß das – Davis lebt in einem dermaßen altersschwachen Wohnwagen, der dermaßen nah am Ufer steht, dass es so aussieht, als würde er jeden Moment in den Fluss stürzen.) Er sagt, dass Leute bei ihm Eintrittskarten kaufen, um morgen in seinem Garten zu sitzen und dem Sprung zuzuschauen.

»Fünfundzwanzig Dollar pro Karte.« Davis hält die handgeschriebenen Eintrittskarten wie einen schlappen Fächer in seiner schmutzigen Hand. Darauf steht: Raketenauto – Für eine Person – 25 Dollar. Er stinkt nach Urin und Schweiß. Darren lässt seinen Blick von Joes unrasiertem Gesicht zu dessen schlammverkrusteten Gummistiefeln gleiten und dankt Gott, dass er ihn nicht hereingebeten hat.

»Was redest du da? Wer behauptet, dass der Sprung morgen stattfindet?«

»Sie haben das Auto letzte Woche aus den Staaten hergebracht. Ich habe es gesehen. Sie haben es in Danny Franklins Werkstatt in Chesterville untergestellt.«

»Hör mal, ich kenne den Typen. Der ist momentan nicht mal in der Stadt. Und die Rampe haben sie auch noch nicht fertig repariert.«

»Dann wird er wohl zurückkommen, und alles andere wird dann wohl auch noch erledigt werden. Morgen um eins, sagt Danny. Willst du nun Eintrittskarten oder nicht? Ich habe nur noch zehn übrig.« Darren bezweifelt das. Er findet das alles recht dubios.

»Also schön, gehen wir mal davon aus, dass der Sprung stattfindet, warum sollte dann verdammt noch mal irgendjemand Eintrittskarten kaufen? Wenn der Sprung wirklich stattfindet – was nicht der Fall ist – und ich würde ihn wirklich sehen wollen, warum sollte ich dann nicht einfach dorthin fahren, mich an den Straßenrand stellen und zuschauen? Umsonst?«

»Mach, was du willst. Dann gibt's allerdings keine Erfrischungen. Ich und die Jungs werden nämlich auch Bier verkaufen.«

Das ergibt sogar noch weniger Sinn. Darren überlegt, ob er weiter nachbohren soll – warum sollte er dann nicht lieber sein eigenes Bier mitbringen? –, entscheidet sich aber dagegen. Das bringt nichts.

»Trotzdem danke.« Er geht einen Schritt nach hinten und greift nach der Tür.

»Sicher? Letzte Chance.«

Darren ist sich sehr sicher. Er hebt wie zum Gruß die Hand, geht noch einen Schritt zurück und schließt die Tür. Unglaublich. Darren mag zwar neu hier sein, aber über diesen Davis hat er alles gehört. Er ist ein stadtbekannter Spinner. Claire hat ihm erzählt, dass Davis in ihrer Jugendzeit Mädchen gejagt hat. Er ist einfach losgeprescht und hat mit seinen fettigen Haaren, die in alle Richtung abstanden, die Mädchen die Straße entlanggejagt. Claire hat er nie erwischt, aber sie hat von anderen Mädchen gehört, dass er sie immer zu Boden stieß, mit den Knien ihre Arme festklemmte und sie kitzelte. Ausgiebig. Danach war er dann einfach aufgestanden und weggegangen. Während sie noch dort auf dem Boden lagen.

Man könnte meinen, dass das seiner Beliebtheit Abbruch getan hätte. Aber alle nehmen Davis' Verhalten als gegeben hin. Winken ihm trotzdem an der Tankstelle oder im Laden zu, fragen trotzdem nach seiner Familie. Gleichzeitig ermahnen sie ihre Töchter eindringlich, nicht an seinem Haus vorbeizulaufen oder wenigstens einen großen Umweg zu machen, falls sich das nicht vermeiden lässt.

Darren hat in seinem Leben schon so manche raue Stadt mit seltsamen Einwohnern kennengelernt, aber Preston Mills ist eine Nummer für sich.

WEIL SIE ES SO GEWOLLT HABEN

An diesem Abend erzählt Darren beim Essen die Geschichte vom verrückten Joe Davis und seinen selbst gebastelten Eintrittskarten. Beim Erzählen werden Davis' Haare noch verrückter und seine Hände noch dreckiger. Die Eintrittskarten noch lächerlicher, mit Buntstiften geschrieben und so groß wie Tischsets. Mercy lacht. Claire erzählt Joe-Davis-Geschichten aus ihrer Jugendzeit. Trudy findet nichts davon besonders lustig. Als sie und Tammy noch jung waren, hatten sie entsetzliche Angst vor Joe Davis. Vor seinen Pfiffen und anzügliche Gesten. Seinen sonderbaren Zähnen.

Und die Vorstellung, dass der Sprung tatsächlich stattfinden wird, dass er sich in etwas verwandelt, das wirklich passieren könnte, ist beängstigend. Der Gedanke an Davis und einen Haufen betrunkener Idioten, die vor seinem schrottreifen Wohnwagen sitzen und zuschauen – als wäre das irgendeine Art von Belustigung –, macht sie krank. Aber natürlich ist das Schwachsinn. Er findet nicht statt. Jules hätte ihr davon erzählt. Bestimmt.

Sie wird ihn heute Abend trotzdem anrufen. Nur um sicherzugehen.

Trudy möchte das Abendessen genießen, die Harmonie auskosten. Sie mag Darren nun doch und freut sich, wenn Claire und Mercy glücklich sind. Tammy und Fenton essen in ihrem Pickup gekaufte Burger, ganz die Spinner, die sie nun mal sind, und fest entschlossen, immer auf der falschen Seite von allem zu stehen. Seit dem Frisbee-Vorfall halten sie Abstand, und Fenton ist zu Darrens Verdruss entweder zu spät zur Arbeit aufgetaucht oder gar nicht. Prima, denkt Trudy. *Bleibt da draußen. Lasst euch nicht blicken.*

Ohne euch sind wir besser dran.

Ihr habt es so gewollt, und so wird es auch bleiben.

WEIL SICH MANCHE MENSCHEN NICHT
SO EINFACH LIEBEN LASSEN WIE ANDERE

Am nächsten Morgen sind Tammy und Fenton weg. Genau wie
in ihrem Traum wacht Mercy auf, blickt zum Bett auf der anderen
Seite des Zimmers und findet es leer vor. Keine zusammengerollte
Tammy unter der Decke, kein Fenton auf dem Boden. Mercy ist
allein. Weil sie nicht genau weiß, ob sie schon wach ist oder noch
schläft, macht sie das, was sie in ihren Träumen tut. Sie zieht die
Decke weg und steht auf. Sie geht durchs Zimmer zum Fenster
und schaut nach draußen auf die Einfahrt. Die Sonne geht gerade
auf. Es ist größtenteils noch dunkel, doch auf dem Boden breitet
sich allmählich ein apricotfarbenes Licht aus. Claires Auto und
Darrens Pick-up, das Gras im Garten, die Steine in der Einfahrt,
alles glänzt im Morgenlicht.

Aber Tammys Pick-up ist weg.

Mercy zieht sich die Hausschuhe an und geht nach unten. Im
Haus ist es still und leise. Aus der Küche dringt Licht. Dee und
Sprenkel schlafen auf dem Klappsofa, daher schleicht Mercy sich
leise an ihnen vorbei zu Claire, die bereits aufgestanden ist und
Toasts zubereitet. Sie weiß nicht, ob ihre Oma schon weiß, dass
Tammy weg ist, und möchte es ihr nicht erzählen.

Mercy weiß, dass sie traurig sein wird. Und sauer.

Sie geht zu ihrer Großmutter, stellt sich neben sie an die Kü-
chenanrichte und lehnt sich gegen sie. Claire legt ihre Hände auf
Mercys Kopf und streicht die ungekämmten Haare glatt. Dann
holt sie die Toastscheiben aus dem Toaster und kratzt ein wenig

Butter darauf. »Oh, Mercy«, sagt sie. »Heute Morgen sind wohl nur wir beide hier. Ich mach uns einen heißen Kakao.«

Mercy kann es kaum glauben. Unter der Woche bekommt sie sonst nie heißen Kakao. Sie fühlt unzählige, verwirrende Dinge auf einmal. Und glaubt, dass sie gleich weinen wird. »Oma Claire, ich liebe dich.«

»Ich liebe dich auch.«

»Ich weiß nicht, ob ich meine Mama liebe.« Sie fühlt sich furchtbar, weil sie das gesagt hat. Es ist schrecklich, so etwas zu sagen, schrecklich, sich so zu fühlen.

»Vielleicht tust du es ja doch.«

»Ich hatte nicht viel Zeit mit ihr.« Jetzt weint Mercy wirklich. Sie hatte ihre Chance, und sie hat sie verpasst. Ihre Großmutter nimmt sie hoch, als wäre sie ein Baby und federleicht. Mercy legt ihren Kopf auf Claires Schulter, lässt sich von ihr die Haare streicheln und die Wange küssen.

Claire seufzt. »Es ist nicht einfach, sie zu lieben, Mercy.«

WEIL ES SCHON OHNE SIE PASSIERT IST

Unter der Woche trinkt Trudy nur selten, aber als sie auf dem Weg zu Mercys Schule ist, um sie dort abzuholen, hält sie beim Kiosk und holt sich ein Sixpack Bier. Jules reagiert nicht auf ihre Anrufe, und Tammys plötzlicher Aufbruch hat Mercy erschüttert. Sie ist entweder überdreht und schräg drauf oder traurig und anhänglich. Trudys Nerven liegen blank.

Nachdem Trudy für Mercy das Mittagessen zubereitet hat, holt sie den Schuhkarton mit Barbiepuppen und Anziehsachen und stellt ihn in der Hoffnung, dass Mercy eine Weile ruhig damit spielen wird, auf den Küchentisch. Aber sie ist zu aufgedreht. Sie will Dschungel spielen. Dschungel, ein Spiel, das sie mit ihren neuen Freunden in der Schule spielt, ist in letzter Zeit alles, was sie spielen möchte. Für Mercy bedeutet das eine Menge Geknurre und Herumgerenne und für Trudy, sich zu verstecken und zu sterben. Aber Trudy hat jetzt keine Lust darauf. Sie nimmt den Deckel vom Schuhkarton und läuft zum Kühlschrank, um sich ein Bier zu holen. Mercy lümmelt sich enttäuscht an den Tisch und wühlt in den winzigen Kleidern herum. Trudy verschwindet leise in den Flur und geht um die Ecke ins Wohnzimmer. Dort sitzt sie knapp außerhalb von Mercys Sichtfeld.

Als das Telefon klingelt, hat sie noch keinen einzigen Schluck getrunken.

»Trudy?« Noch bevor sie auch nur Hallo sagen kann, redet schon jemand. »Trudy, hier ist Darren. Du solltest besser herkommen.« Wohin?

Mercy springt um die Ecke, hebt ihre Hände hoch über den Kopf und krümmt ihre Finger zu Klauen. »Rahh! Grrr!«

Trudy versteht nicht, was Darren sagt. Jetzt steht Mercy auf der Couch, brüllt aus Leibeskräften und springt auf den Kissen herum.

»Mercy! Halt um Himmels willen bitte den Mund. Nur kurz.«

»Ich werde dich töten!«

»Das wirst du nicht, Schatz. Und jetzt sei bitte leise.«

»Doch, werde ich. Ich werde dich töten und dann fressen!« Sie springt von der Couch auf Trudy und macht eine Bruchlandung auf deren Schoß, wobei sie ihr das Bier aus der Hand schlägt. Die Flasche knallt gegen die Wand. Das Bier spritzt überallhin. Mercy haut ab. Trudy springt, den Hörer noch immer gegen das Ohr gepresst, vom Stuhl und schaut Mercy zornig hinterher, die die Treppe hinaufrennt. Auf halber Strecke bleibt sie stehen, krümmt wieder die Hände zu Klauen und grollt ein »Rahh!« in Trudys Richtung.

»Tut mir leid, Darren. Warte mal kurz.« Trudy lässt den Hörer fallen, der jetzt an der Kordel nach unten baumelt, und rennt zur Treppe. Während sie auf einem Bein herumhüpft, zieht sie einen Hausschuh aus und wirft ihn, so fest sie kann, die Treppe hoch auf Mercy, die vom oberen Ende zu ihr herunterschaut. Der Hausschuh prallt von einer der Stufen ab, überschlägt sich und plumpst zurück auf den Boden. Trudy hebt ihn auf, zieht ihn an und läuft zurück zum Telefon.

»Hallo. Entschuldigung. Was hast du gesagt?«

»Du solltest besser herkommen, Trudy. Zur Rampe. Ich wollte mich gerade auf den Heimweg machen, aber da war es schon passiert. Das Auto liegt im Wasser. Du solltest besser kommen.«

WEIL DER WIND EINEM DIE TRÄNEN IN DIE AUGEN TREIBT

Mercy erstarrt oben auf der Treppe. Es liegt etwas Seltsames in der Luft. Irgendetwas stimmt nicht. Trudy macht ein Geräusch, das Mercy noch nie gehört hat. Wie ein winselnder Hund.

Ein paar Augenblicke lang ist es still. Dann sagt Trudy mit einer ungewohnten, tonlosen Stimme: »Ich mache mich gleich auf den Weg. Ich komme. Okay.«

Mercy hört Trudys Schritte im Flur, das Klirren der Schlüssel, die Hintertür, die zufällt.

»He!« Jetzt bekommt Mercy Angst. Sie darf nicht allein im Haus sein. »Trudy!«

Keine Antwort.

»Trudy! Du darfst mich nicht allein lassen!«

Mercy hört, wie das Auto in der Einfahrt angelassen wird, und rennt, so schnell sie kann, die Treppe hinunter, den Flur entlang und aus der Tür hinaus. Das Auto ist im Leerlauf, Trudy hinterm Steuer, die Beifahrertür offen. Mercy steht einen Augenblick lang einfach nur da und schaut, ihr Herz hämmert. Trudy liegt auf der Hupe. Mercy rennt zum Auto und krabbelt schnell auf den Beifahrersitz. Kaum hat sie die schwere Tür zugemacht, setzt Trudy schon rückwärts aus der Einfahrt auf die Straße.

»Scheiße!«, sagt Trudy. Sie sagt das so, als wollte sie gar nicht mehr damit aufhören. »Scheiße, scheiße, scheiße, scheiße.«

Als Trudy sich mit dem Autofeuerzeug eine Zigarette anzündet und das Gaspedal durchdrückt, zittern ihre Hände. Mercy streckt den Kopf aus dem Fenster in den kalten Wind. Ihre Haare flattern in alle Richtungen und peitschen ihr in die Augen. Bis sie tränen. Der Wind bläst die Tränen aus ihrem Gesicht zu den Ohren.

Trudy sagt, dass Mercy ihren Kopf nicht aus dem Fenster halten und sich hinsetzen soll.

WEIL DAS NIEMAND MACHTE

Darren hatte Joe Davis nicht einen Moment lang geglaubt. Warum nicht? Weil das niemand machte, deshalb. Der Typ war verrückt. Ein Irrer, der jungen Mädchen nachjagte und sie kitzelte. Der womöglich in seinem ganzen Leben noch nie gebadet hatte. Doch jetzt war alles eingetreten. Das ganze traurige Chaos.

Darren hatte den Morgen damit verbracht, in Morrisburg einen alten Carport abzureißen, wobei er jedes einzelne seiner Lebensjahre gespürt, die Arbeit aber durchaus genossen hatte. In seiner Mittagspause wollte er ursprünglich zur Schleuse nach Iroquois fahren. Dort hätte er seinen Pick-up abstellen und mit ein wenig Glück ein Schiff bei der Durchfahrt beobachten können, während er sein Mittagessen aß. Das Mittagessen eines Arbeiters in einem Henkelmann: Schinkenstullen, zwei Äpfel und in der Thermoskanne Tee mit Milch.

Er war gerade auf dem Seeuferweg unterwegs gewesen und hatte die Kurven schön ausgefahren, als er am grauen Himmel einen winzigen gelben Blitz sah: das Auto. Da war er sich sicher. Darren blieb mit seinem Pick-up einfach mitten auf der Straße stehen und lehnte sich nach vorn. Einen Augenblick später war es schon vorbei. Zuerst wie ein hellgelber Drache ganz hoch am Himmel, dann der abrupte Fall, die Motorhaube, die steil nach unten zeigte und schließlich aus dem Blickfeld verschwand. Grundgütiger, dachte Darren. Von seinem Standort aus hatte es nicht so ausgesehen, als hätte es das Auto auch nur bis zum Flussufer geschafft. Bloß gerade hoch und wieder gerade runter. Wie ein auf den Kopf gestelltes V.

Er legte wieder den Gang ein und fuhr langsam die achthundert Meter bis zur Baustelle. Als Erstes sah er ein Polizeiauto, das quer über beide Spuren der Straße parkte. Dann eine Gruppe von ungefähr fünfzehn Männern, die in Joe Davis' Garten herumstanden und aufs Wasser hinausblickten. Er fuhr an die Seite, überquerte die Straße und sah aufs Wasser hinaus. Er konnte kein Auto entdecken. Bloß graue, unruhige Wellen. Der Wind blies jetzt ordentlich, drückte die Hose gegen seine Beine, sodass er in seinen verschwitzten Arbeitsklamotten fror. Er drehte sich zur Rampe um. Dort hing ein Stück Asphalt von der Vorderkante herab, das mindestens dreißig Meter lang war. Als es sich löste und mit einem dumpfen Donnern aufprallte, spritzte ein Schauer schlammiger Kiesel hoch, und der Untergrund bebte.

Darren lief zu Joe Davis, diesem stinkenden, herzlosen Mistkerl, und fragte ihn, ob er sein Telefon benutzen dürfe. Er schaute keinen der Umstehenden an, die »Eintrittskarten« gekauft hatten. Er wollte nicht wissen, wer sie waren.

WEIL MAN NICHT EINMAL WEISS,
AUF WEN MAN WARUM WÜTEND SEIN SOLL

Sie hatten Jules gleich bei seiner Ankunft in der Lobby abgefangen, zu dritt. Im Lord Elgin Hotel in Ottawa. So eine schöne Lobby. Und er in seiner alten Jeans und dem schweren Mantel und mit schmutzigen Fingernägeln. Die drei kamen direkt auf ihn zu, alle in weißen Hemden und Jacketts mit gestreiften Krawatten. Sogar mit identischen lockigen Haaren. Wenigstens da konnte Jules mithalten.

Wo steckte Sammy? Sollte Sammy nicht hier sein?

Sie nahmen ihm die Reisetasche ab und gaben sie dem Portier. Dann lotsten sie ihn direkt zur Bar, wo er Bier trank und Nüsse aß, bis er dachte, er würde gleich platzen, und ihrem unverständlichen Gerede zuhörte. Jules beschlich allmählich das Gefühl, dass die drei nicht wirklich amerikanischen Fernsehtypen glichen. Zu groß und stämmig. Jedes Mal, wenn er nach dem Sprung fragte, lenkten sie ab. Das war nicht ihr Bereich, sie arbeiteten nicht direkt für die Fernsehgesellschaft, sie waren Vertragspartner. Aber er brauchte sich keine Sorgen zu machen, sondern sollte sich amüsieren! Irgendwann im Laufe des morgigen Tages würde ein Treffen mit den Juristen, Programmverantwortlichen und den Versicherungsmenschen anberaumt. Allein im Laufe dieser Stunde änderte sich der Plan so oft, dass Jules den Überblick verlor.

Sie schickten ihn auf sein Zimmer und sagten ihm, er solle sich beim Zimmerservice bestellen, was er wolle. Es ruhig angehen lassen. Sie würden sich melden.

Das war drei Tage her. Eigentlich sollte er gestern schon zu Hause sein. Aber eines dieser Arschlöcher klopfte nun schon zum dritten Mal in Folge an seine Tür und erklärte ihm, dass das Treffen verschoben wurde. Immer mit fadenscheinigen Gründen: Terminüberschneidungen, Flugzeiten oder einfach nur das verrückte Hin und Her in der Unterhaltungsindustrie.

Trudy würde ihn umbringen.

Und er dachte, dass er vor Langeweile bald durchdreht: kein Geld, um auszugehen – aber es regnete ohnehin in Strömen –, und einen Fernseher mit nur ein paar Programmen. Aus Verzweiflung schaltete er ihn dann aber trotzdem ein.

Und er bekam es gerade noch mit: eine krisselige Aufnahme von etwas Hellgelbem vor einem dunkelblauen Himmel, und der Sprecher, der seinen Namen sagte: der Draufgänger, Jules Tremblay. Als er aufsprang, um den Ton lauter zu drehen, war es schon vorbei. Weiter zum nächsten Thema. Hektisch schaltete er von einem Programm zum nächsten, hoffte, noch mehr zu erfahren, aber die Nachrichten waren vorbei. Er saß am Fußende seines Bettes und brach in Tränen aus.

Scheißkerle! Was hatten sie getan?

WEIL DAS LETZTENDLICH BLOSS EIN KÖRPER IST

Zuerst sieht Trudy die Autos. Am Straßenrand stehen unheimlich viele Autos. Bestimmt ein Dutzend, und alle am unbefestigten Straßenrand abgestellt. Die Rampe sieht aus, als wäre dort ein Meteorit eingeschlagen. Ein Polizeiauto blockiert den Verkehr. Irgendjemand hat einen Sägebock danebengestellt. Auf der anderen Seite entdeckt sie Darrens Pick-up. »Mach die Augen zu, Mercy.«

»Warum?«

»Mach sie einfach zu, bis ich dir sage, dass du sie wieder aufmachen kannst.« Trudy bremst ab. Dort stehen ein Krankenwagen und ein Feuerwehrauto, außerdem entdeckt sie Dr. Camerons Wagen in Joe Davis' Garten. Und einen weißen Lieferwagen mit dem Logo eines Fernsehsenders aus Ottawa auf der Seite. Als sie raus aufs Wasser schaut, sieht sie die Taucher in ihren Anzügen in einem Boot. Einem winzigen Boot mit Außenbordmotor. Wem gehört das Boot? Wer sind die Taucher? Trudy kann nicht klar denken. Sie hätte Mercy nicht mit hierhernehmen sollen. Sie öffnet die Tür und steigt aus. »Bleib, wo du bist, Mercy. Drück die Knöpfe an den Türen herunter.«

»Lass mich nicht allein, Trudy!«

»Ich will, dass du die Türen verriegelst, dich auf den Sitz legst und die Augen zumachst, Mercy.«

Mercy wimmert, jammert, nein, nein, nein, aber noch während sie das sagt, tut sie, was ihr aufgetragen wurde: Sie verriegelt nacheinander die Türen und legt sich auf den Vordersitz. Dann umklammert sie ihre Knie und schließt die Augen.

Trudy läuft Richtung Ufer und bleibt unvermittelt stehen. Sie stützt sich auf den Knien ab und würgt auf die Wiese. Sie hustet und erbricht sich wieder. Das ist in Ordnung, denkt sie. *Alles gut.* Als ob irgendetwas jemals wieder gut sein könnte. Sie richtet sich auf und sucht die Menschenansammlung auf der Wiese nach Darren ab, kann ihn aber nicht entdecken. Dann wird ihr klar, dass er in seinem Pick-up sitzt. Sie kann ihn durch die Windschutzscheibe sehen, sein Kopf auf seinen Armen, die auf dem Lenkrad liegen. Als Trudy an der kleinen Menschenansammlung vorbeiläuft, schweigen die Leute und starren ihr nach. Sie sieht sie nicht an. Stattdessen öffnet sie die Tür des Pick-ups und bittet Darren, Mercy in ihrem Auto nach Hause zu fahren. Den Pick-up wird sie so bald wie möglich ebenfalls zurückbringen.

»Und was ist mit dir? Kommst du zurecht?«

»Nein. Das werde ich auch nie wieder«, sagt sie mit tödlicher Gewissheit. Sie wird nie wieder zurechtkommen. Aber sie will, dass er geht und Mercy mitnimmt. Sie tauschen die Schlüssel, und sie geht zurück zum Ufer. Sie setzt sich auf einen kalten Felsen und schaut dabei zu, wie sich die Taucher vom Boot ins kalte graue Wasser fallen lassen.

Darren schließt die Tür auf und dreht den Zündschlüssel um. Er zieht Mercy fest an sich und fährt los.

Das ist kein Mensch. Das ist ein Körper.

Sie beugen sich über den Bootsrand und hieven den Körper hinein. Bevor Trudy sich wegdreht, sieht sie in den verworrenen blonden Haaren etwas Blutiges. Der dumpfe Klang eines Gewichts, das gegen die Seite und den Boden des Aluminiumbootes schlägt, wird über den Fluss hinweggetragen. Ebenso wie das spritzende und tropfende Wasser am Rumpf des Bootes.

Der Taucher keucht beim Reden. Er muss eine Pause machen und Luft holen. »Ich gehe wieder runter. Dort unten ist noch einer. Da ist noch jemand anderes.«

WEIL ES KEINE DIAMANTEN GIBT

An jenem Tag im November funkelte der Fluss nicht, als bestünde er aus Diamanten. Über den weißen Schaumkronen hing ein steingrauer Himmel, gleich einem Samtvorhang mit Spitzenbesatz, der über den Bühnenboden streicht. Das Wasser war aufgewühlt. An seinen dunkelsten Stellen wirkte es fast schwarz. Und an seinen hellsten, oben auf dem Wellenkamm, wie hellgrauer Schaum. Hier und da tauchte moosiges Seegras auf. Wie Tentakel, die durch die Oberfläche brachen.

Natürlich hatte er angeboten zu fahren, aber sie ließ ihn wie üblich nicht. Vielleicht glaubte sie nicht, dass er es wirklich tun würde. Vielleicht glaubte sie, dass er es nicht draufhatte. Aber das hatte er. Er konnte das. Er hatte keine Angst. Also würde er sie begleiten. Da hingen sie gemeinsam drin.

Als sie den Wagen anließ, dröhnte und vibrierte und stotterte er. Vom Fuß der Rampe sahen sie dahinter nur den Himmel. Die Wolken zogen wie Rauchschwaden vorbei, wie Geister. Die Luft war feucht und schwer und kalt. Der Asphalt wirkte in dem trüben Licht fast schwarz.

Sie drückte das Gaspedal durch, und der Wagen grollte wie Donner. Grollte wie ein Löwe. Wie der König des Dschungels. Sie schaute zu Fenton und grinste. Sie trugen keine Helme. Sie wollten alles sehen.

Von Fentons Unterlippe hing eine Zigarette. Als sie aufs Gas trat und den Raketenantriebsknopf drückte, fiel ihm der Glimmstängel fast in den Schoß. Zack, zack. Nicht lang gefackelt. Sein Kopf schlug gegen die Nackenstütze, und sein Kreuz wurde in den Sitz gedrückt. Er konnte kaum atmen. Sie lachte. Er lachte. Als der Lincoln die Rampe hinaufschoss und die Welt unter ihnen wegbrach, hielten sie sich an den Händen. Das Auto neigte sich leicht nach Steuerbord, aber die Motorhaube stieg weiter in den Himmel, sodass sie bald nur noch Hellgelb sahen.

Doch dann kippte das Auto zur Seite. Plötzlich hingen sie in ihren Gurten, obwohl sie noch immer höher stiegen. Flogen sie jetzt kopfüber?

Draußen war alles grau. Wasser? Himmel? Wo war unten?

Die Windschutzscheibe wurde von orangefarbenen Flammen ausgefüllt. Und dann breitete sich von unten nach oben etwas Tintenschwarzes auf dem Glas aus.

Das Dach prallte zuerst aufs Wasser, es gab einen dumpfen Schlag, dann stieg es die Fensterrahmen hoch, schwarz und grau und moosgrün.

Alles war leise und gedämpft.

Sie hörten sich gegenseitig atmen.

Und dann hörten sie überhaupt nichts mehr.

DANKSAGUNG

Dieses Buch wurde zum Teil von Ken Carter, »The Mad Canadian«, und seinem Zwei-Kilometer-Sprung inspiriert. Diese traurige Geschichte wird wunderschön in Robert Fortiers NFB-Film von 1981 erzählt, *The Devil at Your Heels*. Wenn ich den Film nicht unzählige Male gesehen hätte, hätte ich das Buch nicht auf die Weise schreiben können, wie ich es getan habe.

Ein Dank geht an meine Familie (insbesondere an Peter Shmelzer) für die Ermutigung. Vielen Dank, André Steinmetz, für deine Hilfe. Vielen Dank, Banff Centre, für die Ruhe und den Frieden. Vielen Dank, Susan Renoud vom ECW, für deinen Einsatz für die Geschichte und die kompetente Beratung. Vielen Dank, Laura Pastore, für deine Liebe zum Detail.

Und schließlich möchte ich Michael V. Smith danken, der großzügig und freundlich (und sogar noch hilfsbereit) war, als ich ihm erzählte, dass ich ein Buch mit demselben Titel wie seine ausgezeichnete Gedichtsammlung geschrieben habe. Michael: Du bist echt ein Netter!

Roddy Doyle
Love. Alles was du liebst

Früher waren Davy und Joe gute Kumpels. Inzwischen treffen sie sich nur noch gelegentlich, wenn Davy aus England nach Dublin kommt, um seinen Vater zu besuchen. Es sind kurze Begegnungen, sie sind erwachsen geworden, jeder hat sein eigenes Leben. Doch dieser Abend ist anders. Die beiden Männer ziehen wie früher um die Häuser, trinken ein Bier nach dem anderen, und die Gespräche werden immer vertrauter. Lange zurückgehaltene Gefühle und Konflikte drängen nach oben. Joe vertraut seinem Freund an, dass er seine Frau und seine Kinder für eine andere verlassen hat. Als Davy erfährt, dass es sich dabei um Jessica – ihren gemeinsamen Jugendschwarm – handelt, werden auch bei ihm alte Erinnerungen wach: Der Aufruhr um seine temperamentvolle Frau, die Missbilligung seines Vaters, der Tod seiner Mutter, die Flucht aus Irland. Als Davy einen Anruf erhält, wird ihre Freundschaft auf die Probe gestellt. *Love* ist sowohl eine Hymne an Dublin als auch ein herrlich komisches und zugleich bewegendes Porträt der vielen Facetten der Liebe.

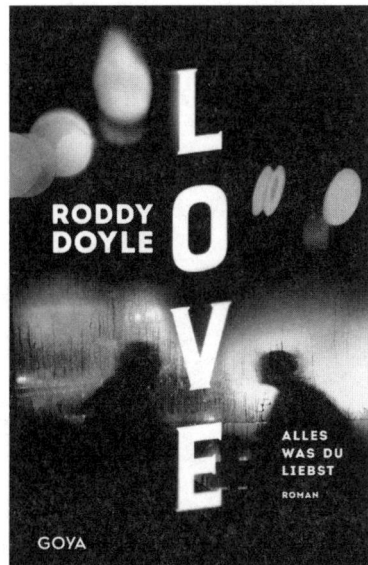

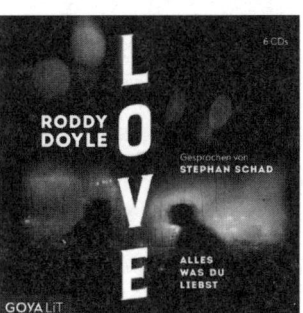

»Doyle fragt in seinen Werken … ohne einen Hauch von Sentimentalität und mit Blick auf die grotesken Details eines Lebens nach dem Zusammenhang einer Biographie.« *FAZ, Tilman Spreckelsen*

Hardcover · ISBN 978-3-8337-4335-1
E-Book · ISBN 978-3-8337-4411-2

6 CDs · ISBN 978-3-8337-4405-1

Anne-Marie Garat
Der große Nordwesten

Nach dem Tod ihres Mannes verlassen das Starlett Lorna und ihre sechsjährige Tochter Jessie Ende der Dreißiger überstürzt Hollywood. Ihre Reise führt sie in den Nordwesten Kanadas und nach Alaska. Ausgestattet mit einer mysteriösen Karte, einem Gewehr und dem gestohlenen Geld von Jessies verstorbenem Vater stellen sich Mutter und Tochter der Wildnis und Lornas geheimnisvoller Vergangenheit. Zum Glück treffen sie auf Kaska, einer Gwich'in, die ihr Überleben in der rauen Natur sichert. Doch was verbirgt Lorna, die bei jeder Station der Reise einen neuen Namen annimmt? Und warum ist ihnen das FBI auf den Fersen?

Der große Nordwesten ist eine fesselnde Geschichte über zwei Frauen auf der Suche nach Identität und über Nordamerika und seine Legenden: die der First Nations, Goldsucher, Kopfgeldjäger und Trapper, der Western und Abenteuerromane.

ANNE-MARIE GARAT

Der große Nordwesten

ROMAN

GOYA

AUSGEZEICHNET MIT DEM FRANZ-HESSEL-PREIS
»Ein episches Roadmovie, eine literarische Flucht durch Alaska und Kanada. ... Beim Lesen dieses mal unverblümten, mal poetischen Romans wechselt man zwischen Lachen und Rührung, liest oft mit angehaltenem Atem. ... Als Leser spürt man Anne-Marie Garats Freude am Schreiben und folgt ihr bis in die kleinsten Verästelungen ihrer Fantasie. ... Eine Schriftstellerin, wie man sie liebt.«
Jurybegründung anlässlich der Preisverleihung für Der große Nordwesten

Hardcover · ISBN 978-3-8337-4281-1
E-Book · ISBN 978-3-8337-4409-9